百万のマルコ

柳　広司

集英社文庫

目次

百万のマルコ

百万のマルコ

――わたしがあの男に会ったのは、キリストがお生まれになって一千二百九十八年の後《のち》、ジェノヴァの牢中のことであった。

*

「あんたが、俺たちをここから連れ出してくれるだって！」

牢の隅で頓狂《とんきょう》な声があがり、相手を小馬鹿にしたような大勢の笑い声がそれに続いた。目をやると、若い連中が新入りの囚人を捕まえて何やら話し込んでいる。その日、新しく牢に連れてこられた男は、たしかヴェネチアの商人と言ったはずだ……。

わたしたちは、何も罪を犯して牢につながれているわけではない。

戦争捕虜。

それが、わたしたちの身分であった。

当時イタリアの諸都市は商売上の利権を巡って激しく競争を繰り返していた。ことにヴェネチアやジェノヴァ、ナポリといった大きな商業都市は自前の軍船を持ち、競争は時として武力を伴う戦争にまで発展した。そして負けた方の商人、運悪く船に乗り合わせた者もまた、捕虜として戦勝都市の牢につながれる慣習であったのだ。

戦争捕虜が牢から出ていく手段は二つしかない。交換捕虜となるか、身の代金を支払うかである。もっとも、交換捕虜はよほどの重要人物同士でなければ成立せず、他方、身の代金は目の玉が飛び出るほどに莫大《ばくだい》な金額であった。いずれにしても、ピサの一物語作者のわたしごときにどうこうできる話ではなく、五年前に捕えられて以来、わたしは他の囚《とら》われ人どもも、ジェノヴァの牢中で空《むな》しく時を過ごしていた。

五年もいると、さすがに牢の薄暗さや、じめじめとよどんだ空気、日に二度の粗末な食事に慣れてくるが、代わりに退屈で死にそうになる。年配のわたしでさえそうなのだ。若い連中が、新しく牢に連れてこられた新入りを早速取り囲み、外の話を聞こうとしたのは無理からぬことであろう。

「ルスティケロ！」

若者の一人、〈船乗り〉レオナルドが振り返り、持ち前の大声でわたしを呼んだ。

「あんた、たしか物語作者だとか言ってたよな？　だったら、ここに来て一緒にこの爺《じい》さんのホラ話を聞きなよ。多分、あんたがこれまでに書いたどんな物語より面白いぜ」

わたしは苦笑しながら若者たちの輪に近づいた。

ヴェネチアの爺さん――レオナルドがそう呼んだ新入りの囚われ人は、牢の隅の、そこだけわずかに日の当たった特等席を与えられ、壁に背をもたせかけて座っていた。彼を囲んでいるのは〈船乗り〉レオナルドの他、〈仕立て屋〉ジーノ、〈僧侶〉ヴォロッキオ、〈貴族〉

コジモの四人の若者である。彼らはいずれも見習い（レオナルド、ヴォロッキオ）か、さもなければ次男三男坊（ジーノ、コジモ）といった社会的には半端な身分の、従って当分の間は牢から出ていける見込みのない連中であった。

新入りのヴェネチア人は、みすぼらしいなりをした小柄な男であった。おそろしく汚いぼろをまとい、顔は一面汚いしみだらけ（若者たちが彼を「爺さん」と呼んだのもそのせいであろう）。だが、黒くて、よく動く大きな眼《め》だけはいかにも若々しい。

新入りの囚人を観察していたわたしは、ふと首をかしげた。新しく牢に放り込まれた者は、たいてい混乱し、取り乱しているものだ。ところが彼は、今日捕えられたばかりとは思えぬ、穏やかな態度で、口元にはにこやかな笑みさえ浮かべている。

わたしが腰を下ろすのを待ちかねたように、大柄な、たくましい腕の持ち主〈船乗り〉レオナルドが、再び新入りの男に向かって口を開いた。

「なあ、爺さん。いまの話だが、自分の着物さえろくに買う金のないあんたが、どうやってオレたちをこの場所から連れ出してくれるっていうんだい？」

「ここを出ていくためには、身の代金を払わなくちゃならないんですよ」〈仕立て屋〉ジーノが心配そうに口を挟んだ。「分かりますか？　つまり、莫大な黄金が必要ってわけです」

「ああ、黄金さえあればなあ！」〈僧侶〉ヴォロッキオが、神に仕える者としてはいささか罰当たりなほどの、大きなため息をついた。

新入りの囚人は、にこにこと笑いながら首を振った。「とんでもない、黄金なんてものがなんの役に立つものかね。ここから出ていくのにあんなものは不要だし、第一あれは時に疎《うと》ましく、いや、時に恐ろしくさえ感じられるものだからね」

「正気かい？」レオナルドが呆《あき》れたように言った。「黄金が恐ろしいだなんて、捕まった時にどこかに頭をぶつけたんじゃないのか？」

「黄金なんてものは、ある場所に行けば、実にありふれた品物なんだよ。そこでは黄金は道端に石ころ同然に転がっていて、誰一人見向きもしない。そんなものを誰がたいそうなものに思うかね？　例えば、かつて私が訪れた〝ジパング〟という国ではそうだった」

「黄金が石ころ同然に転がっている国だってよ！」

話を聞いていた若者たちの間からどっと、半信半疑の、歓声があがった。

「爺さん、あんた、そのジパングとかいう国に本当に行ったことがあるのか？」

「もちろん行ったともさ」

きっぱりと頷《うなず》いた男に向かって、それまで沈黙を守っていた〈貴族〉コジモが気味悪げに尋ねた。

「何者だい、あんた？」

「おや。それじゃあお前さんたちは、いままで私が誰だか知らずに話していたのかい？」

彼は不思議そうに周囲の者の顔をぐるりと見回し、ゆっくりと口を開いた。

「私の名はマルコ。マルコ・ポーロ。もっとも、ヴェネチアの人たちは、私のことを〈百万のマルコ〉と、そう呼んでいるがね」

彼はそうして、不思議に満ちたあの物語を次のように語りはじめたのである……。

*

私——すなわちマルコ・ポーロが、旅商人の父と叔父に連れられて生まれ故郷を後にしたのは、十七歳の時だった。私たちはヴェネチアで仕入れた品を元手に商売を続け、陸路東へ東へと向かって進んだ。そして三年半の旅の末、私たちは大ハーン・フビライが統《す》べる国にまでたどりついたのだ。

遠来の客である私たちのために、大ハーンは盛大な、目も眩《くら》むような宴を開いてくれた。宴会は何十日にもわたって続けられた。大ハーンはその席上、私たちに数々の質問を浴びせかけた。ヨーロッパの皇帝、王、諸侯、権力者たちが品位を保つ方法、裁判の方法、軍事行動、またローマ教皇や教会、ローマでなされているすべてのこと、ラテン人の習慣についても訊《き》いた。質問には私が答えた。私はすでに、彼らの言葉を自由に使うことができたのだ。

大ハーンはおおいに喜び、また私がタタール語の読み書きの他、数多《あまた》の諸国語を話せることを知ると、早速彼の直参《じきさん》として仕えるよう私に命じた。私はそれ以来、大ハーン直属の使者として、しばしば彼の広大な王国の辺境へと遣《つか》わされることになったのである。

仕えてすぐ、私は大ハーンが未知の国の珍しい話を聞くのがたいそう好きだということに気がついた。そこで私は、任務を命じられると、往復の途中、少し無理をしてでも、訪れた国の色々なことを細大漏らさず見聞し、すべて大ハーンにお話しできるよう努めた。私が諸国で実際に見聞したさまざまな不思議な事柄を話して聞かせると、大ハーンは非常にお喜びになった。その頃大ハーンは、よくこう言ったものだ。

「自分の目の使い方を知っているのは、マルコ・ポーロだけらしい」と。

私は大ハーンに遣わされて数百もの国と地方を回った。その中でも、大ハーンが一番お喜びになったのが、私が黄金の島ジパングを訪れた時の話なのである——。

ジパングは東の海に浮かぶ島国で、大ハーンが治める大陸からは海を隔てて千五百マイルの彼方《かなた》にある。住民は色が白く、文化的で、物資に恵まれている。偶像を崇拝し、どこにも属せず、独立している。

私がこの島に派遣されたのには、二つの理由があった。一つはジパングの王に大ハーンの庇護《ひご》を受けるよう伝えること。この任務はしかし、大ハーン自身、はじめからあまり成功を期待していなかったようだ。案の定、ジパングの王は私の口上を聞き終えると、慇懃《いんぎん》にこう言った。

「なるほど大ハーン殿の庇護を受けるならば、この世のいかなる災難からも逃れることができましょう。しかしこの島は大陸からも遠く、もともと他所《よそ》からあまり人が訪れない場所です。また人心も穏やかゆえ、大ハーン殿の庇護を受けるには及びません」

私は黙って引き下がるしかなかった。

私がこの島に派遣されたもう一つの理由。それは、何かと噂《うわさ》の多いジパングを観察し、大ハーンに報告することであった。

島の中を見て回った私は、すぐにあの噂が本当であったことを知った。

ジパングは黄金の島だったのだ！

宮殿の屋根屋根は一面、目も眩む黄金で覆われ、また都の道路や建物の床はすべて四インチの厚さの純金であった。いや、それればかりか、都にある建物はことごとく、柱や、窓さえ黄金でできていたのだ。おかげで、よく晴れた日には眩《まぶ》しすぎてそのままでは外に出られず、この国の人々は自ら目隠しをして出歩き、それでちょうど良いということだった。

このようにジパングでは手の届く場所に黄金が豊富にあるのだが、黄金を盗もうとする者は誰もいない。まず第一に、黄金があまりにも豊富すぎるために、誰も黄金が価値のあるものだと思っていないのだ。その証拠に、この国では粗末な木を彫って偶像を作り、けっして黄金を用いない。屋根に黄金を葺《ふ》いた豪奢《ごうしゃ》な寺院の中に木製の粗末な偶像が収められ、人々はこれをたいへんありがたがって拝んでいるのである。

また、ジパングの民は皆、非常に信心深い。これがジパングで盗難を見ない二つ目の理由である。彼らが信仰する偶像のうち、あるものは牛の頭の形をし、またあるものは豚や馬、羊などの頭の形をしている。頭は四つ、またはそれ以上あるものもあり、手も四本のもの、十本のもの、中には千本の手を持つ像さえある。私が見た限り、手が多いものの方がよけいに信仰されているようであった。但《ただ》し、彼らの崇拝する神がなぜそんなに多くの手が必要なのか、あるいはどうやって操《あやつ》るのかは、ジパングの人々も知らないらしい。

ジパングの王は信仰に基づいて法を定め、国を治めている。彼らの神は、盗みをたいへんに重い罪であると見なしている。そのためこの国の法では、盗みを働いたことが明らかになると、身分の上下、理由の如何《いかん》を問わず、誰でもただちにその場で犯人に石を投げつけて殺すことが許されている。法は絶対であり、万が一それと知らず盗みの罪を働いてしまった者は、事実が明らかになると、刃物で自分の身を切り裂いて死ぬほどだ。

都の驚くべき様子を見て回った私は、なんとかしてこの国の黄金を大ハーンのもとに持ち帰りたいと考えた。報告するにしても、証拠の品があるのとないのとでは信用がおおいに違ってくる。私は早速宮殿に戻り、ジパングの王にそのことを申し出た。

王はしばらく眉をひそめていたが、やがて困った様子で口を開いた。

「残念ながら、私はあなたに黄金を与えることはできない。なぜならこの国に古くから伝わる神聖な法が次のように定めているのです。第一に〝他国の者にこの国の黄金を与えてはならない〟、また第二に〝この国の黄金を他国から持ち込まれたいかなる品と交換してもならない〟。たとえ王でも、この法を破ることはできないのです」

なるほどジパングの住人が古代の法をことのほか重要視し、これを遵守《じゅんしゅ》している様は、私もこの国でたびたび目にしたところである。そこで私は、少し考えた後でもう一度王に願い出た。

「では、黄金をお与えくださるようお願いは致しますまい。その代わり、この国のどこで黄金が産するのか、その場所をお教えいただけないでしょうか？」

「はて、どうするおつもりかな？」王は尋ねた。

「私はそこに行って、自分の手で黄金を得ようと思います。それならば、この国の法に反することにはなりますまい」

「なるほど。あなたが自分の手で得たものはあなたのものである。与えられるのでもなく、また他国から持ち込んだ品と交換するのでもなく、自分の手で黄金を得るならば、あなたはそれを自由に持ち帰れば良い」

王はそう言うと、黄金の産する土地を私に教えてくれた。都からほど遠からぬ深い山中――そこに、汲《く》めども尽きぬ黄金の金脈があるという。

退出する際、王はふと思いついたように妙なことを言った。

「地元の住民たちはあなたをおかしな目で見るでしょうが、どうかお気になさらぬよう」

私は地図を片手に、供も連れず、単身その場所へと向かった。


目的の土地に着くと、そこで私はジパングの都を見て回った時にもまして、驚くべき情景を目にすることになった。都では、家を造り屋根を葺くなど、黄金はまだ何かしら役に立つものであった。ところがその土地では、黄金の塊がまさに道端の石ころ同然、無用のものとして扱われていたのだ。道端には黄金を多く含んだ石が無造作に転がり、きらきらと眩しく黄金色に輝いている。ところが人々は誰もこれを振り返ろうとはせず、それどころか彼らは極力黄金を含まない石を選んで家に用いているのであった。私が道端の黄金を拾いあげると、地元の住民たちは「その石は、日が当たるとまぶしくてならんだろうに」と不思議そうな顔で囁《ささや》き合い、子供たちはまるで珍しい動物でも見るような目付きで私の後を遠巻きにぞろぞろとついてくる始末である。私は王の言葉をようやく理解した。

この土地では黄金を集める者はとびきりの変人なのだ！

しかし私は、他人の目を気にするどころではなかった。私は夢中になって道端に転がる石を拾いあげ、黄金をより多く含んだ塊を選び出しては、それを袋に詰めた。袋はすぐ一杯になった。だが、先に進めば進むほど、私の目の前には次々により純度の高い黄金の石が現れる。そこで私は最初に選んだ石を捨て、いっそう黄金色に輝く石を袋に詰め直した。捨てては拾い、拾っては捨て……その繰り返しである。

黄金の輝きに目を奪われていた私は、気がつくと鬱蒼《うっそう》とした森の中に迷い込んでいた。いつの間にか日はとっぷりと暮れている。私は急に不安になり、慌ててもと来た道を引き返そうとした。

その時である。

一閃《いっせん》、まばゆい黄金色の輝きが私の目を射た。私は我が目を疑った。暗い藪《やぶ》の一角がまるで燃え立つような明るい黄金色の輝きを放っているのだ。私は吸い寄せられるように、ふらふらと近づいた。そして、まさに黄金の光に手が届くと思われた瞬間、足の下の地面がなくなった。あっと思う間もなく、私は真っ暗な穴の中へと落ちていった……。

気がつくと、私は暗い河原に横たわっていた。すぐ近くを川が流れているらしく、激しい水の音が聞こえる。

私はゆっくりと上体を起こした。あちこちがひどく痛んだが、幸運にもどこも骨は折れていなかった。すぐ側《そば》に黄金を詰めた袋と、非常に長くて丈夫な木の蔓《つる》が落ちていた。どうやら、落ちる瞬間、とっさにつかまったこの蔓のおかげで、たいした怪我《けが》もせずに済んだものらしい。

神に感謝の祈りを捧《ささ》げた私は、辺りを見回して、奇妙なことに気がついた。空には月もないというのに、四囲がことごとく黄金色の輝きに包まれ、ひどく明るいのだ。不思議に思った私はもう一度周囲の石や岩を注意深く調べ、やがて驚きの声をあげた。辺りの石が、岩が、砂が、すべて極めて純度の高い、完全な黄金でできていたのだ！　来る途中で集めた黄金も、この谷の黄金に比べれば、ただの石ころ同然であった。

私はまた、それまでに集めたものを捨て、夢中になって谷の黄金を集めて回った。袋が一杯になり、さて、一息ついたところで、私は自分がとんでもない愚か者であることにいまさらながら気づくことになった。

莫大な黄金を手に入れた私は、しかしどうやって谷から出ていこうというのか？

谷の両側の垂直に険しく切り立つ崖は、とうてい人間が登ることのできるような代物ではなかった。私は谷の中央を切って流れる川に沿って歩き出した。川の上流は切り立った崖から下り落ちる高い滝で行き止まりであった。他方下流は、速い流れが崖下に穿《うが》たれた暗い洞窟の中へと流れ込んでいて、それ以上は先に進めそうもない。

私は大声をあげて人を呼んだ。だが、この国のいったい誰が、無用の黄金を探しにこんな山奥にまでわざわざ来るだろう？　私はやがて叫ぶのにすっかり疲れてしまい、寝転がって天を見あげた。

空から星の数が減りはじめていた。

夜明けが近づいているのだ。

私は恐ろしいことに思い当たった。もしこのまま夜が明け、輝く太陽が空に昇れば……？　おお！　それは考えるだけで恐ろしいことだった。黄金の谷は、かすかな星明かりにさえ、こうしてきらきらと、まるで昼間のような明るさなのだ。仮借《かしゃく》のない陽光がこの谷に差し込めば、眩しすぎる黄金の輝きに私の目はたちまち潰《つぶ》れ、あるいはすっかり正気を失ってしまうに違いない。私は慌てて辺りを見回し、なんとかこの恐ろしい黄金の谷から抜け出す方法はないものかと懸命に思案を巡らせた。だが、辺りに見えるものといえば、黄金の岩、黄金の石、黄金の砂、後は貧相な、みすぼらしい木々がまばらに生えているだけである。私は黄金に囲まれながら、まさにその黄金のために死ぬことになるのだろうか？　私は声をあげて泣きはじめた……。

神が私をお助けくださらなければ、私はきっとあのまま正気を失っていたことだろう。

一つの策を思いついた私は、急いで辺りに生えていた木を片っ端から押し倒して回った。幸い根はどれもたいして深くはなく、作業は短時間のうちに終了した。私は倒した木を一カ所に集め、蔓でそれらを固く縛り合わせた。

筏《いかだ》が完成した頃には、すでに残酷な黄金の輝きは谷に満ち、私はほとんど目を開けていることができなかった。閉じた目からは、ぼろぼろと涙が流れた。もはや一刻の猶予もならなかった。私は手探りで一本の手頃な枝を手に取ると、自分の体と黄金を詰めた袋とを筏に乗せ、川の中ほどへ乗り出した。

筏が暗い洞窟に吸い込まれた瞬間、谷にその日最初の陽光が差した。私の背後で、世界が黄金色に燃えあがった……。

私は危ういところで一つの死地を逃れた。だが、新たな冒険――私があの洞窟の中で経験した〝船旅〟もまた、それまで私が行ったいかなる冒険にもまして困難なものであった。洞窟の中の流れは速く、激しく、天井はひどく低い。洞窟の天井からは無数の石の氷柱《つらら》が垂れ下がり、流れの中に黒々とした岩が突き出している。筏を操るものといえば、私が手にした一本の木の枝しかない。

筏はやがて、とてつもなく強い流れの一つに捕えられた。私は筏に腹ばいになって目を凝《こ》らし、先を窺《うかが》った。流れは巨大な二つの岩の間に、白く渦を巻いて流れ込んでいた。岩の間に吸い込まれれば、筏は――それに乗った私もろとも――たちまちばらばらに砕けちってしまうであろう……。

私はとっさに意を決し、筏に積んであった黄金入りの袋を流れの中に捨てた。軽くなった筏は、私の最後の渾身《こんしん》の力を込めた竿《さお》のひと突きによって、ようやく恐ろしい流れから抜け出すことができたのである。

皮肉なことに、私が黄金を捨てた急流を最後に、流れが緩やかになりはじめた。前方に洞窟の出口らしき小さな明かりが見えると、私は疲労と安心のために、そのまま気を失ってしまった。

結局、私は川の下流の村人たちによって助けられた。私が気を失ったまま川を流れていくのを見つけた彼らは、筏を岸に手繰り寄せ、私を陸にあげて介抱してくれたのだ。

二、三日して元気を取り戻した私は、村人たちの親切に感謝し、無事に都へと戻った。

さらに二日、私はジパングの都に留《とど》まった。

かくて、自分の手ではとても集め切れない莫大な量の黄金を得た私は、それを大ハーンのもとに持ち帰り、大威張りで報告したのである。

神に感謝。アーメン、アーメン。

＊

わたしたちは話の続きを待った。

マルコが語る不思議な物語に、わたしたちは息を呑《の》み、いつしか我を忘れて聞き入っていたのだ。ところがマルコは、どうしたことかそれきり口を閉ざしている。〈船乗り〉レオナルドが、たまりかねたように口を開いた。

「なるほど、そのジパングとやらはたいそう変ちくりんな国のようだが、しかしそれにしてもおかしいじゃないか」

「はて、私の話に何かおかしい点があったかな？」

「何って、爺さん……いや、マルコさんよ、あんたはいまこう言ったじゃないか。〝命を救うために、せっかく集めた黄金を川の中に捨てなければならなかった〟と。だったら、あんたはなんだって莫大な黄金を手に入れ、それを持ち帰ることができたんだ？」

「おやおや。さてはお前さん、話の途中で居眠りをしていたのだな。私の話をちゃんと聞いていさえすれば、私が莫大な黄金を得たのも、またそれを大ハーンのもとに持ち帰ることができたのも、至極当然なことだと分かったはずだがね」

「至極当然だって！」

若者たちは皆、唖然《あぜん》として互いの顔を見合わせた。最初に口を開いたのは、やはりレオナルドだった。彼は右の拳《こぶし》を反対の手のひらに勢いよく打ちつけて叫んだ。

「そうか！　さてはあんた、そのジパングという国から黄金を盗み出したんだな。都に帰ったあんたは、こっそりと黄金を拾い集め――つまり盗んで、自分の船に積み込んだんだ」

「ジパングでは盗みの罪がいかに忌み嫌われているのかを、私はちゃんと話したはずだがね」マルコは眉をひそめて言った。「あの国では、なるほど黄金は石ころ同然の無価値なものだった。だが、同時にジパングでは、たとえそれが石ころでも、盗んだことがばれると、犯人はその場でたちどころに石打ちの刑にされるのだ。いや、私ならあの国で盗みの危険を冒す気にはとてもなれないね」

「どうやらあんたの話が分からないのは、居眠りをしていたレオナルドだけじゃないらしい」〈貴族〉コジモが横から口を挟んだ。「誓ってもいいが、ここにいる全員があんたの話を不可解なものに感じているんだ。この俺を含めての話だよ。となれば、考えられる可能性は一つしかない。それは、あんたが嘘《うそ》を言っているということだ」

「私は嘘など一言も話してはいないよ」マルコは首を振って言った。

「本当にそうかい？」コジモは薄い朱色の唇に皮肉な笑みを浮かべて続けた。「何も事実と違うことを話すだけが嘘じゃない。そうでなくとも、あんたは俺たちにわざと話さなかった、つまり俺たちに隠している事実があるんじゃないのか？　例えば、あんたが捨てたのは実は袋だけで黄金は筏の上に残してあったとか、あるいはあんたが捨てたはずの黄金入りの袋が実は筏の下に引っかかっていたとかね。とにかくそういった重要な事実を、あんたは俺たちに話さずに隠しているに違いない。俺はそれを嘘と言っているんだ。もしあんたが嘘をついているなら、あんたが黄金を持ち帰った理由なんぞ、いくら考えたところで俺たちに分かるはずがないね」

「はて？　私は何一つ重要な事実を隠してはいないのだがね」

「分かった、じゃあこうだ！」〈仕立て屋〉ジーノが、茶色の眼をくるりと回して言った。

「マルコさん、あなたは助けてもらった村で元気を取り戻すと、もう一度黄金を集め直したんだ。なぜって、あなたの話によれば、村に流れる川も黄金の谷から流れ出ているのですから、川底はきっと光る砂金で一杯だったことでしょうからね」

ジーノの人の好《よ》い丸顔が喜びに輝いているのを見て、マルコは気の毒そうに首を振った。

「私が助けられた村は、どういうわけか、あの国でも不思議なほど黄金を見ない村で、川底には砂金一粒見つけることができなかったのだよ。どうしてそうなのか？　理由は私にも分からないが……」マルコはちょっと首をかしげ、すぐに先を続けた。「それに私はこう言ったはずだ。〝自分の手ではとても集め切れない莫大な量の黄金を得た〟と。私は何も比喩を語ったのではない。私が話すのは事実だけなのだ。いいかい、もう一度はっきり言おう。私はあの国で、自分の手で集めたのではとても得られない莫大な量の黄金を得た。それを大ハーンのもとに持ち帰ったのだ。……さあ、こう言えばもう分かるだろう？」

「ははあ、さてはそうでしたか」と子細《しさい》らしく頷いたのは〈僧侶〉ヴォロッキオである。彼は、首を捻《ひね》っている仲間の顔を見回し、得意げに口を開いた。「マルコさん。そう言えばあなたは〝ジパングの民は皆、非常に信心深い〟と話の中でしきりに強調しておいででしたが、さてはこのためだったのですね。〝黄金は神が下したもうた恩恵〟。なるほどそうに違いない」

「どういうことだ半端坊主？　もったいつけずにさっさと言えよ」レオナルドが半畳《はんじょう》を入れた。

「つまりですね」とヴォロッキオは得意げに口を尖《とが》らせて言った。「黄金はきっと〝聖者への寄進〟だったのです。ほら、マルコさんはこんなことを言っていたでしょう？　〝ジパングの民は熱心に偶像を崇拝している。あるものは牛や馬の頭を持ち、また別のあるものは手が千本もある〟と。きっと彼らにとっては、見たことのない奇妙な姿のものは、すべてが崇拝の対象なのです。だとしたら、突然川を流れてきた異人——マルコさんもまた、彼らの崇拝の対象になったとして少しも不思議ではない。彼らの崇拝をうまく利用しさえすれば、マルコさんは自分で集めたのではとても叶《かな》わない莫大な黄金を手に入れることができたはずです。まさに〝聖者への寄進〟としてね」

「お前の説明は、やはりいただけないな」コジモが言った。「まるでこの牢で出されるひどい食事なみだ」

「いただけない？　そりゃあまたどうして？」

「いいかヴォロッキオ、お前はいま得々とマルコさんの言葉を俺たちに思い出させてくれたが、お前こそ思い出した方がいいぜ。この人はこんなふうにも言っているんだ。〝ジパングには王でさえ破れないものがある。他国の者にこの国の黄金を与えてはならないという法がそれだ〟と」

「では、あなたが得た黄金は〝聖者への寄進〟ではなかったのですか？」ヴォロッキオはマルコを振り返り、疑わしげに尋ねた。

「もちろん違うとも。それともお前さんは、命を助けてくれた村人たちを私が騙《だま》したのだと、そんなことを本気で考えていたのかね？」

「そりゃあまあ、本気で、というわけでもありませんが……」

ヴォロッキオがもぞもぞと決まり悪げに黙り込むと、新たな解釈を口にしようとする者はもはや誰もいなかった。

若者たちは、しばらく無言で互いに顔を見合わせていたが、やがて全員の物問いたげな視線がマルコに注がれた。マルコは軽く肩をすくめて言った。

「やれやれ。私の話をちゃんと聞いてくれていさえすれば、そして少々論理的に考えさえすれば、すぐに分かったはずなのだがね。……考えてもみたまえ、盗むのでもなく、まして騙すのでもなく、望む品を手に入れるために、神が私たちに許された二つの方法がある。一つは、自分の手でそれをつかむこと。私がはじめに試みようとしたのはこのやり方だ。私は自分の手で黄金を集め、それを持ち帰ろうとした。ところが、黄金の輝きにすっかり目を眩まされた私は、おかげで深い谷に落ち、そこから逃げ出すためにせっかく集めたすべての黄金を捨てなければならなかった。こうして私は第一の方法に失敗した。となれば、残された可能性は一つしかない。私はつまり二番目の方法、私の本来の在り方、商売によって黄金を手に入れ、それを船に積んで持ち帰ったのだよ」

「それは変だ。全然理屈に合わない！」ヴォロッキオが声をあげた。「あなたはさっきこう言ったはずだ。〝ジパングでは黄金を他国から持ち込まれたいかなる品とも交換してはならない〟と。それが〝たとえ王でも破ることのできない、この国の法なのだ〟と。それなのにあなたは、いまになって商売で黄金を手に入れただなんて！　それなら、あなたはやはり、さっきコジモが指摘した通り、嘘をついていたことになる。わたしたちはまるっきり騙されていたんだ！」

ヴォロッキオの意見に他の若者たちも同意らしく、彼らは口々に不満げな唸《うな》り声をマルコに浴びせかけた。マルコは顔の前に立てた人さし指を左右に振って一同を黙らせた。

「勘違いしちゃ困る。私は一言も嘘などついてはいない。なぜなら私は、ジパングの法に触れることなく商売を行い、黄金を手に入れたのだからね」

「どういうことです？」ジーノが目を丸くして尋ねた。

「おや、まだ分からないのかい？　私は何も他国から持ち込んだ品で商売をしたのではない。そうではなく、私はあの国で得た品と、莫大な黄金とを交換したのだ」

「あなたが、ジパングで得た品ですって？」

若者たちはまた、それぞれの額にしわを寄せ、天井を見あげて考え込んだ。

「というと、それは」またジーノが口を開いた。「あなたを助けてくれた村で、黄金以外の、何かとても価値のある品を見つけたということですか？」

「いや。あの村では体力を回復するのに精一杯で、何かを探すような時間はなかった」

「ちくしょう！　やっぱりわけが分からない」レオナルドが癇癪《かんしゃく》を起こして叫んだ。

「整理してみよう」コジモが言った。「マルコさん。あんたは、外国から持ち込んだ品ではなく、ジパングで得た何かと黄金とを交換した。しかもそれは、あんたが都を出てから、再び都に帰るまでに手に入れたものである」

「いいぞ、その調子だ」マルコが手を叩《たた》いて言った。

「しかし」とコジモは眉をひそめて言った。「あんたは自分の命を救うためにせっかく集めた黄金さえ川に捨てなければならなかった。すると、その時まで他に何かを持っていたとしても、あんたは先にそれを捨てたに違いない。つまり川下の村人に助けられた時、あんたは着の身着のままということになる。残る可能性は、あんたが助けられたというその村だが、そこでもあんたは体力を回復するのに精一杯だったと言うのだし……。ええい駄目だ。やはり、そんなものはありえない。マルコさん、あんたは黄金と交換した品を、いったいどこで、どうやって手に入れたんだ？　そろそろ話してくれてもいいだろう」

「だが、私はそれをもう話しているのだよ」マルコはにこにこと笑いながら言った。「私がその品を手に入れたのは、皮肉なことに、私があの恐ろしい黄金の谷から命からがら逃げ出した時だった。私はたとえすべての黄金を放り出しても、それを手放すことはけっしてできなかったのだ。なぜならその品とは、私を乗せた筏そのものだったのだからね」

「筏ですって！」ヴォロッキオが頓狂な声をあげた。「なんだって筏なんてものが莫大な黄金と交換できるのです？　そもそも、あなたはこう言ったじゃないですか。〝谷には、貧相な、みすぼらしい木々がまばらに生えているだけだった〟と。それなのに……」

勢いよくまくし立てていたヴォロッキオは、突然何事か思い当たったようにはっと息を呑んだ。

「まさか……そんな……」

「そうだよ。その通り」マルコは大きく頷いて言った。「そのことは、さっきお前さん自身が指摘したばかりじゃないか。ジパングの民はたいへん信心深いと。私はお前さんたちに分かってもらえるよう、ちゃんと説明したのだ。〝ジパングの民は粗末な木を彫って偶像を作り、熱心にこれを拝んでいる〟と。私がとっさに筏に組んだ木々は、ジパングの民が偶像を作るための特別な木だったのだ。その木はどこにでも生えているというわけではなく、従ってジパングでは非常に珍重されている。どこにでも転がっている、ありふれた黄金などより、ずっとね。村人たちにそのことを教えられた私は、筏を都に運び、これを莫大な黄金と換えた。私が大ハーンのもとに持ち帰った黄金は、こうして得たものだったのだ」

「ところでマルコさんよ」しばらくして、レオナルドが眉をひそめたままで尋ねた。「あんたはその莫大な黄金をどうしちまったんだい？　あんたがそんな金持ちなら、なんだってさっさと身の代金を払って、ここから出ていかないんだ？」

「ああ、そのことなら」とマルコはふいに一つ、大きなあくびを漏らした。「せっかくだから、私はもう少しここにいようと思っているのだ。居心地も悪くないようだしね」

マルコはそのまま床にごろりと横になり、目を瞑《つむ》った。

「どうだい」彼は片目を開けて言った。「黄金なんかなくても、ここから抜け出せただろう？」

「ここ……？」レオナルドが辺りを見回して尋ねた。

「退屈からだよ」

わたしたちはあっと声をあげ、互いに顔を見合わせた。なるほど、マルコが物語る間、わたしたちは退屈を忘れ、それどころか自分たちが牢の中にいることさえすっかり忘れていたのだ。

「私がここにいる間、私が経験した不思議な物語を残らず聞かせよう。……それで、お前さんたちをここから連れ出してやるのさ」

マルコはそう言って再び目を瞑り、今度は本当に安らかな寝息を立てて眠りはじめた。じめじめと湿気の多い、薄暗い牢の中が、彼にとってはあたかも贅《ぜい》を尽くし数寄《すき》を凝らした御殿の一室であるかのように……。

若者たちはしばらく呆れた様子でマルコを眺めていたが、やがて首を振り、無言のままそれぞれの場所に散っていった。

牢の薄闇に、誰となく呟《つぶや》く声が聞こえた。

「……たいした百万野郎《ホラふき》だぜ」

賭博に負けなし

賽子《さいころ》を転がす軽やかな音に続いて、わっと歓声があがった。

「わたしの勝ちですね」

面長な顔に満面の笑みを浮かべて頷《うなず》いたのは、〈僧侶〉ヴォロッキオ。差し向かいに座った〈船乗り〉レオナルドは、もともとの赤ら顔をいっそう赤くして低く唸っている。

「もうやめたらどうです？」ヴォロッキオが相手を見くだしたように言った。

「なに、今度こそ」レオナルドが自棄《やけ》になって言った。「もう一丁勝負だ」

「いいぞ！」周りの連中が囃《はや》し立てた。

「さすがは勝負師！」

再び賽子の転がる音。

「またわたしの勝ち」ヴォロッキオが高らかに宣言した。「では、これはいただきますよ」

勝者が〝掛け金〟である豆のスープに手を伸ばす。

「ちょっと待ってくれ……待った、待った」

「賭け事に〝待った〟はなしです」

「そこをなんとか頼むよ」レオナルドが情けない声を出した。「オレは昨日の朝メシも食いそびれたんだ」

「少し分けてあげたら？」人の好《よ》い〈仕立て屋〉ジーノが茶色の眼《め》をくるりと回して言った。

「無理だな」〈貴族〉コジモが首を振った。

「〝最初に言葉ありき〟。聖書にもちゃんとそう書いてあります」すでにスープ皿を手にしたヴォロッキオが、もったいぶった口調で言った。

「聖書？　それこそ慈悲《じひ》の言葉じゃないか！」

「とんでもない。聖書は人間の守るべき約束について定めているのです」ヴォロッキオは首を振った。「いいですか、わたしたちは最初にこう取り決めました。〝賭けの勝者がスープを取る〟と。契約は神聖です。神の言葉をいいかげんに扱うことは、それこそ神を冒瀆《ぼうとく》することになりますからね」ヴォロッキオはそう言って皿を持ちあげると、一息にスープを飲み干した。

「この、ひとでなしの、イカサマ坊主め！」

レオナルドが太い腕をふるって相手につかみかかり、他の連中が慌てて取り押さえにかかった……。

いつもの光景に、わたしはやれやれと苦笑した。

五年前、ピサの物語作者であったわたしは、ジェノヴァとの戦争で捕えられ、牢に放り込まれた。その牢に居合わせたのが、〈船乗り〉レオナルド、〈仕立て屋〉ジーノ、〈僧侶〉ヴォロッキオ、〈貴族〉コジモ、といった若者たちである。彼らはいずれも見習いや、次男三男坊――あるいは物語作者――といった、社会的に半端な身分の者たちであり、彼らのために誰かが多額の身の代金を払うことなどありえない。わたしたちが牢を出ていける見込みは、しばらくありそうにもなかった。

五年も牢にいると退屈で死にそうになる。気晴らしの手段として、誰でも思いつくのが賭け事だろう。若者たちは賽子を転がし、そのたびに日に二度の粗末な食事が誰かの口に入りそびれた。

「ルスティケロ!」

誰かがわたしの名前を呼んだ。顔をあげると、コジモが立っていた。彼は薄い朱色の唇の端を歪《ゆが》めて言った。「来なよ、はじまるぜ」

コジモが顎《あご》をしゃくった先を見ると、若者たちはいつのまにか諍《いさか》いをやめ、車座になっている。そして、その若者たちの中心に彼がいた。黒い髪、黒い眼、小柄な、そしておそろしく汚いぼろをまとったヴェネチア人――。最近牢に連れてこられたその新入りの囚人は自ら〈百万のマルコ〉と名乗った。

「百万野郎《イル・ミリオーネ》が」とコジモが小声で言った。「賭けについて何か面白いホラ話を聞かせてくれるそうだ」

わたしたちが近づくと、レオナルドが待ちかねたように声をあげた。

「さあマルコさんよ、オレたちをここから連れ出してくれ!」

わたしは、おやと思った。

なるほど、マルコが語る途方もない百万話《ホラ》を聞いている間、わたしたちは日々の退屈を……いや、自分たちが牢《ここ》にいることさえ忘れることができた。

どうやら最近、若者たちの間では、

――ここから連れ出してくれ。

という呼びかけが、

――面白い話を聞かせてくれ。

といった意味で使われるようになったらしい。

もっとも、豆スープを食べそびれたレオナルドにとって忘れるべきことは、まず空腹であったのだろう。彼は身を乗り出すようにしてマルコに尋ねた。

「それで、あんたはどんな賭けに勝ったんだい？　それで何を得たんだ？」

「得たものは、目も眩《くら》むような財宝。それから栄誉さ。何しろ私は、それまで誰も勝ったことのない賭けに勝ったのだからね」

マルコはそうして、不思議に満ちたあの物語を次のように語りはじめたのである……。

＊

私――すなわちマルコ・ポーロは、キリスト御生誕一千二百七十一年目の御年、父と叔父に連れられて生まれ故郷ヴェネチアを出発した。私たち一行は商売を続けながら陸路東へと進み、三年半の苦難の多い旅の後に、ついに大ハーンの統《す》べるあの国に到着したのである。

いくら世間に疎《うと》い者でも、大ハーン・フビライの名前くらいは聞いたことがあるだろう。遍《あまね》く地上に広がったタタール人の王にして、比類なき広大な国土を統べる偉大な君主、そもそも〝ハーン〟とは「君主のうちの大君主」を意味している。

私たちは早速、他の旅行者がそうしているように、大ハーンへの贈り物を携え、宮殿へと挨拶に赴いた。

初めて目にする大ハーンの宮殿は、噂通りまったく素晴らしいものであった。

何しろ、宮殿の周囲に張り巡らされた方形の外壁の長さは周囲一リーグ（約六・四キロ）を超え、一点のしみもなく真っ白に塗られている。この壁は非常に厚く、高さは十ペース（約十五メートル）以上。壁のところどころに門が設けられ、人々はここから出入りしている。中央の門はひときわ大きく、また美しい装飾が施されているが、これは大ハーンの出入りに際してのみ開かれる。

門の両側には、やはり白く塗られた高い楼が設けられ、見張りが常時立っている。この楼には、弓、矢、弓弦、箙《やづつ》、鞍《くら》、馬勒《ばろく》などの軍隊に必要な一切の武具が収蔵してあった。

第一壁を入ってしばらく行くと、第二壁にぶつかる。白く美しく塗られていること、門があること、門の両側に楼が立っていることなどは、第一壁と同じである。

二つの壁の間には、見事な木立のある草原が広がっている。ここでは、白シカ、麝香《じゃこう》ジカ、白斑シカ、黄シカ、リスなど、大ハーンが世界中から集めさせたさまざまな美しい動物たちが、いたるところで遊んでいる。この場所にはまた人工の深い池があり、多種多様な魚が泳いでいる。ハーンは望む時に、望むだけここから魚を得ることができる。

二つの壁を通過すると、広大な境内の中央に、ようやく大ハーンの宮殿が見えてくる。宮殿の屋根は比類なく高い。外壁は、朱、緑、碧《あお》、黄、その他とりどりに彩《いろど》られ、その細工はなんともいえず精巧にできている。このため宮殿はまるで水晶のごとくきらめき渡り、その輝きは十里四方、どの町からでも望見できるほどだ。

宮殿の四面には巨大な大理石の階段があり、人々はこの階段をのぼって宮殿内に至る。宮殿の内部の壁はすきまなく金銀箔《はく》が張られ、その上に貴婦人、騎士、竜、禽獣その他さまざまな絵が美々しく描かれている。天井もまた同様に装飾され、絵画と金箔で埋め尽くされている。また宮殿内の部屋数の多いことときたら、まったく信じられぬほどであり、おそらく一人の人間が一生かかっても全部の部屋を通り抜けることはできないだろう。噂によれば、宮殿の中にはすっかり見捨てられ、誰からも忘れられた部屋があって、そこでは老人たちが昔ながらの風習、昔ながらの発音を守り続けているということだった。

さらに、宮殿の背面には巨大な一建物があり、ここには世界中からハーンに捧《ささ》げられた財宝、すなわち金銀、宝石、真珠、象牙、香木といったものが収蔵してある。ハーンの数多い妻たちが居住しているのはここである。従ってこの建物への出入りは、大ハーン以外、何人《なんぴと》も許されない。

宮殿の敷地にはその他にも、翡翠《ひすい》を敷き詰めた築山や、世界中から珍しい木々を集めた森などがある。

私はそれまで、旅の途中でさまざまな国を見てきたが、大きさといい、美しさといい、大ハーンの宮殿ほど素晴らしい建物を見たことがなかった。私は「これ以上の宮殿は、世界中どこを探しても、けっして見つけることはできまい」と確信した。ところが、後で聞いたところ、大ハーンの宮殿はこれ一つではなく、国中のあちこちに同様の宮殿が存在し、大ハーンは気が向いた時に気が向いただけ、数多《あまた》ある宮殿の一つに滞在することができるのであった。

大ハーンは、私たちが差し出したささやかな贈り物をこころよく受け取ると、代わりに何十倍も価値のある品々をお与えくださった。彼は、ヨーロッパからやってきた私たちをたいへん珍しく思い、たくさんのことを質問した。彼は非常な好奇心の持ち主だった。大ハーンはその後で、私たちのために盛大な宴を開いてくれた。

宴席には、実にたくさんの人々が招かれた。参加者はざっと五千人はいたであろう。だが、宴が催された宮殿の広間は信じられぬほど広く、混雑しているとは少しも見えなかった。そこでは、あまりに広いために、給仕たちは飼い馴《な》らしたゾウに乗って食べ物や飲み物を配って歩いていたほどである。

私たちの目の前には見たこともない珍味佳肴《ちんみかこう》が文字通り山のように並べられた。良い匂いのする美女が両側にはべり、私たちのために酒を注ぎ、料理を取ってくれた。広間の中央では、たくさんの楽師が楽器を奏で、宴席の雰囲気を盛りあげた（その音色は私たちヨーロッパ人の耳にはいささか奇妙なものに聞こえた）。また、曲芸師や奇術師が次々に現れては、見事な、あるいは不思議な芸を披露してみせた。

宴席は何日も続いた。

目の前の宴にすっかり心を奪われていた私たちは、大ハーンから声をかけられた。

「予《よ》の国の宴席はいかがか？　これより盛大なものが他の国にあるかな？」

「いいえ」父と叔父がそろって首を横に振った。「これほどの宴は、見たことも、聞いたこともありません」

大ハーンは自信満々の様子で尋ねた。「では、他の国の宴にあって、予の国のそれにはないものが何かあろうか？」

「ここにないものなど一つもございません」

「すべてがそろっております」

父と叔父は、またそう答えた。

その時私は、ふとあることに気づいて口を開いた。

「他の国の宴席にあって、この場に欠けているものが一つだけあります」

父と叔父は慌てて私を黙らせようとした。が、大ハーンは彼らを制して私に尋ねた。

「はて、ここに欠けているものとは何かな？　是非聞きたいものだ」

「賭け事でございます」私は言った。「私が旅の途中立ち寄りました国々では、宴席には賭け事が付き物でした。もちろん賭け事は、時には諍いの種にもなりましょう。しかし、宴席を盛りあげるには、ずいぶんと役に立つものでございます。それがこの場にはございません」

私は最後まで言い終えぬうちに、自分が何か間違ったことを口にしたことを知った。それまで賑《にぎ》やかに浮かれ騒いでいた人々が、急にしんとなってしまったのだ。

大ハーンに付き従っていた侍臣の一人が、えへんと一つ咳払《せきばら》いをして、私に言った。

「賭け事などというものは、この国ではそもそも存在しないのだ」

「なぜです？」

「なぜなら」と大ハーンが答えた。「この国はすべて予のものなのだ。民の所有物もまた、すべて予のものである。民にして、もし賭け事をするとなれば、それは予の財産を勝手に賭けることになるではないか」

ひどく緊張した空気が、広間に流れた。私は知らなかったのだが、大ハーンはかつて、賭け事はもちろん、賭博の話を公《おおやけ》の席で持ち出した者は死刑に処すると命じていたのだ。だが、大ハーンは自ら、広間の者に対して手を振って言った。

「この若者は、この国に着いたばかりの他国の者だ。予が賭け事を禁じたのは、他国の者に対してではない。予は、自分が命じなかったことで、何人も罰することはないぞ」

ほっと安堵《あんど》の息が漏れるのが、広間のあちこちで聞かれた。

「ところでマルコとやら」大ハーンが私に向き直って言った。「いま予が申した通り、そなたは他国の者だ。そなたの財産は予のものではない。もしそなたが望むなら、この宴席を盛りあげるために、一つ予と賭けをせんかな？」

「どのような賭けでございましょう？」

「馬を走らせる」

「馬を？」

私が首をかしげると、侍臣がまた脇から口を出した。それによると、この国ではかつて、重い車を引く馬同士を競争させる賭け事が行われていた。勝負は、一頭立ての〈騎《き》〉、二頭立ての〈兩《りょう》〉、四頭立ての〈駟《し》〉、の三番。それぞれの勝負で賭け金が支払われる。

「予は、予の馬を騎、兩、駟の順番で走らせよう。賭け金は、一勝負につき黄金十サジオ、もしくは相応の品でいかがか？」大ハーンが尋ねた。

私は考えた。受けて立たなければ、せっかくの宴席が白けることになろう。それに、もし万が一、三番の賭けにすべて負けたとしても、黄金三十サジオ（約百五十グラム）であれば、たいした損害ではない。

「お受けしましょう」

私がそう言うと、広間にどっと歓声があがった。

「賭けは、明日昼の刻、宮殿の馬場で行われる」

侍臣が皆にそう告げて回った。

大ハーンが立ち去ると、この国の貴族やその他の身分の高い人物が、私の席を代わる代わる訪れた。彼らは皆、私の幸運を祈念して握手を求めた。

「それにしても」と一人が興奮した様子で言った。「あの大ハーン殿を相手に三番勝負をなさるとは、よほど豪胆なお方だ」

「三番のうち、一番でも勝てばたいへんな栄誉ですぞ」別の一人が言った。「何しろ、かつて大ハーン殿に勝負を挑んだ他国人の誰一人として、ただの一番も勝ったことがないのですからな」

「幸い、私は素晴らしく足の速い馬を何頭か所持しています」私は答えた。「あの馬たちならば、たとえ大ハーン殿の馬が相手でも、簡単に負けることはないと思いますよ」

私を囲んだ人たちが、おおと声をあげた。

「お若いのにたいしたものだ！」

「よほど自信がおありのようだが、いったいどこでその馬を手に入れられたのです？」

「馬を手に入れたのは、もちろんこの国においてです」私は、彼らの大袈裟《おおげさ》な様子をおかしく思いながら答えた。「まったくのところ、この国の馬たちときたら、他の国の馬とは比べものにならないほど、素晴らしく足が速いですからね」

この言葉を聞くと、人々は急に顔を見合わせて黙り込んだ。一人が訝《いぶか》しげに口を開いた。

「すると、あなたは知らなかったのですか？　この国で足の速い馬が生まれると、まず大ハーン殿に献じられることを。つまり、あなたがこの国で馬を手に入れられたのなら、それがいくら足が速くとも、必ず大ハーン殿の馬より遅い馬なのです」

「そうでしたか」私は自分のうかつさに苦笑して言った。「それなら仕方ありませんね。明日はどうも、黄金三十サジオを失うことになりそうだ」

「そのことですが」さっきの男が尋ねた。「あなた方は、黄金三十サジオもの財宝を本当にお出しになれるのですか？」

「どういうことです？」

　不思議に思った私は、彼らの話を詳しく聞いて真っ青になった。〝三十サジオ〟は、なるほど私の故郷ヴェネチアではわずかな量であった。ところが、同じ言葉が、この国では莫大《ばくだい》な、途方もない量の黄金を意味していたのである。それは、私たちが旅の間に苦労して蓄えた財をすべて合わせたとしても、とうてい支払える量の黄金ではなかった。

　私は救いを求めて父と叔父を振り返った。だが二人とも、あまりのことにすでに気を失ってしまっていた。私は青い顔で言った。

「大ハーン殿にお会いして、賭けを中止していただくようお願いしてみます」

「それは無理でしょう」貴族の一人が首を振った。「大ハーン殿は、先ほども示された通り、言わないことで罰することはけっしてありません。が、一度口にしたことは必ず守らなければなりません」

「大ハーン殿に対して言葉を守らない者は」と別の一人が言った「ただちに八つ裂きの刑に処せられます」

「もし賭け金を支払うことができなかったら？」私は恐る恐る尋ねた。

「やはり八つ裂きですよ」

　人々は気の毒そうに首を振って、私から離れていった。

翌日の昼の刻、宮殿内に設けられた緑も美しい馬場において三番勝負が行われた。かくて、莫大な財宝と比類なき栄誉を得た私は、これを機に大ハーン殿に重く用いられるようになったのである。

神に感謝。アーメン、アーメン。

*

「おかしいじゃないか！」〈船乗り〉レオナルドがたちまち声をあげた。「あんたは絶対に賭けに勝てっこなかった。それなのにあんたはその賭けに勝って、莫大な財宝と栄誉を得ただって？　そんな馬鹿な話があるものか！」

「そうですよマルコさん」〈僧侶〉ヴォロッキオが、珍しくレオナルドに賛同した。「残念ながら、あなたのいまの話は明らかに矛盾を含んでいます」

「おやおや」マルコは肩をすくめた。「お前さんたちは二人とも、私の話をちゃんと聞いていなかったのだね。もしかすると、さっきの賽子の転がり方を思い返していたんじゃないのか？　……そう言えば、あの賽子は目の出方にばらつきがあるようだったが、重心を少しばかりずらしてあるんだね」

マルコの言葉で、レオナルドがはっと隣を振り向いた。ヴォロッキオの顔がまだらに赤くなっている。

「な、何を言っているんです。いやだな……あの賽子はただ……」

「インチキ賽子だったのか！」レオナルドがその場に飛びあがった。「この野郎、オレのメシを返しやが……」

「それだ！」〈貴族〉コジモが鋭い声を発し、レオナルドは振りあげた腕を途中で止めた。

「なんだい？」

「インチキだよ」コジモはそう言って、マルコに向き直った。「マルコさん、あんたはインチキをしたんだな？　それしか考えられない」

「どういうこと？」〈仕立て屋〉ジーノが目を瞬《しばたた》いて尋ねた。

「普通なら、マルコさんはけっして賭けに勝つことはできなかった。それなのに勝った。となれば、何か裏の事情があったに違いない。それをインチキと言ったんだ」コジモは他の連中にかんで含めるように言った。「一番考えられることは……そうだな、マルコさん、あんたはその夜のうちにハーンの馬小屋を訪れた。そして、翌日走ることになっていた彼の馬の足を傷つけたのだとしたら……」

「まさか？」ジーノが茶色の眼をいっそう丸くした。

「なに、たいした傷である必要はないんだ。目に見えないほどの、ちょっとした、ごくささいな傷。何しろ馬というやつは、図体は大きいくせに神経質な動物だから、ちょっとした傷でも、走る速度はだんぜん遅くなる。あるいは、馬の食べ物に具合の悪くなる薬を混ぜたのかもしれない」

「私はたいへん馬が好きなのだ」マルコが首を振って言った。「自分の手でかれらを傷つけたり、まして毒を食わせるなんてことは……いや、考えもしなかったよ」

「何も自分で馬を傷つける必要はない」コジモはなおも食い下がった。「あんたは誰か人を雇ってやらせたんじゃないのか？　あるいは、馬丁の一人を買収したのかもしれない」

マルコは肩をすくめ、無言で首を振った。

「マルコさんは本当に知らなかったのかもしれないよ」ジーノが口を出した。「だって、賭けに負けて困るのは、マルコさん一人じゃないでしょ？　もしかすると、マルコさんのお父さんか叔父さんのどちらかが、馬の世話係の人に頼んで、馬が速く走らないよう手配してもらったんじゃないのかな？」

「いいぞジーノ！　きっとその見当だ」コジモが後を引き受けた。「あんたでなくとも、他の二人のどちらかが人を雇ってハーンの馬を傷つけさせたか、さもなければ馬丁を買収したに違いない。何しろ、それ以外に足の遅い馬が、足の速い馬に勝つ方法なんてあるはずがないからな」

「ところが」マルコは言った。「私たちが人を雇って馬を傷つけたり、あるいは馬丁の誰かを買収することは、あの国においては不可能だったのだよ。大ハーンは、馬たちを人間以上に大事にしていた。決まった者以外は、彼の馬に近づくことさえ許されていなかったのだ。

また、同様の理由から、あの国の馬丁はとても地位の高い、名誉ある仕事なのだ。彼らは大ハーンからたいへんな高給を支給されていて、もし私たちが手持ちの財産をすべて差し出したとしても、いや、彼らははなもひっかけなかっただろう」

「じゃあ、これはどうです？」ヴォロッキオが、振りあげられたままのレオナルドの腕をかいくぐって、前に進み出た。「あなたはその時、宴席を抜け出し、その足で他国に行ったのではありませんか？」

「逃げ出したというのかい？」コジモが呆れたように言った。「ありえないな。マルコさんはその後で〝これを機にハーンに重く用いられた〟と言っているんだぜ」

「逃げ出したなんて誰が言いました？」ヴォロッキオがコジモを見くだすように言った。

「マルコさんが国外に行ったのは別の理由ですよ。マルコさん、あなたはこう言いましたね。〝この国で足の速い馬が生まれると、まず大ハーンに献じられる〟と。しかしハーンの支配の及ばない国にも、足の速い馬はいるはずです。あなたは国外で馬を買い求め、急いで舞い戻った。そうして手に入れた馬を走らせて賭けに勝ったんです。ね、そうでしょ？」

「だが私はさっき、こうも言ったはずだ」マルコは苦笑して言った。「〝この国の馬たちときたら、他国の馬とは比べものにならないほど、素晴らしく足が速い〟と。私はありのままを述べたのだ。大ハーンのあの国の馬より足の速い馬など、およそ世界中どこを探しても見つからないだろう」

「待てよ」コジモが言った。「賭けは馬に重い車を引かせて行われたんだったな。もしかするとマルコさん、あんたは馬ではなく、車の方に何か仕掛けをしたんじゃないのか？」

「賭けに使われる車は、その場で籤《くじ》で選ばれた。つまり、どの車を自分の馬が引くことになるか、当日、その場にならなくては誰にも分からない。仕掛けをするどころではないよ」マルコは首を振って続けた。「それに、賭け自体はたいへん公正なものだった。どんなインチキをしようにも、馬が一度馬場に入ったら、たとえ大ハーンといえども、けっして手を触れることはできなかったのだ」


しばらくの沈黙の後、コジモがまた思いついたように呟《つぶや》いた。

「……雨が降ったんじゃないかな？」

「そうだ！」ジーノが早速飛びついた。「ほら、いくら足が速くても、ぬかるみになると急に遅くなる馬がいる。大ハーンの馬はぬかるみに弱くて、マルコさんの馬はたまたまぬかるみに強い馬だったんだ！」

「大ハーンの国は、ここに比べてひどく雨が少ない」マルコが言った。「賭けが行われた日も、とても良い天気だった」

「俺が天候を尋ねたのは」コジモが首を振って先を続けた。「あんたがさっき〝大ハーンは馬たちを人間以上に大事にしていた〟と言ったからだ。もし、賭けの行われた当日に雨が降ったら……いや、雨でなくとも、その日がひどく寒かったり、暑かったりしたら？　ハーンは、自分の大事な馬たちを、そんな悪天候の下に出したくないと思ったんじゃないだろうか？　そこで彼は、自分から賭けを反故《ほご》にするよう申し出た。あんたは無論、その申し出をこころよく受け入れた。ハーンは自分の言葉を守らなかった代償として、あんたに莫大な財宝を贈った。また、あんたが賭けの取り消しをこころよく承諾したことに気を良くして、以後重く用いるようになった。……違うかい？」

「賭けはちゃんと行われた」マルコが言った。「第一、大ハーンは自分の言葉を守るためなら、大切な馬はおろか、自分の息子たちだって平気で犠牲にしかねない人物だった。そもそも彼が、天候を気に病むような馬を大事にするとは思えないがね」

「駄目だ、さっぱり分からねえ！」レオナルドが赤いもじゃもじゃの髪の毛をかきむしるようにして叫んだ。

それで終わりだった。若者たちの間からは、もはやどんな言葉も出てこなかった。

「やれやれ。お前さんたちの話じゃ、私は結局一番も勝てなかったようだが」とマルコが言った。「実際には、私は二番勝ったのだ」

「二番？」若者たちは顔を見合わせた。

「そうとも。私は、それまで誰一人、一番も勝つことのできなかった賭けに、初めて二番勝った。しかもそのために私が行ったのは、ただ順番を変えることだけだったのだ」

「どういうことです？」

「つまり私は、賭けの当日、私の馬を兩《りよう》、駟《し》、騎《き》の順番で走らせるよう、係の者に指示しておいたのだよ」

「しかし、そんなことが……」

「いいかい。なるほど大ハーンは、私に〝予は、予の馬を騎、兩、駟の順番で走らせよう〟

と言った。だが、私に対してはどの順番で走らせなければならないとは一度も言わなかったのだ。私は何度もこう言ったはずだ。〝大ハーンは、自分が命じたことは厳しく守らせるが、言わなかったことで罰することはけっしてない〟と。

賭けがはじまると、大ハーンは、前日の言葉通り、騎（一）、兩（二）、駟（四）の順番で、一方私は兩（二）、駟（四）、騎（一）の順番で馬を走らせた。重い車を引いて競争が行われる以上、多少の馬の優劣には関係なく、車を引く馬の数が多い方が――つまり一頭立ての騎より二頭立ての兩が、二頭立ての兩より四頭立ての駟が――速いにきまっている。

賭けは、実際に行うまでもなかった。

案の定私は、一番目と二番目の勝負（〝二対一〟と〝四対二〟）に勝ち、三番目の勝負（〝一対四〟）に敗れた。

賭け金はそれぞれ黄金十サジオだったから、はじめの二勝負で黄金二十サジオを得た私は、最後の勝負で敗れた際、その中から黄金十サジオを大ハーンに返せば良かったのだ。

かくて、私の手元には黄金十サジオが残った。それは目も眩むほど莫大な財宝だった。加えて私は〝それまで誰一人、一番として勝てなかった大ハーン殿との賭けに勝利した初めての者〟という比類のない栄誉を手に入れたのだ。大ハーン殿はまた、私の機知をいたくお喜びになり、私はこれ以後彼に重く用いられるようになったというわけさ」

若者たちはしばらく声もなかった。

「やれやれ」コジモがようやくかすれた声で言った。「聞いてみれば、なるほど、まったくその通りじゃないか」

「〝大ハーンは、自分が命じたことは厳しく守らせるが、言わなかったことで罰することはけっしてない〟か」ヴォロッキオが呻《うめ》くように言った。「そんな奴《やつ》が相手なら、インチキをする必要もないわけだ」

「それにしても」レオナルドが首を捻《ひね》った。「オレたちはなんだって、そろいもそろってそのことを思いつかなかったのだろう？」

「私が賭けていたのは〝豆スープ〟じゃないからね」語り終えたマルコは、うんと一つ伸びをして言った。「八つ裂きにされると分かったら、お前さんたちだってきっと思いついていただろうさ」

半分の半分

「わたしがやります！」〈僧侶〉ヴォロッキオが声を上ずらせて言った。

「いや、オレがやる！」〈船乗り〉レオナルドが眦《まなじり》を決して言った。

「今回はわたしの番です！」

「おめえは信用できねえんだよ！」

「あなたこそ信用できませんね！」

「いいからオレによこせ！」

「駄目です。これぱかりは譲れません！」

声はだんだんと大きくなり、二人の若者はいまや紅潮した顔がぶつかるばかりの距離で睨《にら》み合っている。

「あっ！」と突然、ヴォロッキオが上を指さして声をあげた。

「なんだ？」

レオナルドがつられて目を逸《そ》らした瞬間、ヴォロッキオはさっと手を伸ばし、二人の間に置いてあったパンを取りあげた。そして急いで二つに割ると、たちまち一方を口の中に放り込んでしまった。

「あっ、なんてことを……」レオナルドが情けない声をあげた。

「大丈夫ですよ」ヴォロッキオはもぐもぐと口を動かしながら言った。「ちゃんと半分にしましたから。ほら、あなたの分はここに残っています」

「半分？」残ったパンを手にしたレオナルドは、うわ言のように呟《つぶや》いた。「これが半分なものか……ちくしょう、オレの分を返しやがれ！」

レオナルドがたくましい腕を振り回してヴォロッキオにつかみかかり、他の者たちが慌てて間に割って入った……。

いつもながらの騒ぎとはいえ、わたしはやれやれとため息をつくしかなかった。

いい歳《とし》をした二人の若者が粗末なパン一つ——いや、実際にはそのパンをどちらが半分に分けるか、あるいはパンを半分にした時のささいな違いを巡って、取っ組み合いの喧嘩《けんか》をしているのだ。

（……みっともない）

そう思うのは、しかしいささか的外れであった。ここではしばしば、もっとささいなものを巡って、もっとひどい諍《いさか》いが起きることもある……。

キリストがお生まれになって一千二百九十八年目のその年——

わたしたちは牢の中にいた。

何も罪を犯したわけではない。当時、イタリアの諸都市は商売上の利権を巡って激しく競争をくりひろげており、時に商船同士が海の上で争うことがあった。そしてその場合、負けた方の船は、積み荷はもとより、乗員乗客もろとも〝戦利品〟として押収されることになっていたのだ。

わたしが乗ったピサの船は、五年前、ジェノヴァの商船によって捕えられた。放り込まれた牢の中で、わたしは幾人かの若者たちと知り合いになった。〈船乗り〉レオナルド、〈僧侶〉ヴォロッキオ、〈仕立て屋〉ジーノ、〈貴族〉コジモ……。彼らは皆、次男三男坊、あるいは見習いといった社会的に中途半端な身分の——つまりは、莫大な身の代金を払ってくれる者のいない——当面牢から出ていくあてのない者たちばかりである。

日のほとんど差さない薄暗さや、じめじめとよどんだ空気、一日二度の粗末な食事、加えていつ果てるともしれぬ無為の時間は、囚人たちの心を次第に荒《すさ》ませてゆく。ここでは〝二人に一つ支給されたパンを、二人のうちのどちらが分けるか〟といったことが充分争いの種になる。殊にレオナルドとヴォロッキオの二人は、この問題でしょっちゅう揉《も》めていた。二人とも「自分が分ける」と言ってきかず、そのくせどちらが分けても後で争いになるのであった。

しばらくして、騒ぎが収まったところをみると、今回は——どうやったのか——なんとかレオナルドをなだめることに成功したらしい。

「ねえ、ルスティケロさん」〈仕立て屋〉ジーノがわたしを振り返り、小声で尋ねた。「二人はいつもああして喧嘩になっちゃうんだけど、なんとかならないかな?」

「無理だな」隣にいた〈貴族〉コジモが、わたしに代わってそっけなく答えた。「あいつらの間で食い物を公平に分けるなんてことは、まるで疑《うたぐ》り深い二人の王の望みを同時に叶《かな》えるようなものだ。両方とも満足させることなど、絶対にできっこないさ」

「……そんなことはない」

ふいに牢の薄暗がりから声が聞こえた。汚いぼろの塊が立ちあがったかと見えるその男は、黒い髪、黒い眼、小柄な、そしておそろしく汚いなりをした新入りの囚人。彼は牢に連れてこられた時、自ら〈百万《ホラふき》のマルコ〉と名乗った。

「マルコさん！」ジーノが茶色の眼を輝かせて声をあげた。「それじゃ、何かうまい方法があるんですね？」

「うまい方法だと？」コジモが薄い朱色の唇を皮肉な形に歪《ゆが》めて呟いた。「そんなものがあるものか」

「だって、要はささいなことだもの」人の好《よ》いジーノはすっかりはしゃいだ様子である。「世界中を旅して、あちこちの色んな変わったやり方を見てきたマルコさんなら、こんな時どうすれば良いのかも知っているんじゃないかな？」

マルコは何を思ったのか小首をかしげ、じっとジーノの顔を覗《のぞ》き込んだ。彼はゆっくりと首を振り、おもむろに口を開いた。

「〝ささいなこと〟を馬鹿にしたもんじゃない。お辞儀一つで、危うく国が滅びかけたことさえある」

マルコはそうして、不思議に満ちたあの物語を次のように語りはじめたのである……。

*

私――すなわちマルコ・ポーロは、かつて十七年の長きにわたってタタール人の偉大な王、大ハーン・フビライに仕えていた。

大ハーンの使者として、私は彼が治める広大な国土の数多《あまた》ある辺境を訪れて回った。一年中氷と闇に覆われた北の大地から、あまりの暑さのために海がぐらぐらと煮えたぎっている南の島まで、私は大ハーンの命《めい》を帯びて、実にさまざまなありとあらゆる土地を旅して回った。その中でも、後に私が大ハーンから「最も困難な仕事を見事に成し遂げた」と称賛され、その記念として莫大な褒賞を賜《たまわ》った任務がある。

それこそが、キンサイ市における私の働きであった。

東の方《かた》、太陽の昇る海に注ぎ込む巨大な河の辺《ほとり》に、その町はある。マンジ地方の言葉で〝天の都〟を意味するキンサイ市の噂は、私もそこを訪れる以前からつとに聞き及んでいた。壮麗無比。東方世界のみならず、全世界に並ぶことなきその繁栄ぶりを知られるキンサイ市は、しかしそこでさまざまな品物が商われる賑《にぎ》やかな商業都市でもなければ、何物かを作り出す勤勉な手工業の町でも、まして豊富な農作物を産する富裕な農村でもない。

キンサイは〝夢の町〟。

すなわち、遊女たちの町であった。

なるほど、ただの遊女ならばどんな町にもいよう。だが、キンサイを一度でも訪れた男たちは皆、口をそろえて「キンサイの遊女は特別だ」と言うのであった。

彼らは、例えばキンサイの遊女たちがいかに華麗な館に住み、多数の召使を使用しているかを語る。また、彼女たちがいかに高価な宝石を身にまとい、その薄絹の衣にはこの世のものとは思えぬ良い匂いが薫《た》きしめられていたかをうっとりした顔で自慢する。ある者はまた「手足はなよやかであり、物腰は優雅。肌の色が抜けるように白く、容貌は端麗を極め、さながら天女のようだ」と誉《ほ》めたたえる。

しかも、キンサイの遊女たちは驚くほど利口であった。彼女たちは客を魅了し蠱惑《こわく》する手練手管《れんてくだ》に長じているのみならず、およそどんな種類の客に対しても最適の口説きの術《すべ》を心得ていた。だからこそ、異国からの客人で一度《ひとたび》当地の遊女と遊ぶ機会を得た者は、それこそ片時も彼女から離れることができず、その可愛《かわい》さと魅力のとりことなり、この町で有り金をみな使い果たすのはもちろんのこと、後になってもそのことを後悔するどころか、終生忘れられぬことになる。彼らは郷里に帰ってからも、口癖のように〝天の都〟キンサイに遊んだ時のことを語り、是非もう一度あの町に遊ぶことができれば、と熱望するのである。

キンサイがいかに〝遊女たちの町〟とはいえ、もちろん他の職業の者も数多く住んでいる。例えば遊女たちの求めに応じて絹の衣装に凝った刺繡《ししゅう》をする者であり、装飾品を商う者、庭を造り殿閣を建てる者、また食料を商い、これを料理する者たちも町には不可欠である。

この町を治める王もまた当然存在する。キンサイの歴代の王は平和をこよなく愛好し、市民たちもまたこれらの王の教化をこうむり――一方では町がたいへん豊かであるために――その人となりが極めて温和であった。彼らは武器を扱うこともできないし、これを収蔵することもしない。町の中で人々が互いに口喧嘩をしたり、激論するのを目撃し、もしくはそれらを伝聞することも、まずなかった。

このような町であるために、大ハーンに派遣されたタタール人の将軍が十万余の屈強な兵たちを率いて進軍した際も、抵抗らしい抵抗はほとんど見られなかった。ところが、歴戦のつわものであるこの将軍は、キンサイの町をぐるりと取り囲んだきり、身動きが取れなくなってしまったのである……。

将軍から派遣されてきた使者の口上を聞いて、大ハーンは眉をひそめた。

「すると、事態はもはやかの者の手に負えぬというのか？」

「何しろ、キンサイ市の連中の軍人嫌いは、いささか常軌を逸したほどでございまして」と使者は頭を下げたままで答えた。「一度、将軍が我らを率いて町に入っていったところ、町の連中はなんと自分たちの手で町のあちこちに火を放ちはじめる始末でございます。その時は幸い、我らの手でなんとか消し止めることができましたが、あの町の建物はおよそ木と紙、それに薄い布でできております。今度あのような火事騒ぎになりましたら、おそらく町は瞬く間《またた》に大火に包まれ、手の施しようもなく灰燼《かいじん》に帰することと思われます」

「戦人《いくさびと》を町に入れるよりは、自分たちの手で町を焼いてしまおうというわけか」大ハーンは呆れたように呟いた。「だが、なぜだ？　キンサイの者たちは軍人でもないというのに、なぜ死ぬのを怖《こわ》がらぬのだ？」

「それが……」使者は額の汗を拭って言った。「あの町の連中はもともと、武器の扱い一つ知らぬくせに、非常に誇りが高く、辱《はずかし》めを受けるくらいならばただちに死を選ぶ習慣があるのです。というのも、連中は現在の生活にあまりにも満足しているために、天にもいま住んでいるのと同じキンサイの町があり、自分たちは死によってその町に移住するだけだと信じているのでございます」

大ハーンは苦虫をかみつぶしたような顔になった。「それで、将軍はなんと？」

「はっ。将軍におかれましては〝どうか誰か代わりの人物を派遣していただきますよう〟とのことでございます」

「戦場《いくさば》においては一度も退いたことのない、命知らずのあの者がねをあげるとはな。分かった。もう良い、下がっておれ」大ハーンは使者にそう命じると、それまで広間の隅に控えていた私に目をとめて言った。「事情は聞いての通りだ。予《よ》はもともと、質実剛健を旨《むね》とするタタール人の風習とはあまりにも掛け離れたあの町を直接統治しようなどと考えてはおらぬ。ただ、あれほど裕福な町が予の庇護を受けぬままで放っておかれれば、いずれかの地に無用の争いを招く火種になろう。そなたはキンサイの王に会い、そのことを承服させねばならぬ。やっかいな任務だが、任せられるかな？」

「幸いわたくしは軍人ではございません」私はすぐに応えた。「大ハーン殿の臣下の中から信用の置けるタタール人の文官を何人か選び、使節団としましょう。キンサイの人々も、まさか私たちが町に入ることまでは拒みますまい。そのうえでキンサイの王に会い、御旨を説いて聞かせて参ります」

大ハーンは初めて満足げに頷《うなず》いた。そして、使者の印としての金の指輪を私に与える際、念を押すようにこう言ったのだった。

「だが、よいか。そなたは予の代理なのだ。くれぐれも卑屈な態度だけは取るのではないぞ」

キンサイは噂にたがわぬ美しい町であった。広い町を縦横に大きな街路が走り、その両側には贅《ぜい》を尽くした瀟洒《しょうしゃ》な高楼がたちならんでいる。高楼の階下の多くは店舗になっていて、そこではさまざまな手芸工作が営まれたり、あるいは香料、真珠、宝石など、各種の高価な品が売られていた。米と香料で醸造した酒のみを専門に売る店もある。珍しい肉や、魚、外国産の野菜や果物を並べる店もあり、一般にこの種の高級店舗の品物は驚くほど新鮮であった。街路にはひっ切りなしに着飾った人々が行き交い、そのくせ道はきれいに掃き清められ、塵《ちり》一つ落ちていない。

私と一緒にキンサイの門をくぐった数名のタタール人文官たちも、町の有り様にすっかり満足げな顔つきであった。

私たち一行は行く手を遮《さえぎ》られることもなく、王の宮殿に到着した。用向きを告げると、すぐに宮殿の広間に通じる控えの間へと通された。王が早速会談に応じるという。

意外なほどとんとん拍子に進む事態に気を良くし、控えの間を出ようとしたところで、案内役の男がいったん私たちを押し止めた。

「客人よ」と手の込んだ刺繍が施された豪奢な絹服に身を包んだ案内役の男は、先頭に立つ私に向かってかんで含めるような口調で言った。「この国では、王の御前にまかり出る者は、まず片膝と片手を床につき、頭を垂れた姿勢で跪拝《きはい》してからでないと拝謁が許されませぬ。親しく王に拝謁を望むなら、我らの慣習の命ずる通りになされよ。さもなくば、いかに大ハーン殿の使者といえども、我らが王に拝謁することは叶いませぬぞ」

男の言葉を聞いた瞬間、私の背後にいたタタール人たちが腰に帯びた刀の柄《つか》にいっせいに手を伸ばす気配が伝わってきた。というのも、たったいま案内役の男が私に命じた儀礼は、タタール人にとってはまさに隷属を表すものであった。他人に対してその姿勢で相対することは、タタール人にとっては屈辱以外の何物でもなかったのだ。

私は慌てて同行の者たちに使者の印である指輪を示し、

「大ハーン殿は私に任務をお命じになったのだ。ここは一つ、私に任せていただきたい」

と請け合った。タタール人たちはしかし、先ほどまでの穏やかな様子はどこへやら、形相凄《すさ》まじく、なおも案内役の男を睨みつけている。

案内役の男は顔色一つ変えず、何事もないようにくるりと向き直ると、私たちを王の待つ広間へと案内した。

広間の反対側には、すでに席についているらしいキンサイの王の姿が見えた。私は他の者たちにはこの場で待つよう指示し、一人で王に拝謁することにした。広間へ足を踏み入れる私の首筋に、背後から、低く、押し殺した声がかけられた。

「よいか。我ら一行はタタール人の偉大なる王、大ハーン殿の使者なのだ。間違ってもあのような卑屈な態度は取ってはならぬぞ」

「もしそんなことをすれば、我らが後ろからそなたの首を打ち落とす。よいな」

同行者たちの殺気立った声を背後に聞きながら私は広間へと入っていった……。

かくてキンサイからは毎年、莫大な額の貢ぎ物が送られてくることになった。大ハーンはたいへんお喜びになり、以後は何かにつけて私に相談するようになったのである。

神に感謝。アーメン、アーメン。

＊

「おかしいじゃねえか！」

最初に声をあげたのは、〈船乗り〉レオナルドであった。彼はいつの間にかマルコの話を聞く輪に加わっていたらしい。

「そうですよ。そんな変な話があるものですか！」

振り返ると、これもいつから聞いていたのか〈僧侶〉ヴォロッキオが唇を尖《とが》らせている。

「マルコさんよ。今度ばかりはあんたが大ハーンに命じられた仕事に成功したとは、とても思えねえな」

「そうですよ。何しろあなたはその時、相反する二つの指示、つまり二律背反命題《アンチノミー》を同時に遂行しなければならなかったのですからね」

「言い直すんだったら、いまのうちだぜ」

「うっかり嘘をついてしまったのなら、仕方がありません、私が懺悔《ざんげ》を聞きましょう」

さっきの諍いはどこへやら、二人は調子を合わせてマルコに詰め寄った。並んで腕を組み合わせた二人の若者の顔には、見まがうことなき得意の笑みが浮かんでいる。マルコは一瞬呆れたように二人を交互に眺め、やがてため息とともに首を振った。

「やれやれ。お前さんたちは、私の話をちゃんと聞いていなかったとみえるな。恥をかきたくなければ、人の話をぜんぶ聞いてから文句を言うことにするんだね」

レオナルドとヴォロッキオは、そう言われて急に自信をなくしたようであった。彼らは、マルコの話を最初から聞いていた〈貴族〉コジモと〈仕立て屋〉ジーノを振り返った。

「本当ですか？」

「まさか、そんなことが……？」

訊《き》かれた方の二人は、顔を見合わせて苦笑した。

「さあね」とコジモ。

「まあ、いつもの通りよく分からないんですよ」とジーノ。

それから四人の若者は、同時にマルコに顔を向けた。

「で、本当のところはどうなんです？」

マルコは、にやにやと笑っている。

「少し……俺たちで考えてみるとするか」コジモが諦めたように呟いた。

「こんなのはどうかな？」ジーノが早速茶色の眼をくるりと回して言った。「もしかするとマルコさんは、一緒に行ったタタールの人たちが見ていないところでお辞儀をしたんじゃないかしら？　キンサイのお辞儀は、タタールの人たちには耐えられないものだったそうだけど、ヨーロッパ人のマルコさんにならどうということはなかったはずだもの。もしマルコさんが、タタールの人たちが見ていないところでこっそりとお辞儀をしてしまえば、後の交渉はなんとでもなったんじゃないかな？」

「私は大ハーンの代理としてキンサイに遣《つか》わされていた」マルコは言った。「あの場における私の振る舞いは、大ハーン自身の振る舞いと目された。苟《いやしく》もタタール人の偉大な王、大ハーンが隷属を示す姿勢で跪拝するようなことがあってはならない。一緒にいたタタールの文官たちは、それこそ目を皿のようにして、私の一挙手一投足を注目していた。彼らの目を逃れてこっそりお辞儀をすることなど、いや、残念ながらとてもできない相談だったよ」

「あんたは同行のタタール人たちをいったん王宮から追い出したんじゃないか？」コジモが形の良い眉をひそめて言った。「あんたは使者の代表として他のタタールの文官たちに命令できる立場にあった。ならば〝後は自分一人で交渉する〟と言って、他の者たちを王宮から追い出すこともできたはずだ。そうすれば、連中の目の届かないところでどんなお辞儀をしても分からなかったんじゃないか」

「なるほど、あの指示を聞く前ならその手もあったかもしれない」マルコは首を振った。「だが、あの屈辱的なお辞儀の指示を耳にしてからというもの、同行のタタール人は一瞬たりとも私から目を離そうとしなかった。もし私が彼らに宮殿を去るよう命じたとしたら、彼らは疑いのあまり私をその場で刺し殺していたに違いない」

「それじゃ、あんたはきっとお辞儀をしなかったんだ！」レオナルドが手を打って言った。「恐ろしいタタール人たちに後ろから見られていたあんたは、結局お辞儀なんかせずに、キンサイの王に向かって勝手にしゃべってきたんじゃないのか？　キンサイの王はあんたの話を聞いて、大ハーンの支配下に入った方が良いと判断した。だから、それ以後、貢ぎ物を送ってよこすようになったんだ！」

鼻息も荒くそう言い放ったレオナルドを見て、マルコはうんざりした顔で首を振った。

「私はちゃんと言ったはずだがね。〝キンサイの人々は非常に誇りが高く、辱めを受けるくらいならばただちに死を選ぶ習慣がある〟と。普通の町の人々や、いや、あの町の遊女たちでさえ、礼儀をわきまえぬ軍人ばらが勝手に町に入ってくるくらいなら、自分たちの手で町に火を放ち、自ら滅びようとしたくらいだ。況《いわ》んやキンサイの王が、定められた跪拝もせぬ者の話など一言も耳に入れはしなかっただろう」

「では、やっぱりあなたは跪拝をしたんですね？」ヴォロッキオが頷いて言った。「ははあ、それなら分かりました。なるほど、そういうことだったのですか……」

「どういうことだよ?」コジモが朱色の唇の端を歪めるようにして尋ねた。「言えよ。聞くだけ聞いてやるぜ。どうせまた早とちりだろうがな」

「今回ばかりは間違いありませんよ」ヴォロッキオはぷっと頬を膨《ふく》らました。

「いいですか、皆さん」彼は仲間の顔を見回して続けた。「マルコさんはたしかにお辞儀をした。しかし、そのお辞儀はタタール人たちにとってはやってはならないものだった。ところが、一方でマルコさんは任務を成功させ、大ハーンに称賛されることになったと言ったのです。これらの事実から導き出される結果は明らかです。簡単な三段論法ですよ。かの聖アウグスチヌスは三段論法についてこう言っていま……」

「ぶぅーっ」若者たちがいっせいに声をあげ、ヴォロッキオの言葉を遮った。

「能書きはいいんだよ」

「さっさと結論だけ言ってよ」

「えー、つまりですね」ヴォロッキオは不満顔で先を続けた。「その時マルコさんにとって、タタール人の同行者は交渉の邪魔でこそあれ、なんの役にも立たない存在だった。となれば話は簡単です。交渉に際して卑屈な態度を取ったことが大ハーンにばれないよう、マルコさんは同行者を始末した。つまり、目撃者である同行のタタール人たちを皆殺しにしたのです」

「皆殺しだって!」聞いている者たちの間からどよめきが起きた。

「仕方がなかったのですよ。死人に口なし。これしか手がありませんからね」とヴォロッキオはしたり顔で言うと、すぐにマルコを振り返って尋ねた。「ね、そうでしょ。マルコさん?」

「やれやれ、私が彼らを〝始末した〟とはね」マルコは呆気《あつけ》に取られた様子で首を振った。

「まさか……わたしが間違っているとでも言うのですか?」ヴォロッキオは目を瞬《しばたた》いた。

「じゃあ訊くがね、私は同行のタタール の者たちをどうやって始末したんだい?」

「そりゃ、キンサイの人たちに頼んだのでしょう。何しろ、あなたの手にはキンサイの命運がかかっていた。あなたに言われれば、キンサイの人々はなんだってしたはずです」

「だが、これもさっき私はちゃんと言ったはずだ。〝キンサイの人々は武器を扱うこともできないし、これを収蔵することもしない〟と。一方タタール人たちは、たとえ文官といえども、子供の頃から戦の仕方をたたき込まれて育つのだ。キンサイの町の人々が束になってかかったところで、世界一勇猛なあのタタール人の使者をただの一人も殺すことはできなかっただろう」マルコは首を振った。「それに、同行したタタール人が一人も戻ってこなかったら、大ハーンは私にその理由を問いただし、私は拷問の末に、必ずや本当のことを白状させられたはずだ。……いや、考えただけでも身震いがするよ」

マルコはそう言って、実際に身を震わせた。

若者たちはそれぞれ腕を組み、顔をしかめて、それきり沈黙してしまった。

「私は何もそれほど困難なことをしたわけではないのだがね」マルコは肩をすくめた。「私はただ、キンサイの慣習に従って跪拝しながら、同時にタタール人には恥辱とされているようなことは何もしなかった。それだけの話だよ。……つまり、こうしたのだ」

マルコは指に巻いていた糸屑《いとくず》を抜き取ると、床に落とし、あらためて拾いあげた。

若者たちはぽかんとした顔で眺めていたが、不意にはっと何事か思い当たった様子で顔を見合わせた。

「王の御前にまかり出る者は……」

「まず片膝と片手を床につき……」

「頭を垂れた姿勢でないと……」

「拝謁をゆるされない……」

若者たちは順番にキンサイ式の跪拝の条件を口にし、それからそろって声をあげた。

「ぴったりだ！」

「その通り」とマルコは頷いて言った。「あの時、キンサイの王に歩み寄ろうとした私の指から、偶然にも使者の印である金の指輪が抜け落ちて床に転がってしまったのだ。私は片膝と片手を床につき、頭を垂れて指輪を拾いあげた。その姿勢はどうやら、キンサイの王の目には私が慣習に従って跪拝したように見えたようだ。一方、背後に控えていたタタールの者たちの目には、私が使者の印である大事な指輪を丁寧に拾いあげたように見えたらしい。おかげで私は無事に望み通りの用向きを果たすことができ、かつ同行のタタール人たちに殺されることなく済んだというわけだ」

マルコはそう言って、何事もなかったような顔で口を閉じた。若者たちは——しばらく啞然とした様子であったが——やがて互いに顔を見合わせて、小声で囁き合った。

「偶然にも、だって」

「わざと、にきまってる」

「やれやれ。それにしても、指輪とはね」

「ちくしょう、なんだって気づかなかったかなあ」

………………。

「そうだ！」ジーノが、急に何かを思いついた様子でマルコを振り返った。「それでマルコさん、肝心のパンはどうなったのさ？　まだパンの分け方については何も出てこないようだけど？」

「パン？　はて？」マルコは首をかしげた。「お前さんたちが〝疑り深い二人の王の望みを同時に叶えることなど絶対にできない〟と言っていたから、私は〝そんなことはない〟と言ったのだ。私はあの時、疑り深い二人の王——大ハーンとキンサイ王——の望みを同時に叶えてやった。それだけの話だよ。……いや、私には分からないな。パンとはいったいなんの話だね？」

「今日の本当の問題は、パンの方だったのです」

ジーノは肩を落とし、がっかりした様子で、マルコにはじめから事情を説明した。

ジーノの説明を聞くと、マルコはきょとんとした顔になった。

「二人が納得するように、パンを半分にする？」

「そうです」ジーノはため息をついて言った。「〝疑り深い二人の王の望みを同時に叶えられる〟マルコさんでも、これはちょっと難問ですよね」

「そんなこともない」マルコが言った。「まず、どちらか一人がパンをちょうど半分と思うように二つに分ける。それをいったん床に並べる。別の一人が二つを見比べて、自分が大きいと思う方を取る。それで苦情は出ないはずだ」

「なんですって！」若者たちが慌てて身を乗り出した。

「まず、一人がパンをちょうど半分と思うように二つに分ける」

「それをいったん床に並べる」

「別の一人が二つを見比べて、自分が大きいと思う方を取る……」

若者たちは顔を見合わせた。

「本当だ……それなら、どっちも後で文句を言うことができないや……」そう呟いたジーノは、顔をあげ、いささか恨めしげな視線をマルコに向けた。「こんな良い方法を知っていたなら、なんでもっと早く教えてくれなかったんです？」

「訊かれなかったからさ」

マルコは肩をすくめて言った。

色は匂へど

「高い」「低い」

「寒い」「暑い」

「甘い」「辛い」

どうやら若者たちの間で〝反対語遊び〟がはじまったらしかった。

「じゃあ、〝美味《おい》しい〟の反対は？」〈貴族〉コジモが尋ねた。

「美味しくない……かな」

「はずれ。〝美味しい〟の反対は〝不味《まず》い〟だよ」

「そうか」

人の好《よ》い〈仕立て屋〉ジーノがぺろりと舌を出した。

「勝利」と〈船乗り〉レオナルドが眉間にしわを寄せて出題し、

「敗北」と〈僧侶〉ヴォロッキオがあくびをしながら答えた。

わたしは視線を、若者たちから空へと転じた。

小さく切り取られた青い空間に、ぽっかりと白い雲が浮かんでいる。そして……それだけが、わたしたちに許されたすべてであった。

キリスト御生誕一千二百九十八年目のその年、わたしはジェノヴァの獄中にいた。ピサの物語作者であったわたしが戦争捕虜として捕えられてから、すでに五年。〈貴族〉コジモ、〈仕立て屋〉ジーノ、〈船乗り〉レオナルド、〈僧侶〉ヴォロッキオといった若者たちとは、ここで知り合った。見習いや、次男三男坊といった、社会的に半端な身分の彼らはいずれも——物語作者のわたし同様——多額の身の代金を払ってくれる者のいない、つまり牢を出ていくあてのない者たちである。

その日、わたしたちは久しぶりに中庭に出ることを許された。中庭、といっても高い壁に囲まれた、わずかな空き地にすぎない。わたしは、いつの間にかすっかり狭くなってしまった自分の世界を見回し、頭の中に反対の言葉を思い浮かべた。

天国と地獄……高い壁に囲まれた狭い空……自由と囚《とら》われ……。

若者たちの反対語遊びが続いている。

「光」

「闇」

わたしが大きなため息をつきかけたその時、庭の隅から別の声が聞こえた。

「……それほど違ったものでもないさ」

声の主は、黒い髪、黒い眼、小柄な、そしておそろしく汚いぼろをまとった新入りの囚人であった。男は自ら〈百万のマルコ〉と名乗っていた。

「百万先生《イル・ミリオーネ》！」ヴォロッキオがからかい口調で声をかけた。「そんなところで何をやっているんです？」

若者たちが早速マルコを取り囲み、壁ぎわに座り込んだ彼の手元を覗き込んだ。若者たちの肩越しに見やると、マルコは木の枝で地面にミミズがのたくったような線を書いている。

「文字さ」マルコが短く答えた。

「文字？　これがかい？」赤ら顔のレオナルドが呆れたように声をあげた。

マルコは、一字一字枝の先で指し示しながら、声に出して読みあげた。


いろはにほへとちりぬるを……


「どこの文字なんです？」ジーノが目を丸くして尋ねた。

「北の方、地の果つる場所、そこは〈常闇《とこやみ》の国〉と呼ばれている」

マルコはそうして、不思議に満ちたあの物語を次のように語りはじめたのである……。

＊

私——すなわちマルコ・ポーロがその国の噂を初めて聞いたのは、タタール人の偉大な王フビライに仕えるようになって、まだ間もない頃であった。
そもそも、私が生まれ故郷ヴェネチアを後にしたのはまだ十七歳の頃、父と叔父に連れられ、商売を続けながら陸路東へ東へと進んだ私は、三年半の旅の後についに大ハーン・フビライの統《す》べる国にまでたどりついた。大ハーンは、私たちがはるばるヨーロッパから訪れたことを知るとたいへん喜ばれ、年少の私には王の直参として仕えるようお命じになった。以後私は、大ハーンの使節として彼の広大な王国の辺境を訪れて回ることになったのである。

私が使節の役目から戻ると、大ハーンはまずきまってこう尋ねた。

「食べ物は？　気候は？　人々の風習はどんなだったか？」

大ハーンは未知の国の、さまざまな珍しい出来事の話を聞くのを好んだ。一方私もまた、不思議に満ちたこの世界に人一倍興味をひかれる方であったから、時にはまだ見ぬ秘境へ遣《つか》わしてくれるよう自ら願い出ることもあったのだ。

ところが、私が〈常闇の国〉に派遣してくれるよう願い出た時、大ハーンは珍しく眉をひそめ、計画を思い止まるよう私に言った。そして、

「そなたは〈常闇の国〉がどんなところかを知っておるのか？」と尋ねた。「我が領土の遥《はる》か北方、地の果つる場所に位置するかの国は、年中恐ろしいほどの寒さに閉ざされている。しかも——不思議なことに——かの国の空には太陽も月も星辰《せいしん》もけっして姿を現さず、我々のいう黄昏時《たそがれどき》のような薄闇が常時支配しているのだぞ」

「そのような土地なればこそ、思いもかけぬ珍しいこともありましょう」と私は答えた。「また〈常闇の国〉の王は、いまだ大ハーン殿の国との国交を開かず、毎年の貢ぎ物を差し出しておりませぬ。私を使節としてお遣わしくだされば、かの地の王に大ハーン殿への服従を説得するのみならず、さまざまな珍しい話をお聞かせできるかと存じます」

「予《よ》はこれまでにも幾度か〈常闇の国〉に使節を派遣したことがある」大ハーンは言った。「だが、使節は皆、あまりの寒さに途中で逃げ帰るか、あるいは暗さゆえに道を見失い、そのまま行方知れずになってしまったのだ」

「寒気には、あらかじめ充分な備えをして出かけましょう。また、帰り道については私に良い思案がございますゆえ」

私はそう言って渋る大ハーンを説得し、数人の部下を連れて〈常闇の国〉へと出発したのである。

やがて〈常闇の国〉の国境に着いた時、私は部下に命じて、連れてきた馬たちを二手に分けさせた。一方はまだ幼い子馬の群であり、他方は母馬たちのそれである。私は子馬の群を国境に残し、母馬だけを連れて先に進んだ。こうしておけば、もし乗り手である私たち人間が途中で道を見失った場合でも、母馬は道を取り違えることなく、必ず子馬を残した場所に帰ってくる。そのことを、私はタタール人の古老から聞いて知っていたのだ。

やがて〈常闇の国〉に入ると、辺りはたちまち黄昏のような薄闇に包まれ、同時にひどい寒さが襲ってきた。私たちは準備してきた衣服をすべて身にまとい、また道を見失わぬよう慎重に馬を進めた。

しばらくして、私たちはこの国の人々が行き交う都邑《まち》にたどりついた。

初めて目にする〈常闇の国〉の住民たちは、背は高くて格好は良いが、皆、一様に顔色が青白くて血色が悪かった。私は注意深く辺りを観察し、すぐにこの国にはさまざまな変わった習慣、風俗があることに気がついた。

例えば、この国の住民が外出する際、彼らは非常な駆け足で移動する。さもなければ、寒気があまりに激しいために、途中で凍死してしまうのである。もし充分な厚着をしなかったり、あるいは老齢や病弱のために駆け足ができない、あるいは目的地が離れすぎていた場合、人々はしばしば途中で凍《い》てついた大地に倒れ、そのまま人形《ひとがた》をした氷の塊になってしまう。人形をした氷の塊を見つけた者は、これを最寄りの〈暖室〉と呼ばれる施設に運び込まなければならない。氷の塊はしばらくそのままにしておくと、暖まるにつれて徐々に解け、次いで蘇生《そせい》するのである。

もし不幸にして蘇生しなかった場合、死者は大地に返されることになる。つまり、穴を掘って埋められるのだが、穴を掘ることは、この国においては非常に困難な作業であった。というのも、〈常闇の国〉ではどこでも地面は一面に固く凍りついているので、穴を掘るためにはまず、地面の上で盛大に火を焚《た》き、溶けた土が再び凍ってしまう前に掘り起こすことが必要になるのだ。しかも、少し掘るとすぐに凍った土が現れるので、そこでまた火を燃やして、溶けた土を掘り返さなければならない……。その繰り返しである。一人の死者を葬るためには、多くの人手と莫大な費用を要する。よほどの金持ちであっても、何人も立て続けに身内が亡くなった場合は、そのせいで没落してしまう。貧乏な人たちの間ではしばしば、人形をした氷の塊を〝生きた家族〟として扱い、長くこれを埋葬しない者がいるそうだ。

だが、私がこの地において一番驚いたのは、この国には目に見える色が存在しないということであった。黄昏の薄闇の中では、あざやかな赤い花も、涼しげな青い水の流れも、すべてがくすんだ灰色に見える。このためこの国にはさまざまな色を表す言葉は存在せず、ただ光と闇だけが区別されるだけである。光と闇は、それぞれ〈シロ〉〈クロ〉と呼ばれている。この一見信じがたい奇妙な風習を、私は次の事実によって証明することができる。というのも、私は知り合いになった老人の一人にこの国の文字を教えてもらったのだが、それは四十七字の表音文字から成り立ち、しかもこの国の住民の人生哲学、ことに色に関する見識を示す、極めて優れたものであった。老人は一つずつ文字を指さしながら、文字の意味を説明してくれた。

いろはにほへどちりぬるを
——色というものは匂う屁《へ》のようなものだ。すぐに消えてしまう。
わがよたれぞつねならむ
——私のヨ（意味不明、尻の意か？）を誰がつねったのか。
うゐのおくやまけふこえて
——上品な奥さんも今日は太ってしまった。
あさきゆめみじゑひもせす
——浅はかな夢を見てはいけない、いつも酔っ払っているわけではないのだから。

けだし深遠な哲学といえよう。

この国では文字があたかも偶像のように崇拝されており、民の中で文字の読み書きのできない者はほとんどいない。彼らは雪ネズミの毛をインクに浸し、やはり雪ネズミの皮を氷で白く晒《さら》したものの上に文字を書く。そして、書いた文字を壁にかけて、朝晩拝んでいる。

また、この地方にはファラオ鼠が多く棲息し、大きいのは豚ほどもあって、住民はこれを夏季の間の食料とする。その毛皮は非常な高値で取り引きされる。その他にも、この領域には身長二十パーム（約四メートル）を超える全身真っ白な大熊や、全身真っ黒な大狐《おおぎつね》、黒貂《くろてん》などが棲息し、いずれも高価な毛皮が取れる。このため、この国の住民は非常に豊かな暮らしをしている。

住民たちの話によれば、〈常闇の国〉の王は、タタール人ではないが、純粋なタタール人である大ハーン同様、タタールの律法に従ってこの国を治め、誰とも戦争をしない、極めて平和的な人物であるという。

私たち一行はようやく安心して、彼が住まう王宮へと向かった。

王宮は目を見張るばかりに壮麗な建物であった。

私たちは大ハーン・フビライから派遣された使者であることを告げ、拝謁を願い出た。

広間で待っていると、ほどなくして〈常闇の国〉の王が姿を現した。彼は顎《あご》の下に長いひげをたくわえた、なかなか立派な体格の人物であった。鋭く光る眼と太い眉、少し曲がった鉤形《かぎがた》の細い鼻、さらに引き締まった顎などの印象があいまって、その顔からは一国の王にふさわしい威厳が感じられた。

王は私が述べる口上を黙って聞いていたが、やがて気の毒そうに首を振って言った。

「残念だが、そなたたちはただちにこの宮殿を出て、その足でこの国から立ち去らねばならぬ」

私は唖然とした。

「そんな無法があるでしょうか。私たちははるばるこの国に旅をしてきたのです。疲れ切ったこの体で極寒の中にすぐに出ていけというのは、死ねと言われているのも同じです。せめて一夜の宿をお貸しくださるのが、異国からの使節に対する礼儀というものでしょう」

「それができぬのだ」王は苦い顔で、次のような事情を語った。

「この王宮を訪れた異国の使者は、何もそなたたちが初めてではない。少し前になるが、別の国の使者がやはりこの王宮を訪れたことがある。その男は、たいへん流暢《りゅうちょう》に我が国の言葉を使いこなし、我が国の文字にも通じているようだった。そこで予は――そなたたちの言う礼儀に基づいて――その男をもてなすことにした。つまり、その男のために酒宴を開き、しばらくの間、宮殿に滞在することを許したのだ。その際、予がその男に与えた注意は、たった一つだけであった。予はその男にこう言った。

〝宮殿のどの部屋を使っても良い。但し〈闇の扉〉だけはけっして開けてはならぬ。その扉には、この国の災《わざわ》いがすべて閉じ込めてあるのだ〟と。

異国の男はすぐに点頭し〝命に賭けてそんなことはしない〟と固く約束した。ところがその男は、予に誓ったすぐその後で、〈闇の扉〉を開け、部屋の中でぐっすりと眠りこけているところを発見されたのだ。扉はすぐに閉じられた。だが時すでに遅く、幾多の災いがこの国に流れ出してしまったことは明らかだった。

異国の男はただちに兵士たちの手で捕えられた。

裁きの場に引き出された男は、しかし奇妙なことに、何度尋ねても〝これは何かの間違いだ。自分は〈闇の扉〉など開けてはいない。自分はたしかに〈光の扉〉を開けたはずだ〟と言い張った。

結局予は、最後まで男が何を言っているのか理解できなかった。何しろ〈闇の扉〉が開かれ、封印されていた災いが国中に流れ出したことは紛《まぎ》れもない事実なのだ。実際、その後我が国には疫病が蔓延《まんえん》し、多くの頑是《がんぜ》なき子供の命が奪われた。

あの男は、なぜ禁じられていた〈闇の扉〉を開けてしまったのか？　魔物に唆《そそのか》されたのか？　なるほど、そなたらも知っての通り、我が国は他国とは著しく異なった風土、習慣を有し、しかも長く国交を閉ざしている。そのために、異国の者ほど我が国の魔物にとり憑《つ》かれやすいのかもしれない……。

いずれにせよ、予は王として、この国の民を災いから守る義務がある。再び異国からの使者を宮殿内に留めて、〈闇の扉〉が開かれ、災いが国に満ちるという愚行を繰り返すわけにはいかないのだ」

「それで……」と王の話を聞き終えた私は、恐る恐る尋ねた。「〈闇の扉〉を間違って開いたその男は、裁きの結果どうなったのです？」

「無論、衣服を剝がれ、裸で荒れ野の中に置き去りにされた。それが、我が国の法に定められた、〈闇の扉〉を開けた者に対する処罰の方法なのだ」

私は思わずぞっとして、部下たちと顔を見合わせた。もし裸で荒れ野に置き去りにされるようなことになれば、間違いなく三つ数える間に凍った人形になってしまうだろう。かと言って、このまま宮殿から追い出されるのもまた免れがたき死を意味している。

私はせめて、馬を休ませる間だけでも、宮殿に留まらせてくれるよう王に願い出た。

だが、王は頑として首を横に振るだけであった……。

こうして〈常闇の国〉から戻った私は、ことの次第を大ハーンに報告した。大ハーンはいたくお喜びになり、私が〈常闇の国〉で得た莫大な財宝をそのまま私にお与えくださったのである。

神に感謝。アーメン、アーメン。

＊

話を聞いていた若者たちは皆、しばらくきょとんとしていた。

「よく分からないな」〈貴族〉コジモがようやく口を開いた。「あんたはその宮殿から、いや、

〈常闇の国〉からただちに、しかも手ぶらで追い出されるはずだった。そしてそのことは〃免れがたき死を意味する〃はずだった。それなのにあんたは〈常闇の国〉から無事に帰り着き、のみならず大ハーンを満足させる報告ができた……？　なんだか変な話だな」

「変なのはそれだけじゃないよ」〈仕立て屋〉ジーノが言った。「マルコさんは〃莫大な財宝を得た〃と言ったんだ。どうやって、それを手に入れたんだろう？」

「こういうことじゃないですか」〈僧侶〉ヴォロッキオがしたり顔で口を開いた。「マルコさんは、その足で宮殿を出て、〈常闇の国〉で親しくなった住民の家に泊めてもらった。〃莫大な財宝を得た〃というのはきっと〃その国の商人たちと有利な取り引きをして、大熊や大狐、黒貂などの高価な毛皮を手に入れた〃という意味ですよ」

「〈常闇の国〉では、王の命令は絶大な権威を持っているのだ」マルコが首を振って言った。「あの国には、王に〃この国から出ていけ〃と命じられた者を泊める者はいない。まして王の許可なくして毛皮の取り引きをするなど、けっしてできなかっただろう」

「そうか！」〈船乗り〉レオナルドが、大きな拳《こぶし》を分厚い手のひらに打ちつけて叫んだ。「さてはマルコさん、あんたは〈常闇の国〉の王を脅迫したんだな？　何しろあんたは、大ハーンとやらの使節だったんだ。〃もし私をこのまま追い出したら、大ハーンが軍隊を率いて押し寄せてくるぞ〃とかなんとか言って、宮殿に無理やり泊まり込んだに違いない。そして、そのまま居続けたんじゃないかな？　財宝というのは、困り果てた〈常闇の国〉の王が、あんたに引き取ってもらうために差し出したものだった。違うかい？」

「やれやれ」マルコは呆れたように首を振った。「私は訪れた先の国々で、貢ぎ物を無理やり出させたことは一度もないし、まして脅迫など考えたこともない。考えてもごらん、無理やり貢ぎ物を出させたり、脅迫するつもりなら、大ハーンは何も私を使者として派遣する必要はない、ただ旗下の軍隊に一言そう命じるだけで良かったのだ。もし私が無理強いや脅迫をしたのなら、大ハーンはけっして私の報告を喜ばれなかっただろうよ」

「すると、どういうことになるのだろう？」コジモが首を捻《ひね》った。「〈常闇の国〉の王は、あんたに即刻退去を求めた。ところが、あんたは宮殿に留まることができた。脅迫でも無理強いでもないとすると、残る可能性は……」

「分かった！」〈仕立て屋〉ジーノが茶色の眼をくるりと回して言った。「マルコさんはきっと、以前に〈常闇の国〉を訪れた異国の男が、なぜ禁じられた扉を開けたのか、その謎を解き明かしたんだ。だからマルコさんたちは滞在を許されて、財宝をもらったんだ！」

「そいつは無理だな」コジモが薄い唇の端を歪《ゆが》めて言った。「処刑された男自身、自分がなぜ禁じられた扉を開けてしまったのか理由が分からなかったんだぜ。いくらなんでも、話を聞いただけで謎が解けるはずがない……」

と、コジモはそう言いかけた言葉を途中で呑み込んだ。気がつけば、マルコがにやにやと笑いながら小さく頷《うなず》いている。

「ちぇっ、どうやらその見当らしいぜ」コジモが舌打ちをした。「ここは一つ、マルコさんのひそみに倣って、俺たちも謎を解き明かしてみるとするか」

「まず考えられる原因としては、宴席で出された酒でしょうね」ヴォロッキオが言った。「酒は時として、神が人間にお与えになった理性の光を奪うことがあります。その時、異国の男は酔っ払ってしまって、目の前にあるのが禁じられた扉だと分からずに、開けてしまったのではないでしょうか?」

「ところが、その男は」マルコが言った。「宴席で勧められた酒を一口も飲まなかったそうなのだ」

「簡単な話じゃないか」レオナルドが自信満々の様子で皆を見回した。「考えてもみろよ、マルコさんは話の中でさんざんその国を〈常闇の国〉と呼んでいるんだぜ。宮殿の中はひどく暗かった。だからその男は、それが禁じられた扉と分からず開けてしまったんだ」

「その説明はいただけないな」コジモが言った。「マルコさんは一方で、対面した王の眼や眉や鼻や顎について、詳しく語っているんだ。宮殿の中が、鼻をつままれても分からないほど暗かったとは、とうてい考えられない」

「鼻といえば」ヴォロッキオが再び口を開いた。「マルコさん、さては異国から来たその男は、鼻が悪かったのではありませんか?」

「鼻?」

他の連中がいっせいにヴォロッキオを振り返った。

「どうやらあなたたちは、そろいもそろって結局マルコさんの話を聞いていながら聞いていなかったらしいですね」ヴォロッキオはしたり顔で言った。「考えてもごらんなさい。マルコさんはさっき、〈常闇の国〉で使われている文字を示して、それが〝この国の住民の人生哲学、ことに色に関する見識を示す〟ものだと言ったのです。

——色は匂へど。

つまり〈常闇の国〉では、色は目で見るものではなく、鼻で嗅ぐものということになる。〈光の扉〉と〈闇の扉〉も、きっと匂いで区別されていたのでしょう。ところが異国から来た男は不幸にも鼻がきかなかった。だから彼は間違った扉を開いてしまったんです」

「それはおかしいよ」ジーノが口を尖《とが》らせて言った。「だって、マルコさんはさっき、こうも言っているんだ。〝〈常闇の国〉では色というものが存在しない。ただ光と闇だけが区別される〟と。光と闇は、むしろその国で区別される唯一の色だったはずだよ。……ねえマルコさん、そうですよね？」

ジーノの問いに、マルコは無言で頷いてみせた。

「どうやら〝話を聞いていながら聞いていなかった〟のは、俺たちじゃなく、ヴォロッキオ、貴様の方だったらしいな」コジモがにやにやと笑いながら言った。「しかし、おかげで話の妙な点を思い出したよ」

「妙な点？」

「なあ、みんな。妙だと思わないか」コジモは他の連中を見回して言った。「裁きの場に引き出された男は〝自分が開けたのは〈光の扉〉だ。〈闇の扉〉などけっして開けていない〟と主張したというんだぜ」

「つまり……どういうことだい？」レオナルドが首を捻った。

「その男は分からなくて禁じられた扉を開いたんじゃない。それが〈光の扉〉だと誤認して開けたんだ。だから問題は……」

「〈常闇の国〉で区別されうる唯一の色を、その男はなぜ間違ったのか？」ヴォロッキオがたちまち気を取り直した様子で言った。「結局、問題は振り出しに戻ってしまったようですね」

しばらくの沈黙の後、ジーノが小声で尋ねた。

「やっぱり目が悪かったんじゃないかな。〝形は分かるくせに、色となるととんと見当もつかない客がいる〟と、以前に親方がぼやいていたのを聞いたことがある。もしかするとその人も……」

だが、マルコは無言で首を横に振った。

「もう駄目」

「降参」

「さっぱり分からねえ」

「で、結局、あんたはどうやったんだ？」コジモが代表で尋ねた。

「何も難しい話ではない、と思ったのだがね」マルコは貧相な肩をすくめて言った。「その時私は、王にたった一つの進言をしただけなのだよ。つまり〝以後は、扉の区別には文字をお使いになりませぬように〟とね」

「私は王の話を聞いて、すぐにあることに思い当たった。それこそが〝〈闇の扉〉には、扉を区別する文字が書かれていたのではないか？〟という疑問だった。なぜなら文字が偶像のように崇拝されているあの国において、災いを封印した扉に文字を書くことは、容易に想像できることであったのだから。そこで私は〝それこそが、異国の男が禁じられた扉を開いてしまった原因ではないか〟と考えた。私はそのことを王に進言した。王はただちに事実を検討され、まったく私の言う通りであることが判明したのだ。

私は、この国を悩ませていた謎を解いたということで、たいへんなもてなしを受けた。帰る際には多大な財宝を授けられた。〈常闇の国〉の王はさらに、自分たちが再び同じ間違いを繰り返さぬよう、以後は大ハーンの国との国交を開き、毎年貢ぎ物を献上することを約束したのだ。……つまりこれが、私の報告を聞いて大ハーンがお喜びになった理由であり、私が莫大な財宝を得た経緯というわけだよ」

「しかし、それはおかしい！」ヴォロッキオが飛びあがるようにして言った。「扉を間違った男は、その国の文字を理解していたはずです！　だってマルコさん、あなたはご自分で、〈常闇の国〉の王の言葉として、さっきこう言ったのですよ。〝その男はたいへん流暢に我が国の言葉を使いこなし、我が国の文字にも通じているようだった〟と」

「その通りだ」マルコはすましして言った。

「だったら……」

「ところがこの場合に限っては、あの国の文字は、文字に通じた外国の者にとって、いっそう紛らわしいものだったのだ。扉を間違って開けた当人が、後になってもそれと気づかないほどにね。私は、そのことを指摘した初めての異国人だったというわけさ」

「そんな馬鹿なことが……」

「嘘だと思ったら、自分の目で確かめるといい」

若者たちは競うようにしてマルコに詰め寄り、彼がさっき砂の上に書いた文字を眺めやった。

「やはり分かりませんね」ヴォロッキオが言った。「〈光〉と〈闇〉。この二つの文字の、いったいどこが紛らわしいのです？」

「そうですよ。これじゃ間違うはずがない」

「待って！」ジーノが声をあげた。「そう言えば、たしかマルコさんは初めに、〈常闇の国〉では光と闇を別の言葉で表すと言っていたはず……」

「白と黒」

「それだって全然違う」

コジモが不満げにそう言った時、マルコがふいにまた木の枝を手に取り、地面の上に文字を書きはじめた。

わたしたちは重なり合うように身を寄せ、マルコが文字を書く手元を覗き込んだ。

「なるほど、これは間違える……」わたしたちは顔を見合わせて呟《つぶや》いた。

地面には、ミミズがのたくったような線で、次のような二組の文字が並べて書いてあった。

「しろ」

「くろ」

能弁な猿

「侏儒《こびと》を見たことがあるかい？」〈船乗り〉レオナルドが、仲間連中の顔を見回して尋ねた。

「侏儒だって！」人の好《よ》い〈仕立て屋〉ジーノが茶色い眼を丸くして叫んだ。

「侏儒、ねえ？」〈貴族〉コジモが形の良い眉をひそめて首を捻《ひね》った。

「ルスティケロ、あんたはどうだい？」レオナルドがわたしを振り返って尋ねた。「あんた、物語作者なんだろ。知り合いに侏儒はいないのかい？　もちろん外での話だぜ」

「侏儒に知り合いはいない。外にも中にもね」わたしは苦笑してそう答えた。


　キリストがお生まれになって一千二百九十八年目のその年——

わたしはジェノヴァの牢の中にいた。もちろん、好きこのんでこんな狭苦しい、じめじめとした場所にいるわけではない。だが、牢から出ていくには莫大な身の代金が必要だった。それは、わたしのような一介の物語作者にはとても支払うことのできる金額ではなく、同じことは牢の中で知り合った社会的に半端な身分の若者たち——見習いや次男三男坊——についても言えた。

　当面牢から出ていくあてのない者には、日に二度の粗末な食事の他は、死にそうに退屈な時間があるだけだ。〝外〟では聞くに値しない馬鹿げた自慢話も、〝中〟ではそれなりに意味を持っている。

「オレは侏儒を見たことがあるぜ」レオナルドがもう一度、得意げに言った。「年寄り《ヴェテラン》の船員が、ある時こっそり見せてくれたんだ。なんでもインドに行った時、向こうから連れてきたって話だった。……残念ながら、オレが見た時にはとっくに死んで、干《ひ》からびちまってていたが、それにしたって一キュービット（約四十六センチ）もありゃしねえ。うん。ありゃ、たしかに侏儒だった」

レオナルドの言う侏儒とは、御伽《おとぎ》話に出てくる人の言葉をしゃべる小さな者たちのことらしい。

「やれやれ。そんな子供だましを信じている人がまだいたのですね」それまで黙って聞いていた〈僧侶〉ヴォロッキオが、呆れたように口を挟んだ。「あなたが見たのは、なるほどインドから来たかもしれませんが、侏儒ではなく、猿ですよ」

「あれが猿だって？　そんな馬鹿なことがあるものか！」レオナルドは顔を赤くして言った。「オレが見た侏儒は、たしかに大人の人間の顔をしていた。顎《あご》の下には長いひげまであったんだ。猿がひげを生やすものか。それに……そうだ、体はすべすべで、毛なんか生えていなかったぜ。猿なら毛むくじゃらのはずだろう？」

「インドには人間によく似た顔つきの猿がいるのですよ」ヴォロッキオが哀れむように言った。「向こうの商人たちは、その猿を捕まえると、ある種の軟膏を使って体毛をすべて落とし去り、顎の下に人間の長い髪を植えつけ、さらに手足や五体の様子を引き伸ばしたり型にはめたりして侏儒のように見せかけるんです。彼らは、そうしておけば旅行者が珍しがって高く買ってくれることを知っているんですよ。……もっとも、いまじゃ有名になりすぎて誰も信じませんがね」

「そう言えば、うちの館の隅に一つ転がっていたな」コジモが顎をしゃくって言った。

「ぼくも近くの教会で見たことがある！」ジーノが声をあげた。

「あれが猿ねぇ……」レオナルドはまだ納得がいかない様子だ。

「人間と猿との決定的な違いは言葉をしゃべるかどうかです」ヴォロッキオが肩をすくめた。

「それともあなたは、その侏儒とやらが言葉をしゃべるとでも思ったのですか？」

「あの侏儒が言葉をしゃべるとは思わなかったが……」とレオナルドは一瞬口ごもり、すぐに唇を尖《とが》らせて言った。「しかし、こんな話を聞いたことがあるぜ。〝猿も本当はしゃべることができるんだが、仕事をさせられてはたまらないと黙っているだけだ〟と」

「嘘ですよ、そんな話」ヴォロッキオは、さも馬鹿にした様子で鼻を鳴らした。「偉大なる神は人間にだけ言葉をお与えになった。言葉を話すのは、人間だけです」

レオナルドは辺りを見回し、他の連中もヴォロッキオと同意見らしいのに気づくと、

「ああ、つまらねえ！」と大声をあげ、隅の暗がりに向かって声をかけた。

「なあ、あんた。あんたもそこで聞いていただろう。今度はあんたがここから連れ出してくれよ」

——ここから連れ出してくれ！

レオナルドはつまり、牢の中の退屈な時間を忘れさせてくれと言っているのだ。

呼びかけに応じて暗がりから姿を現したのは、小柄な、そしておそろしく汚いぼろをまとった新入りのヴェネチア人である。彼は牢に連れてこられた時、自ら〈百万のマルコ〉と名乗った。

「さて、百万長者殿《イル・ミリオーネ》」とヴォロッキオがマルコに席を勧め、慇懃《いんぎん》に尋ねた。「あなたは猿とお話しになることができますかな？」

「そう尋ねられたのは初めてじゃない」マルコは若者たちの真ん中に腰を下ろすと、なんでもないように言った。「私が大ハーンの命《めい》を受けてセイラン島に行ったあの時、私は何度も同じことを尋ねられたものだ。〝あなたは猿とお話しになることができますか〟と」

マルコはそうして、不思議に満ちたあの物語を次のように語りはじめたのである……。

＊

私――すなわちマルコ・ポーロは、かつて十七年にわたってタタール人の偉大な王、大ハーン・フビライに仕えていた。

私が貿易商人であった父と叔父に連れられて東方へと旅立ったのは、まだ十七歳の頃であった。商売を続けながら陸路東へ東へと進んだ私たちは、三年半の旅の後に、ついにかの大ハーンの統《す》べる国に達した。大ハーンは、私たちがはるばるヨーロッパからやってきたことを知るとたいへんお喜びになり、年少の私には彼の直参として仕えるようお命じになったのである。

以後私は、大ハーンの使者として、彼の広大な国の数多《あまた》の辺境に赴いた。私はそこで、実に多くの非常に珍しい事々を目にし、またしばしば思いもかけぬ言葉を耳にした。中でも、あの不思議な島セイランで私が繰り返し尋ねられた問いほど奇妙なものには、ちょっとお目にかかったことがない。

セイラン島は、大ハーンが統治する広大な国土の西南の方《かた》、二十五リーグ（約百六十キロ）の海の上に浮かんでいる。島といっても、周囲が六百リーグ（約三千八百キロ）以上もあるから、まぎれもなく世界最大の島である。

島の住民は皆、偶像教徒であり、代々〈センデマン〉を名乗る王によって統治されている。男たちは布で腰部を覆う以外、一年中ほとんど裸体のままで過ごす。女性は結婚すると唇を黒く染める習慣があり、このためひと目で未婚であるか既婚であるかの区別がつく。唇の色は一度染めると、死ぬまで取れない。彼らはいずれも米と乳を常食とし、一切の肉類を口にしない。

セイラン島は外国のどこにも隷属せず、大ハーンもこの島だけはあえて支配しようとはしなかった。というのも、セイラン島こそは世界中の偶像教徒たちが崇拝する〈ソガモニ〉という賢者が生まれた島であり、島自体が聖地として尊ばれているからだ。大ハーンは、イスラム教であれキリスト教であれ、ユダヤ教であれ、また他の宗教であれ、それを信じる者の心を踏みにじることは望まぬ人物であった。

セイラン島は古くから青玉《サファイア》や黄玉《トパーズ》、紫水晶《アメジスト》、石榴石《ざくろいし》などの貴重な宝石類が採取されることで知られている。だがそれらの宝玉も、島の王が所有するという巨大な紅玉《ルビー》の噂には比べるべくもなかった。それは他の宝石と区別され、特に〈大ルビー〉と呼ばれていた。その大きさは、長さが一パーム（二十センチ強）、厚さは男の腕ほどもあるという。色は燃えるような真紅にして、まばゆいばかりの燦然《さんぜん》たる光を放ち、表面には羽毛でつけたほどのきずもない。〈大ルビー〉を目にした者はことごとく「あれほど素晴らしい宝玉は過去において匹敵するものはなかったし、また将来にもないであろう」と口をそろえて言うのであった。

噂は遍《あまね》く海内《かいだい》に響き渡り、ついに大ハーンの耳に達することとなった。大ハーンは早速、私を呼びつけ、件《くだん》の紅玉を是非とも買い受けてくるよう言いつけた。

「金に糸目はつけぬ。もし必要なら、都市一個に相当する価格を支払ってもかまわぬ。但し、くれぐれも傷をつけぬよう持ち帰るのだぞ」

大ハーンは私にそう念を押した。

私がまだ大ハーンに仕えて間もなくの頃の話である。私は大ハーンが私を信頼して、大きな仕事を任せてくれたことにすっかり気を良くし、結果を約束して、セイラン島へと旅立った。

ところが、島で私を待ち受けていたのは、まったく意外な、予期せぬ事態であった。

それというのも、ちょうどその頃先代のセンデマン王が亡くなり、次の王を誰にするかを巡って、島中に混乱が生じていたのである。

私は宮殿に赴き、次の王が決まるまでの間、宮殿を守っている大臣たちに用向きを告げた。大臣たちは、しばらく額を突き合わせて相談していたが、やがてこう答えた。

「かの〈大ルビー〉は島の王に所属する品です。新しい王が決まるまでは、どなたとも取り引きすることはできません」

「では、新しい王と取り引きするとしましょう」私は仕方なく答えた。「それで、次の王はいつ決まるのです？」

大臣たちは顔を見合わせ、首を捻っている。

私は彼らを問い詰め、この島には現在王位継承権を持つ、三人の王子がいることを聞き出した。どうやらこの島では、王が代々〈センデマン〉の称号を継承するので、次の王が決まるまでの間、王子たちは生まれた順番に〈一の王子〉、〈二の王子〉、〈三の王子〉と呼ばれているらしい。

いずれにしても、その三人のうちの誰かが新しい王になることは間違いない。私は一人ずつ、王子を訪ねて回ることにした。

私はまず〈一の王子〉の館を訪れた。

拝謁を求めると、待つほどもなく、館の奥から褐色の肌をした、堂々たる体格の青年が大股に姿を現した。私はひと目見て強い印象を受けた。たくましい胸や肩といい、人並みはずれた、素晴らしく均整の取れた長身といい、あたかも虎のごとき炯々《けいけい》たる黒い眼といい、なるほど彼ならば次の王にふさわしい人物であろう。そう考えた私は彼に、自分が大ハーン・フビライの使者であること、また大ハーンがこの島の〈大ルビー〉の取り引きを望んでいることなどを告げた。

私が話をしている間、〈一の王子〉は丸太のような太い腕を胸の前で組み、じっと耳を傾けていた。そして、聞き終えると、彼は一言私にこう尋ねた。

「もしやお前、猿と話すことはできまいな？」

私は一瞬呆気に取られ、口ごもりながら「猿と話をしたことはございません」と答えた。〈一の王子〉は急にがっかりした様子となり、片手を振って、私に館から出ていくよう命じた。

私は、わけが分からぬまま、たちまち側近の者たちの手で館の外に放り出された。

そこで私は、次に〈二の王子〉の館を訪ねることにした。館の入り口で拝謁を申し出ると、王子はちょうど広間で賢者たちと議論中であるという。私は広間に案内してもらい、彼らの邪魔にならぬよう、隅で待つことにした。待っている間、私は〈二の王子〉と賢者たちの間で交わされる議論を聞いて、すっかり驚いてしまった。というのも、彼らが物静かな声で語り合う議題の深遠さ、また論理の精緻《せいち》さといったものは、私が知るいかなる賢者、いかなる知者にもまして、はるかに優れたものであったのだ。

やがて私の方に歩みきた〈二の王子〉は、背の高い、痩せた人物であった。縦に長い頭には髪の毛が一本も見えず、細い鼻が表情に隙《すき》のない気配を与えている。その眼はあくまで深い思索の色をたたえ、ひと目見ただけで対面した者の心の底まで見抜いてしまう鋭い力を秘めているようであった。なるほど、彼ならば〈一の王子〉に劣らず島の次の王にふさわしい人物であろう。そう思った私は早速、彼に用向きを告げた。〈二の王子〉は優れて知的な顔つきで話を聞いていたが、聞き終えると、一言私にこう尋ねた。

「もしやそなた、猿と話すことはできまいな？」

私がやはり、戸惑いながら「猿と話したことはない」と答えると、彼の眉間にたちまち深いしわが刻まれ、指をあげて館から出ていくよう命じた。

私はまたしても、何を尋ねる間もなく、側近の者たちの手で館の外に放り出された。

私は仕方なく〈三の王子〉の館に向かった。

〈三の王子〉の館は、先の二人の王子のそれと比べると、いささか見劣りのする簡素な建物であった。拝謁を申し出ると、すぐに〈三の王子〉のもとへと案内された。彼はまだ少年といえるほどの若さであり、丸顔の、穏やかな目をした、女性のようにやさしい声の持ち主であった。私は三度《みたび》、自分がこの島に派遣された理由を語った。〈三の王子〉は口元に笑みを浮かべて私の話を聞いていたが、聞き終えると、彼は一言私にこう尋ねた。

「もしやあなた、猿と話すことはできませんか？」

私はもはや、すっかり観念して「猿と話したことはない」と答えた。ところが〈三の王子〉は、私をすぐには館の外に放り出そうとはしなかった。彼は何事か思案にくれている様子である。私は恐る恐る尋ねた。

「この島ではなぜ、猿と話をするのがそれほど重要なことなのです？」

〈三の王子〉は、しばしの逡巡《しゅんじゅん》の後、私に次のような事情を語ってくれた。

「……亡くなった先代のセンデマン王は、実に数十年の長きにわたってこの島を統治してきました。その偉大さは彼が王位にいた間、この島の内外で大きな争いごともなく、また神々の下す天災や疫病、その他の災いが極めて稀《まれ》であったことからも証明されましょう。

しかし、神ならぬ人間には、寿命というものがあります。ご自分の寿命を悟った先代の王は、亡くなる前に、次のようにおっしゃいました。

『予《よ》はこの島を治めるに際して、最もふさわしい言葉を一つ、次の王へと伝え遺《のこ》そうと思う。それは言葉でしか表し得ないものだ。予はその言葉を、予が大切に飼ってきた黄金毛の猿に託す。三人の王子はそれぞれ、予が死んで後一月の間に、それぞれの答えを長老に告げよ。正しい言葉を得た者――すなわち最も早く猿から正しい言葉を聞き出した者こそが、この島の次の王となるのだ』

先王が亡くなったのは、ちょうど一月前の今日のことです。ところが、私たち三人の王子の中で、まだ誰一人として答えを長老に告げた者はありません。誰も、猿から言葉を聞き出す方法が分からないでいるのです。機会は一度だけしか与えられません。間違ったら、それで終わりです。

つまり私たち三人の王子はそれぞれ、今日中になんとかして猿から言葉を聞き出し――あるいはたとえ猿から正しい言葉を聞き出せなくても――答えを長老に告げなくてはならないのです」

話を聞いて、私はようやくなぜ王子たちがそろいもそろって「猿と話をできるか？」と尋ねたのか、また先の二人の王子が「できない」という答えを聞くや否やたちまち私を館から放り出させたのか、そのわけを理解することができた。

私はひとまずほっとした。いずれにしても、明日には新しい王が決まるのだ。三人の王子の中で誰が王になるにせよ、明日以降、あらためて新しい王と取り引きをすればよい。

そう考えた私は、ふとあることが気になって〈三の王子〉に尋ねた。

「もし三人とも正しい答えを告げることができなかった場合はどうなるのです？」

「島は三つに分かたれ、それぞれが統治することになります」王子は肩をすくめて答えた。

「その場合、島の王の所有たる〈大ルビー〉は……まさか？」

「もちろん、〈大ルビー〉もまた三つに割られ、それぞれの王が所有することになりましょう」

私は真っ青になった。私は〈大ルビー〉を持ち帰ると大ハーンに約束した。そしてその際、大ハーンは私に〝ルビーにはけっして傷をつけぬように〟とくれぐれも念を押したのだ。三つに割れたルビーを持ち帰ったところで、大ハーンが喜ぶとはとても思えない……いや、それどころか私はきっと〝約束を違《たが》えた者〟として、八つ裂きにされてしまうだろう。

「私はそろそろ出かけようと思います」〈三の王子〉がにこりと笑って言った。「正しい答えは分かりませんが、仕方ありません。結局私は次の〈センデマン〉にふさわしい人物ではなかったということなのでしょう」

彼はそう言って、椅子から立ちあがった。

私は必死になって考えた。しかしいくら考えたところで、猿と話をする方法などありそうになかった……。

翌日〈三の王子〉はセンデマンの称号を受け継ぎ、セイランの新しい王となった。私は、非常に有利な条件で彼からルビーを手に入れることができたが、それは噂に違わず見事なものであった。

かくて傷ひとつない〈大ルビー〉を持ち帰った私は、大ハーンに大威張りでことの次第を報告したのである。

神に感謝。アーメン、アーメン。

*

「するとマルコさん、あなたは本当に猿と話をすることができるのですか？」〈僧侶〉ヴォロッキオが呆れたように尋ねた。「いまのお話だと、まるであなたが猿から言葉を聞き出して、答えを〈三の王子〉に告げた、あるいは猿と話をする方法を彼に教えてやった、というふうに聞こえましたが？」

「私は何度もこう言ったはずだよ」マルコは言った。「〝私は猿と話したことはない〟と。私は一言も嘘を話してはいない」

「しかし、それでは……」とヴォロッキオは額にしわを寄せて黙り込んだ。

「猿と話なんかできなくとも、王になる方法は他にあるさ」と〈貴族〉コジモが薄い唇の端を歪《ゆが》めて口を開いた。「そんな猿のような顔で悩むほどの問題じゃない」

「こりゃいいや」〈船乗り〉レオナルドが大口を開けて笑いながら言った。「言われてみれば、難しい顔をしたヴォロッキオはまったく猿そっくりだ」

「あんまり笑っちゃ悪いよ」そう言った〈仕立て屋〉ジーノも、こらえ切れずにぷっと吹き出した。

「で、どうやるんです？　その王になる方法とやらは」ヴォロッキオは、笑い転げる二人を無視して、苦虫をかみつぶしたような顔でコジモに尋ねた。

「考えてもみろよ」とコジモは仲間の顔を見回し、得意げに目を細めて言った。「さっきのマルコさんの話は、ある一点において極めて不自然だった。なぜって、三人の王子は三人が三人とも、いままさに次の王位が手に入るかもしれないという微妙な――言い換えれば非常に危険な立場にあったんだぜ。それなのに彼らは、異国から来た客が拝謁を申し出ると、何を疑う様子もなくのこのこと姿を現し、直接に言葉を交わしているんだ。ヨーロッパじゃ、とても考えられないことさ。多分その場所が、偶像教徒が崇拝する賢者の島であることと何か関係しているんだろうが、しかしそんなことは外国の異教の者にとっては全然関係がない。おそらくマルコさんは、もう一度先に訪れた二人の王子に拝謁を申し出たんじゃないかな？

〝猿と話をする方法を思い出した〟と言えば、二人ともすぐに会ってくれただろう。そしてマルコさんは〝この薬を飲めば、たちどころに猿の言葉が分かるようになります〟と囁いて、ある薬を彼らに手渡した。その薬は、実は恐ろしい毒薬で……」

「うひゃあ！」

レオナルドが妙な声をあげてその場に飛びあがった。「すると何かい？　マルコさんは残る二人の王子を毒殺した。だから〈三の王子〉が新しい王になったのだと？」

「よくあることさ」コジモが肩をすくめた。「な、そうだろう、マルコさん？」

他の連中は首をすくめて、恐る恐るマルコの顔を覗き込んだ。

「なるほど、よくあることだ」マルコは言った。「だが、私自身が誰かに毒を盛ったことは一度もない。第一、その時私は毒薬など持ち合わせていなかったし、さらに言えば、二人の王子はその後新しいセンデマン王のもとで国の重要な職に就き、王の補佐をすることになったんだ。二人は死んでなどいないよ」

「殺さなかったのなら、眠らせたのかもしれない」コジモはなおも食い下がった。「おかげで二人の王子たちは、その日のうちに答えを告げに行くことができなかった。そこで、必然的に〈三の王子〉が新しい王に選ばれた。違うかい？」

マルコは首を横に振った。「私はその日〈一の王子〉にも〈二の王子〉にも、再び会いに行かなかった。そもそも、彼らが王になるのを私が阻止したわけではないのだ」

「それじゃあやっぱりあんたは、猿だけが知っている言葉をどうにかして聞き出したというのか？」レオナルドが訝《いぶか》しげに尋ねた。

「待って！」ジーノが茶色の眼をくるりと回して言った。「答えを知っていたのは〝猿だけ〟じゃないよ」

「どういうことだ？」

「だってそれじゃ、王子たちが告げる答えが正しいかどうか、誰にも分からないことになる。言葉の正否を誰かが判定しなくちゃならなかったんだから……」

「そうか！」コジモが膝を打った。「三人の王子はそれぞれの答えを長老に告げて、真偽を問う段取りだったな。とすれば、少なくともその長老だけは正しい言葉を知っていたはずだ。長老を買収できれば答えが分かる。一方マルコさんは、ルビーの取り引き代金として都市一つ分もの莫大なお金を動かせたはずだから、ひそかに長老を買収して、答えを聞き出すことも可能だったはずだ」

「やれやれ。お前さん方は、あの長老を知らないから仕方がないが……」とマルコはため息をついて言った。「買収という案がいかに馬鹿げたものか、長老をひと目見たら気づいたことだろうよ。彼は、一説によれば賢者ソガモニに直接師事したとも言われ、当時、年齢は少なくとも優に百歳を超えていた。清廉潔白の誉《ほま》れは遠く大ハーンの国にまで聞こえ、嘘か本当かは知らないが、霞《かすみ》を食らい、朝露《あさつゆ》を飲んで生きているという話だった。そんな人物に金銭がなんの役に立つものか。いやはや、買収とはね。考えつきもしなかったよ」

「すると残された可能性は、やはり猿から聞くしかないわけだ……。さあて、いよいよ分からなくなってきたぞ」コジモは忌ま忌ましげに呟《つぶや》いた。

「分かった！　分かった！」突然レオナルドが太い腕を振り回して叫んだ。

「何が分かったんです？」ヴォロッキオが迷惑そうに言った。「やめておきなさい。恥をかくだけですよ。大体わたしやコジモさんに分からないことが、猿なみの考えしかないあなたに分かるはずがないじゃないですか」

「うるさい、猿顔男は黙っていろ！」レオナルドはヴォロッキオにそう言い捨てて、さっとマルコに向き直った。「マルコさんよ、あんたは猿と話ができない。当たり前だ、猿はしゃべらないからな。だが、あんたはそのしゃべらない猿から、先代の意地クソ悪い王が隠した問題の言葉を聞き出した。とすれば、話は簡単だ。あんたは、その〈三の王子〉とやらと一緒に王宮に行って、問題の黄金毛猿に紐《ひも》を結わえつけ、猿に宮殿中を自由に歩き回らせたんじゃないのか？　なるほど猿はしゃべることはできないが、手先は器用で、隠したものを取り出すのは得意だ。猿は、先の王がひそかに宮殿の中のどこかに隠した品物を取り出して、あんたたちにそれを見せた。その品物の名前こそが、隠された言葉だったというわけさ。どうだい？」

　マルコはにやにやと笑っている。

「やれやれ、猿に紐とはね」コジモが小声で言った。

「やっぱり猿なみの考えだ」ヴォロッキオが横を向いて呟いた。

「ねえ、レオナルド」ジーノが脇からそっと口を挟んだ。「マルコさんはさっき〝それは言葉でしか表し得ないものだ〟って言ったんだよ。猿が持ってきた品物の名前じゃないと思うな。多分だけど……」

「なに？　言葉でしか表し得ない？　そう言えば……」レオナルドはもともとの赤ら顔を、いっそう赤くして黙り込んだ。

「ここは一つ、〝言葉でしか表し得ないもの〟を考えてみるとするか」コジモが提案した。

「〝愛〟」とジーノが言った。「それから、〝希望〟……〝夢〟もそうかな？」

「〝未来〟……〝自由〟」とレオナルド。

「〝恐怖〟や〝死〟も言葉だけです」とヴォロッキオ。

「数も言葉だけだな」コジモが言った。「もしかすると、問題の言葉は数字の〝三〟だったのかもしれない。だから〈三の王子〉が新しい王に選ばれた……」

「いずれにせよ、それでもやはり、その言葉を猿から聞き出す必要がありますね」ヴォロッキオがしたり顔で言った。

「まさかとは思うが」コジモが疑り深い視線をマルコに向けた。「その猿は、はじめから人間の言葉をしゃべることができた、なんて言うんじゃないだろうな？」

「猿が人間の言葉をしゃべるものかね」マルコは呆れた様子で首を横に振った。「もしそうなら、王子たちははじめから苦労などしていないさ」

「駄目だ。あなたはいったいどうやって、猿だけが知っている言葉を探り出したんです？」

「本当は猿と話をすることができるんじゃないんですか？」

「まさか？　でも、マルコさんならやりかねないかも……」

「どうなんです？」

若者たち全員から食い入るような視線を向けられ、マルコはいささか困惑した様子であった。

「私は一度も猿と話をしたことなどない。ただ、先のセンデマン王が黄金毛猿に託した言葉を見つけただけなのだ」

「見つけたですって？」若者たちは同時に声をあげ、互いの顔を見交わした。

「そうとも。私は〈三の王子〉から話を聞いて、ある可能性に思い至った。つまり〝先代の王は、猿の黄金毛に覆われた肌に何か文字を記したのではないか〟とね」

「そんなことは不可能だ！」レオナルドが大声で反論した。「猿の肌に文字を書くためには、どうしたっていったん毛を剃《そ》らなくちゃならない。毛が生えそろう頃には、文字は消えちまっているはずだ」

「おや、私は言ったはずだよ。〝この国の女性は結婚すると唇を黒く染める〟と。そして〝色は一度染めると死ぬまで取れない〟ともね。その技術を使えば、猿の肌に消えない文字を書くことも不可能ではあるまい。そう思った私は〈三の王子〉とともに王宮に出かけ、猿の毛を刈り取った。そして、そこに先代の王が遺した言葉を見つけたんだ」

若者たちはしばらく声もなかった。

「それで」とコジモがようやく口を開いた。「そこにはなんと書かれていたんだい？」

「私には読めなかったのだが、なんでもセイランに伝わる古い文字で〝知恵〟と書かれていたそうだ」

「〝知恵〟ですって！」ヴォロッキオが声をあげた。「それならマルコさん、あなたはご自分の勝手な都合のために、間違った人物をセイランの王にしてしまったのではないですか？　あなたのお話を聞く限り、どう考えても、賢者と崇高な議論をたたかわせていた〈二の王子〉――彼こそが真の〝知恵ある者〟であり、新しい王にふさわしい人物だったように思うのですがね」

「そんなことはないさ」マルコはけろりとして言った。「結局〈二の王子〉は、先の王が遺した言葉を見つけることができなかったんだ。〝知恵ある者〟とはいえまい」

「しかし〈三の王子〉だって、あなたの助言のおかげでようやく正しい言葉を見つけたのですよ。彼はむしろ、ずるいのではないですかね？」

「先代の王は、一人で考えろとは言い遺さなかった」マルコはひょいと肩をすくめて言った。「とすれば、私を相談相手に選んだ人物こそが、最も賢明な――つまり、真に〝知恵ある者〟だったというわけさ」

山の老人

「オレたちに力を貸してくれ、だって！」〈船乗り〉レオナルドが呆気に取られた様子で声をあげた。

「そうです。どうか、皆さんの力をわたしに貸してください」その若者は、そう言って頭を下げた。

「しかし、分からないな」〈貴族〉コジモが目を細めて言った。「なんだって看守のあ、あ、あんたが、囚、人、の、俺たちの力を借りなくちゃならないんだ？」

看守の若者は顔をあげ、彼を取り囲む者たちの顔をおずおずと見回した……。

〈船乗り〉レオナルド、〈僧侶〉ヴォロッキオ、〈仕立て屋〉ジーノ、〈貴族〉コジモ。彼らは皆（物語作者であるわたしを含め）、社会的に中途半端な身分の——つまりは、当面牢から出ていくあてのない者たちである。

この日、看守の若者は牢に入ってくるなり「力を貸してほしい」と言って、わたしたちに頭を下げた。が、自分の身を牢から出すことさえ叶《かな》わぬわたしたちに、「力を貸してほしい」と言われても困惑するしかない。

「わたしはこれまで、あなた方が牢の中で交わす会話を聞いてきました」看守の若者は言った。「あなた方はしばしば、とても解けそうにない不可解な謎について、あれこれ議論を交わしている。しかも驚いたことに、あなた方は最後には必ず謎を解いてしまう。……わたしにその知恵をお貸しいただきたいのです」

　わたしたちは顔を見合わせ、ひそかに苦笑を交わした。なるほど、看守の若者が言っていることに間違いはない。だが、そこにはある大きな誤解がひそんでいた。

「えへん、えへん」とヴォロッキオが咳《せき》払いをして言った。「ところで、わたしたちがあなたに力をお貸しするとして、その見返りにあなたは何をしてくれるのです？　わたしたちをこの牢から出してくれるのですか？」

「残念ながら、わたしの権限ではあなた方を自由にすることはできません」看守の若者は首を振った。「ですが、わたしにできることならなんでも、喜んでお役に立ちます。例えば、そうですね、食べ物を差し入れたり、外に手紙を送る手配もできると思います」

「食い物！」レオナルドが眼を輝かせて、よだれを拭った。

「手紙、ねぇ」コジモがまんざらでもない顔で呟《つぶや》いた。

「いいんじゃないの」人の好《よ》いジーノが言った。「この人はとても困っているみたいだ。力になれるかどうかはともかく、とりあえず話だけでも聞いてみようよ」

　わたしたちは肩をすくめて頷《うなず》いた。どのみち牢の中では退屈な時間があるだけだ。正直なところわたしたちは、外の話ならなんでも聞きたくてうずうずしていたのである。

「ありがとうございます」看守の若者はぱっと顔を輝かせた。「相談というのはほかでもありません。わたしは先日、ある金貸しからお金を借りたのですが、その時金貸しと妙な契約を交わしてしまったらしいのです」

「らしい、というのはどういうわけです？」わたしが尋ねた。

「ええ。実は……」と看守の若者は顔を赤くして言った。「その日は妹の結婚式があり、わたしはその席でしたたか酔っ払ってしまったのです。わたしは酔っ払ったまま町をぶらぶらしていて、ある店先に可愛らしい青金石《ラピスラズリ》の指輪が飾ってあるのを見つけました。わたしは急に、まだ妹に結婚の贈り物をあげていなかったことを思い出し、是非この指輪を買って、妹に贈ろうと決めました。ところが、ポケットにはほとんど持ち合わせがありません。家にお金を取りに帰ろうかとも思いましたが、その間に指輪が売れてしまうのではないかと心配でした。わたしは誰か知り合いが来ないかときょろきょろと辺りを見回していて、ふと金貸しの看板が目に入りました。わたしはそれまで金貸しの世話になったことなどなかったのですが、その時はとっさにその店に入って金を借りることにしたのです。

わたしは店番をしていた老人と交渉し、指輪の代金相応の金を借りることにしました。そうして金を借り、店を出ようとしたところで、店の老人が妙なことを言い出したのです。

〝どうじゃな、お若いの。お前さんが約束の期日に金を返しにきた時、わしとちょっとした賭けをやるつもりはないかな。その時、わしが考えていることを言い当てることができたら、褒美《ほうび》として借金は棒引きにしてやろう。だが、もし外れたらお前は、借金のかたに生涯わしの奴隷となるのだ〟と。

後から考えれば不思議ですが——多分酔っていたせいでしょう——わたしは老人の申し出

を面白く感じ、笑いながらその場で証文を交わしました。……ここにその証文があります」

看守の若者がそう言って取り出した証文には、なるほど老人の申し出と、お互いの署名が見える。金貸しの老人の名前の脇には、ご丁寧にも〝神かけて、考えていないことは行わない者〟ともったいぶった字体で書いてあった。

「わたしは家に帰って指輪を妹に贈り――妹はたいして喜んでもくれませんでした――さて一夜明けて、自分がとんでもない約束をしてしまったことに気がついたのです。考えてもみてください、金貸しの老人が何を考えているかなど、わたしに分かるはずがない。いや、たとえわたしがどんな答えを言ったところで、老人はその答えが間違っていると言うだけでしょう。わたしは慌てて借りた金を用意して老人の店に行きました。しかし老人はその金を受け取ろうとはせず、にやにやと笑ってこう言うのです。〝期日が来たら、もう一度ここに来なされ。簡単なことじゃ、わしの考えていることを当てればよいのだからな〟と。

それからというもの、わたしは真っ青になってあちこち駆け回り、色々な人に助言を仰ぎました。しかしみんなこの証文を見ると、気の毒そうに首を振るだけです。すっかり追い詰められたわたしは、ふとあなた方のことを思い出したのです。いつも不可解な謎を解いているあなた方ならば、もしかすると何か良い知恵が浮かぶのではないか、と。……いかがでしょう、皆さん？　どうかわたしに知恵を貸してください。約束の期日は今日の午後です。わたしはここを出たら、その足で金貸しのところに行かなければなりません。あなたたちが最後の望みです。どうかわたしを救ってください」

看守の若者は切羽詰まった、祈るような面持ちでわたしたちの顔を眺め回した。だが、わたしたちは互いに顔を見合わせるばかりで、誰も一言も発しようとはしなかった。

しばらくして、看守の若者は諦めたように首を振った。「やれやれ、どうやらわたしは、あの金貸しの老人の奴隷となるしかないようですね。我ながら馬鹿なことを約束したものです。わずか数枚の金貨のためにこの身の自由を失うことになろうとは……」

その時、牢の暗がりから声が聞こえた。

「……年寄りの考えることはどこでも同じとみえる」

牢の隅によどんでいた影が立ちあがり、そのまま小柄な人の姿になった。黒い髪、黒い眼の、そしておそろしく汚いぼろをまとった新入りの囚人。マルコであった。彼はのろのろとわたしたちに近づくと、証文をちらりと眺め、一つ大きなあくびをして言った。

「ふん。〈山の老人〉が私に求めたのは、もっと恐ろしい言葉だったよ」

マルコはそうして、不思議に満ちたあの物語を次のように語りはじめたのである……。

*

私——すなわちマルコ・ポーロは、かつて十七年にわたってタタール人の偉大な王、大ハーン・フビライに仕えていた。

大ハーンは私を信頼し、彼の使者として広大な王国の数多《あまた》ある辺境に派遣した。私はつねに、かつ誰にもまして課せられた使命を立派に果たしたので、大ハーンは重大な使命の場合は必ずこれを私に委任したのである。

ある日、私はいつものように大ハーンの宮殿に呼ばれた。早速出向いていくと、決断神速、およそためらうということを知らぬ大ハーンが、その日に限っては珍しく、私を前に何事か思案されている様子で、なかなか口を開こうとはしなかった。やがて彼は、私をまっすぐに見てこう尋ねた。

「そなたは〈山の老人〉の噂を聞いたことがあるかな?」

「ございません」と私が答えると、大ハーンは次のような不思議な話を聞かせてくれた。

「ムレヘットという辺境の地で、以前から健康な若者たちがしばしば姿を消すという妙なことが起きていた。山羊《やぎ》の番をしていた者、商売で隣村に出かけた者、狩りに出かけた者……。いずれにしても一度行方知れずになったが最後、誰一人戻ってきた者はいないという。ところが最近、この若者たちの神隠し騒ぎにはどうやら〈山の老人〉が絡んでいるということが分かったのだ。

老人の名前は分からぬ。いや、齢《とし》さえ分からぬ。神出鬼没。ある日深い山間《やまあい》の村に姿を見せたかと思うと、翌日には遠く離れた都市の雑踏の中に紛《まぎ》れ込んでいるといった有り様で、そもそも老人は一人なのか、それとも何人もいるのか、それさえ分からない。人々はただ〈山の老人〉と呼んで、ひどく彼を恐れている。

長い間、〈山の老人〉が何をしているのか、また何をたくらんでいるのかはまったくの謎だった。だが、先日カスカール王国の太守が暗殺され、その場で一人の若者が捕えられた。そして、その若者が〈山の老人〉のたくらみを白状したのだ。

若者はムレヘットで神隠しにあった者の一人だった。その者の話によれば、山羊の番をしていたところ突然眠り込み、次に目が覚めたのは見知らぬ場所であった。そこには葡萄酒《ぶどうしゅ》や乳の流れる小川があり、岩からは蜜があふれ出し、木々には黄金の果実がたわわに実っていた。どこからか美しい音楽が聞こえ、その音に引き寄せられてふらふらと歩いていくと、やがて黄金に輝く楼閣の前に出た。楼閣の門は彼を迎え入れるように大きく開かれている。若者が夢うつつのまま門を入ると、見たこともないほど美しく、たおやかな娘たちが現れ、彼の手を引いてとてつもなく広い宴席場に連れていった。そこで若者が経験したことは、まことに筆舌に尽くしがたい。あふれるばかりの素晴らしい御馳走《ごちそう》、えもいわれぬ美酒、頭の中には妙《たえ》なる調《しら》べが流れ、そして彼の胸に次々としなだれかかるたくさんの美女たち……。

〝あの場所こそ本物の天国《パラダイス》に違いない〟と、若者はうっとりとした口調で語ったそうだ。

ところが、ある時若者がふと我に返ると、一面に靄《もや》のようなものが立ち込めていた。辺りがなんだか薄暗かった。音楽は聞こえず、美女たちの姿も見えない。空気が冷たくよどみ、手足は思うように動かない。ただ無性に喉《のど》が渇いた。そして、その靄の中から姿を現した人物こそが〈山の老人〉だったと言う。老人は若者に向かって、どこから来たのかと尋ねた。若者がもつれる舌で、天国からだと答えると、老人は深く頷き、もう一度天国に行きたいかと尋ねた。若者は身が焦がれるような渇望を覚えて何度も頷いた。すると老人は、にやりと笑ってこう言ったという。

〝よろしい。わしがお前をもう一度天国に連れ戻してやろう。だがそのためには、お前は一つ仕事を果たさねばならぬ〟と。

〈山の老人〉はそうして、若者にカスカール王国の太守を殺すことを命じたのだ。老人はこう言ったそうだ。〝使命を果たして無事に戻ってくれれば、わしが天国に連れていってやろう。だが、もしお前が使命を果たした後、敵に殺されたとしても心配することはない。なぜならお前は、そのままあの天国に行くことができるのだから〟。

若者は捕えられた時、殺せ、おれを早く殺してくれ、と叫んでいたそうだ。……この話も実は〝話せばすぐに殺してやるから〟と言って、ようやく聞き出したものなのだ。

殺される時、若者はうっとりとした顔で自分の首を斬《き》る男の顔を見ていたらしい。首斬り役人は、後でひどく気味悪がっていたそうだ」

と苦い顔で黙り込んだ大ハーンに対し、私は少し考えて言った。

「すると、その〈山の老人〉とやらは健康で純朴な若者たちをかどわかし、人工的に作った偽の天国を餌にして、彼らを恐るべき暗殺者《アサシン》に仕立てあげている、というわけですね」

「〈老人〉はおそらく麻薬を使っているのだろう」大ハーンは言った。「いずれにせよ、〈山の老人〉が差し向ける若者たちは自らの死を恐れぬ。それどころか、むしろ死ぬことを望んでいるのだ。暗殺者としてこれほど危険な存在はあるまい。予《よ》はどうあっても〈山の老人〉を平定しなければならぬ。だが……」

「分かりました」私はにこりと笑って言った。「私の使命というのは、ムレヘットに行き、〈山の老人〉の隠し砦《とりで》、つまり〝偽の天国〟の場所を捜し出すことですね？」

「うむ」と大ハーンは眉をひそめて頷いた。「非常に危険な使命だ。命を失うことになるやも知れぬ。断ってもよいのだぞ」

「およそ生きていくうえで、危険でないことなどありましょうか」私は言った。「都にいても道で馬に蹴られるやも知れず、また今夜の食事にあたって腹をこわすかもしれません。それに、私が果たせない使命であれば他の誰にお命じになっても無駄でしょう。どうぞ、私にお命じください」

私は翌日、誰にも知られぬようただ一名の従者を伴っただけで、ひそかにムレヘットへと旅立った。


ムレヘットに到着してから〈山の老人〉の隠し砦を見つけるまでには、十日を要した。おそらく何人《なんぴと》といえども、それより早く見つけることはできなかったであろう。私は従者に砦の場所を教え込み、これを大ハーンに伝えるよう命じて都に帰らせた。

私は一人、ムレヘットに残った。無論〈山の老人〉の動向を監視するためである。私は仲良くなった村人の家に泊めてもらうことにして、大ハーンの精鋭部隊が到着するのを待った。〈山の老人〉がなぜ私の存在に気づいたのかは分からない。あるいは村人の中に老人の間諜《スパイ》が紛れ込んでいたのであろう。

ある朝目覚めると、私は見知らぬ場所にいた。残念ながら〝天国〟ではなかった。一面に靄のようなものが立ち込め、辺りがなんだか薄暗かった。音楽は聞こえず、美女たちの姿も見えない。空気が冷たくよどみ、手足が思うように動かなかった。無性に喉が渇いた。そして靄の中から彼が――〈山の老人〉が姿を現した。

老人はしわだらけの顔をした、耳の長い、一見柔和な顔つきの男であった。だが、よく見れば、そのよく光る小さな眼には凶暴な光が浮かんでいた。

「お前さん、大ハーンの使者じゃな？」老人が尋ねた。

私は、いかにも自分は大ハーンの使いの者である。お前のやっていることは、すでに大ハーンの知るところとなった。観念して行いを改めるがよい、と言ってやった。

老人は、ひどく滑稽な話でも聞かされたように、ひっひっと妙な声を出して笑った。

「なんとも威勢のいいことじゃな。しかしお前さん、肝心なことを忘れておる。使者がこうして捕えられ、身動きできないのでは、いかに大ハーンとて、この隠し砦の場所は分からぬじゃろうて」

老人の言葉を聞いて、私はひそかにほっと安堵の息をついた。すると私がすでにこの場所を調べあげ、大ハーンに知らせたことを、老人はまだ知らないでいるのだ。

私はさも悔しそうな様子を装《よそお》って言った。「私が帰ったら、大ハーン殿に貴様のことを報告し、この隠し砦の場所も知らせるつもりだ」と。

老人はまた、ひっひっと妙な声で笑った。「帰ったら、じゃと？　するとお前さん、自分が生きてここから出ていけるとでも思っていたのかな」

老人はそう言うと、手にしていた細い杖《つえ》をさっと私の顔の前に突きつけた。私は思わず声をあげそうになった。杖とばかり思っていたものは、先端に鋭い剣を取りつけた、恐ろしい代物であった。どうやらこれも、老人が工夫した暗殺のための道具の一つらしい。

老人の眼には、まごうかたなき殺意が燃え立っている。彼が、暗殺者を養成するだけではなく、自らの手で人を殺すことのできる人物であるのはもはや疑う余地もなかった。捕えられはしたものの「すぐに殺されることはあるまい」とたかを括《くく》っていた私は恐怖のために息が詰まりそうになった。

私は身をよじって迫りくる剣先から逃れようとした。だが、麻薬のせいか、身体《からだ》がしびれて思うように動けない。

老人は私の眼と眼の間に剣先を突きつけ、紙一重のところでぴたりと止めた。そして、冷ややかな声で言った。

「この世の名残に、何か一つ言葉をしゃべるがいい。その言葉が正しいものなら、褒美としてこの場でひとおもいに斬り殺してやろう」

「……もし、私が間違った言葉をしゃべったら？」

「その時は手足の先から一寸ずつ、何日もかけて刻み殺してやるまでじゃよ」

にやりと笑った老人の顔には、およそ人間のものとは思われぬ、残酷な表情が浮かんでいた。

「さあ、言うがよい」

老人が突きつける鋭い剣先に促され、私はゆっくりと口を開いた……。

かくして私は、数日後に到着した大ハーンの軍勢によって無事助け出されたのである。

神に感謝。アーメン、アーメン。

*

「これはいったい……どういうことです？」

看守の若者は困惑した表情で、わたしたちを見回して尋ねた。

「わたしは、金貸しの老人と交わしてしまった理不尽な約束について相談にきたのです。馬鹿げたホラ話を聞きにきたわけではありません」

「いつもこの調子なのさ」〈貴族〉コジモが肩をすくめて言った。「俺たちは、この人が語る不思議な物語を喜んで聞いている。ところが物語が終わると、きまっておかしな謎が残っているんだ。そこで俺たちは、仕方なく頭を捻《ひね》らなくちゃならなくなる。……それが、あんたが牢の外から聞いたという、俺たちの〝議論〟の正体だよ。おかげで俺たちは、その間だけは自分が退屈な牢の中にいることを忘れられるというわけだがね。な、マルコさん、そうだろ？」

「私は自分が経験したことを、そのまま話しているだけだよ」とマルコは平然とした顔で言った。

「ですが、わたしはもうすぐ金貸しに返事をしにいかなくては……」

「いいじゃねえか」〈船乗り〉レオナルドが、看守の若者の背中をどやしつけた。「〝年寄りの考えることはどこでも同じとみえる〟。マルコさんはそう言ったんだ。つまり、〈山の老人〉とやらがマルコさんに突きつけた謎を解けば、あんたの問題にもおのずから良い知恵が浮かぶって寸法だ」

「しかし妙ですね」〈僧侶〉ヴォロッキオが眉をひそめて言った。「金貸しの老人の場合は、彼が考えていることを当てさえすればよいわけです」

「そんな簡単に言いますが……」

「部外者は少し黙っていてください」ヴォロッキオは、看守の若者にうるさげに手を振って先を続けた。「しかしマルコさんの場合は、状況がまったく違う。もし正しいことを言えば助かるというなら簡単です。例えば〝神は全能なり〟。この言葉以上に正しいものはありませんからね。しかし、言葉が正しければ〝ひとおもいに斬り殺され〟、言葉が間違っていれば〝一寸ずつ何日もかけて刻み殺される〟というのでしょ？　正しくても、間違っても駄目。ではマルコさん、あなたはその時〈山の老人〉になんと言ったのです？」

マルコはにやにやと笑っている。

「お願いしたんじゃないかな？」〈仕立て屋〉ジーノが恐る恐る口を開いた。「ぼくなら〝どうか殺さないでください〟って、きっとそう言うと思うな」

「なるほど、ジーノ。お前さんが相手なら私もそうしたかもしれない」マルコは軽く笑って言った。「だが、残念ながら〈山の老人〉はお前さんほど心やさしくはなかった。あの眼は、人を殺すことなどなんとも思っていない眼だ。いくら頼んだところで駄目だっただろう。私は無駄なことはしない主義だよ」

「じゃあ取り引きだ」ヴォロッキオが言った。「マルコさん、あなたは老人に取り引きを申し出たのではないですか？　つまりあなたは、大ハーンの軍勢がすでにこの場所に向かっていることを彼に明かし、ただちに逃げ出すことを勧めた。あるいはあなたは、〈山の老人〉が大ハーンの許しを得られるよう、仲裁の役を買って出たのかもしれない。大ハーンに重く用いられていたあなたなら、そのことができたはずですからね」

「大ハーンは、正義を行うためには、私ごときの命などなんとも思わなかっただろう」マルコは首を振った。「それに私自身、偽の天国によって若者たちをたぶらかし、無慈悲《むじひ》な暗殺者に仕立てあげる〈山の老人〉の邪悪な行為がなんとしても許せなかった。あの老人を葬るためなら、私は喜んで自らの命を投げ出しただろう。私は老人に逃亡を勧めはしなかったし、仲裁を買って出ることもなかった。事実、〈山の老人〉とその配下の者どもは、数日後に到着した大ハーンの軍勢によって見事一網打尽《いちもうだじん》のうえ、挙《あ》げて誅殺《ちゆうさつ》されたのだ」

「そうか！　大ハーンの軍隊は数日後に到着したんだった」レオナルドが膝を打って言った。「あんたはそのことを知っていた。だからあんたは、わざと間違ったこと――例えば〝私はラクダだ〟とかなんとか言って、救出を待つことにしたんだ。なぜって、間違ったことを言えば、老人はあんたをひとおもいには殺さず、手足の先から一寸ずつ、何日もかけて刻み殺し……。おや、変だな？」

レオナルドは、マルコが両手を顔の前でひらひらさせているのを見て、首を捻った。

「おかしいな。手も足も指が全部そろっている。……まさか、後から生えてきたんじゃないだろうな？」

「私はラクダでも、トカゲでもない」マルコは言った。「手も足も、生まれた時からついているものだ。言っておくが、義手や義足でもない。血のかよう、本物の手足だよ」

「さて」とコジモがわたしたちを見回して言った。「そろそろいいじゃねえか。今回はさっさと降参するとしよう。何しろ、さっきから答えを急いで知りたくて、やきもきしている人がいるようだからな」

コジモが顎《あご》をしゃくった先を見ると、額に玉の汗を浮かべた看守の若者が、せっかく取り出したハンカチを胸の前で揉《も》みしだきつつ、いまにも気絶しそうな真っ青な顔で立っていた。

「そうそう、忘れていました。あなた、急いでいるんでしたね」ヴォロッキオが思い出したように言った。「仕方がない。じゃあ、今回だけはこの人に免じて降参するとしましょう」

「まったく、しょうがねえな」レオナルドがひゅうと口笛を吹いた。

「じゃあマルコさん、この人に答えを教えてあげてください」ジーノはくすくすと笑っている。

「〝さあ、言うがよい〟」コジモが〈山の老人〉を真似て言った。

「やれやれ。私は別に難しいことを言ったわけではないのだがね」マルコが言った。「私はただ、あの時〈山の老人〉にこう言っただけなのだ。〝私は何日もかけて一寸ずつ、刻み殺されるだろう〟と」

一瞬、沈黙があった。

――私は何日もかけて一寸ずつ、刻み殺されるだろう。

わたしたちは皆その言葉を胸のうちで反芻《はんすう》し、それからそれが〝正しい言葉〟なのか、それとも〝間違った言葉〟なのかを見極めようとした……。

「おかしいな」ヴォロッキオが呟いた。「正しい言葉ならば、マルコさんはその場でひとおもいに斬り殺されたはずだ。そうすると、この言葉は間違っていることになる」

「でも、間違っていたとしたら」ジーノが言った。「マルコさんは、何日もかけて一寸ずつ、刻み殺されたはずだよ。それじゃあ、マルコさんは正しい言葉を話したことになる」

「じゃあ、やっぱり正しい言葉だったんだ」レオナルドが言った。

「正しい言葉だったら、ひとおもいに斬り殺されていたんだよ」

「じゃあ、間違っていたのか？」

「それじゃあ、正しい言葉を話したことになる」

「ええい、クソ。いったいどっちなんだ！」レオナルドが癇癪《かんしやく》を起こして叫んだ。

「〈山の老人〉にも判断がつかなかったらしい」マルコが肩をすくめて言った。「老人は妙な顔で仕込み杖をしまうと、私を部屋に閉じ込め出ていってしまった。それきり姿を見せなかったから、おそらく部下を集めて私が言った言葉が正しいか否かの答えを議論していたんだろう。おかげで大ハーンの軍勢は、〈山の老人〉一味に気づかれることなく隠し砦に近づき、連中を一網打尽にすることができたというわけさ」

マルコはそれだけ言うと、また牢の隅に行き、ごろりと横になった。

突然、看守の若者が頓狂な声をあげた。

「そうか、分かった！　分かりましたよ！　わたしは金貸しの老人にこう言えばいいんですね！」

看守の若者は、呆気に取られているわたしたちを見回し、すっかり興奮した様子で早口に続けた。「わたしはこれから金貸しのところに行って、こう言ってやります。〝あなたはいま、わたしを奴隷にしようと考えている〟と。なぜって、いいですか皆さん。もし金貸しが〝そんなことは考えていない〟と言えば――証文に〝神かけて、考えていないことは行わない者〟と書いた以上――奴はわたしを奴隷にすることはできないわけです。逆に金貸しが〝その通りだ〟と言えば、借金は棒引きになって、わたしはそもそも借金のかたに奴隷にならなくて済むわけですからね。ああ、なぜこのことにいままで気がつかなかったのだろう？　助かった。これでわたしは金貸しの奴隷にならなくても済むんだ！」

看守の若者の喜びようは尋常ではなく、彼は実際にほとんど辺りを跳びはねんばかりである。若者はわたしたちの手を一人ずつ握って回り、懇《ねんご》ろに礼を言った。

「食べ物を差し入れします。手紙も取り次ぎます。他にないですか？　まったく皆さんのおかげです。いや、実にたいした人たちだ！」

わたしたちはそう言われてまんざらでもなく、一方でなんだか気恥ずかしい思いがして、互いに顔を見合わせていた。コジモが照れを隠すように、ぶっきらぼうに言った。

「礼なら、俺たちにじゃなく、あの人に言うがいいさ。あそこに寝転がっている、汚いぼろをまとった百万長者殿《イル・ミリオーネ》——百万《ホラふき》のマルコにね」

看守の若者ははっとした様子でマルコに近づき、声をかけた。

「ありがとうございます、ありがとうございます。なんとお礼を言ってよいのやら……」

マルコは背を向けたまま、小さく手をあげて答えた。そして、ごろりと向き直り、

「その金貸しが、〈山の老人〉ほど論理的であることをせいぜい祈っているよ」

と詰まらなそうに、あくびをして言った。

真《まこと》を告げるものは

しばらく前から、無言のまま、何やら真剣な様子で壁に向き合っていた何人かの若者たちが、いっせいに声をあげた。

「できた！」

「ぼくも」

「俺も、だ」

「わたしはもう少しで……ま、こんなものでしょう」

若者たちはそれぞれ壁に向かって満足げに頷《うなず》いている。彼らの肩越しに覗き見ると、石壁に絵らしきものが白い線で描かれていた。

「さて。それじゃ、お互いの作品を鑑賞するとしようぜ」

若者たちの一人〈貴族〉コジモの発声とともに、全員がぞろぞろと動きはじめた……。

キリストがお生まれになって一千二百九十八年目のその年——

わたしたちは相変わらず牢の中にいた。

人間とは不思議なもので、牢の中の薄暗さや、じめじめとよどんだ空気、さらには日に二度の粗末な食事にさえ、長くいるうちに慣れてしまう。だが、その後も、退屈だけはどうしようもなかった。牢の外では相手にもされないちょっとした気晴らしが、ここではひどく真剣に扱われることになる。

若者たちは、中庭に出ることを許された際、ロウ石が落ちているのを見つけて持ち帰ったのだろう。ロウ石を使って牢の石壁に絵を描いた。

その品評会が、これからはじまるらしい。

わたしは興味をひかれ——どのみち暇なのだ——彼らの品評会に顔を出すことにした。

驚いたことに若者たちの絵は、粗末なロウ石を使って描いたとは思えぬほど、それぞれになかなか巧みであった。〈船乗り〉レオナルドの手による船の絵は、いまにも帆に風をはらんで走り出しそうだったし、〈仕立て屋〉ジーノは、帽子や靴、洒落《しゃれ》た上着といったものを組み合わせて面白い絵に仕立てていた。〈貴族〉コジモは馬上試合の光景を見事に描き出し、一方〈僧侶〉ヴォロッキオは……。

「聖母マリア？　この女が、かい？」レオナルドが呆れたように首を捻《ひね》って言った。

「この女とはなんです、失礼な！」ヴォロッキオが唇《とが》を尖らせて言った。「どこからどう見ても、幼子イエスの御母、無原罪《むげんざい》の御宿りをお受けになったあの方の御姿ではないですか。皆さん、お祈りなさい。救いを求めるのです」

「女を描いた絵としちゃ、まずまずの出来だが」とコジモがにやにやと笑いながら言った。

「残念ながら俺には、この手の女が俺たちを救ってくれるとはとても思えないね」

「そうだ、思い出した！」レオナルドがぽんと手を打って言った。「さっきからどこかで見たことがあると思ったら、オレの村にある飲み屋の女将《おかみ》さんの顔じゃねえか。ちぇ、いやなことを思い出しちまったぜ。あの業突張《ごうつくば》りめ、ここにまで溜《た》まったツケを取り立てにくるんじゃねえだろうな」

「な、なんですって！」ヴォロッキオは目を白黒させて叫んだ。「何を言うかと思えば、罰当たりな！　聖なるものを侮辱すると地獄に落ちますすよ。さあ、いますぐマリア様に謝るのです！」

「と言われても、飲み屋の女将の顔をした聖母じゃなぁ……」と顎《あご》の辺りをぽりぽりと掻《か》いているレオナルドを、ヴォロッキオは一瞬凄まじい目で睨《にら》みつけ、いまにも飛びかかっていくのではないかと思ったその時、少し離れた場所にいたジーノの声が聞こえた。

「みんな！　ちょっとこっちへ来てよ！」

石壁の一角を指さすジーノは、片手で口元を押さえ、吹き出すのをなんとかこらえている様子である。わたしたちがぞろぞろと移動すると、ジーノが指さす石壁の前に、小汚いぼろをまとった小柄な男が座り込み、若者たちが放り出したロウ石を使って、せっせと壁に絵を描いているのであった。

「ねえ、マルコさん」ジーノが、新顔のヴェネチア商人に向かって声をかけた。「これはいったいなんの絵なんです？」

指さしたのは、相手が書きあげたばかりの奇妙な生き物の絵だった。

マルコは絵を描く手を止めずに答えた。「猫、だよ」

「猫？　これが？　だって、足が五本もありますよ」

「一本はしっぽだ」

「それじゃ、いま描いているのは……まさか？」

「すずめさ」マルコは鉄格子の嵌《は》まった窓にちらりと目をやって言った。「ほら、そこに止まっているだろう」

「ははあ。これがすずめねえ」

だがそれは、誰がどう見てもすずめはおろか、いかなる鳥類にも見えなかった。

ここにおいて、一つはっきりしたことがあった。マルコの絵の腕は若者たちと比べて明らかに劣っているのだ。いつもマルコが語るホラ話にやり込められている若者たちは、ここぞとばかりにマルコを取り囲み、口々に絵の助言をはじめた。当然、彼らの意見を取り入れれば取り入れるほど、絵は実物とは掛け離れた、わけの分からぬものになっていく。

若者たちはとうとう腹を抱えて笑い出した。

「マルコさんよ。あんたは世界中を旅しているそうだが、どこかで絵を勉強する機会はなかったのかい？」レオナルドが笑いながら言った。

「あんたの絵の腕は、あんたのホラ話ほどには上手《うま》くないようだな」とコジモ。

「わたしの方がまだましだ」とヴォロッキオ。

「ほんと、これまで絵の出来ばえを競わされる機会がなくてよかったですね」とジーノ。

これを聞くと、マルコはひょいと肩をすくめて言った。

「私はかつて世界一の絵描きと作品の出来ばえを競ったことがある。その時、勝敗に賭けられていたのは、ほかでもない、私の命だったのだ」

マルコはそうして、不思議に満ちたあの物語を次のように語りはじめたのである……。

＊

私——すなわちマルコ・ポーロは、十七年の長きにわたって大ハーンのもとで仕えていた。その間、私はしばしば大ハーンの使者として彼が治める王国の辺境各地へと派遣された。大ハーンの版図《はんと》はあまりに広大であり、自らの目の届かない場所には一族の者を派遣し、あるいは土地の者の中から王を選んでその地域を治めさせていたのだが、そういった場所では時折思いもかけぬ問題《トラブル》が発生する。大ハーンはそうしたさまざまな問題解決のために私を派遣されたのである。

派遣された先々の土地で、私は思いもかけない問題に直面し、そのために危うく生命を落としかけたこともある。その中でも、かのムトフィリ国で遭遇した事件ほど自らの命の危険を身近に感じたことはなかった。

ムトフィリ国はかつて大ハーンに任命された王が支配していたが、約二十年前にその王が亡くなり、その後は皇后によって治められていた。彼女は夫を深く愛していたため、新たに夫を迎えることをせず、自ら国を治めることを決めたのである。実際、彼女は非常に賢明な女性であり、夫の死後は、極めて正しく、かつ平等に国を治め、この国の人々から長く敬愛されてきた。

ムトフィリ国の名はなんといってもダイヤモンドの産出国として広く知られていた。世界広しといえども、この地方以外ではダイヤモンドは産しない。少なくとも、大量に、しかも大きいダイヤモンドが採れるのはここだけである。

もっとも、この国においてもダイヤモンドの採取は容易なことではない。というのも、ダイヤモンドはこの国の山中にある深い大渓谷に産出するのであるが、この渓谷は両崖が恐ろしい絶壁をなしていて人を寄せつけないのみならず、谷底には猛毒を持った大蛇が多数棲息していて、とても近寄れたものではないのだ。このためダイヤモンド採りの人々は次のような方法を用いている。

彼らは大きな生肉の塊を持って山に入り、この生肉を崖の上から谷底に投げ込む。谷底の地面には一面、大小無数のダイヤモンドが転がっているので、これらが投げ込まれた肉塊の裏に突き刺さり、あるいはくっつくことになる。一方で、この山中には巨大な白鷲がたくさん棲息していて、鷲たちは普段は蛇を食べているのだが、生肉が投げ込まれるのを見ると、舞い降りてきて、生肉をつかむと、岩棚の上にあるかれらの巣に運んでいく。人々は終始この大鷲から目を離さず、行き先を注意深く窺《うかが》っていて、鷲がいよいよ岩棚の上で肉を裂きはじめると見るや、ただちに大声をあげながらその場所に駆けつける。鷲は驚いて、肉塊をそのままにして飛び去ってしまう。人々はそこに残された肉塊からダイヤモンドを回収するのである。生肉にどのくらいの大きさのダイヤモンドが、幾つくっついているかは、実際に調べてみるまでは分からない。まったくの運任せである。

こうして採取されたダイヤモンドの中で最も大きなものは、真っ先に大ハーンのもとに届けられる。産出するダイヤモンドのおかげでムトフィリはたいへん豊かな国であり、そこに暮らす人々もまた余裕のある生活をしている。

大ハーン殿に呼ばれ、ムトフィリ国について知っていることを尋ねられた際、私は以上のように答えた。これを聞いた大ハーン殿は軽く頷き、私をごく近くに呼び寄せて、囁くような小声で言った。

「なるほど、最近まではそなたの言う通りであった」

「最近まで、とおっしゃいますと？」

「良からぬ噂が届けられたのだ」

と続けて大ハーン殿に耳打ちをされた言葉に、私は最初我が耳を疑った。広大な大ハーン殿の版図の中でも一、二を争う賢明さをもって知られてきたムトフィリ国の皇后が、近頃では政《まつりごと》を怠り、民を虐《しいた》げ、国土を荒廃させているというのである。

驚いたのはそれだけではなかった。ムトフィリ国では最近大人の握り拳《こぶし》ほどもある巨大なダイヤモンドが採取された。にもかかわらず、かの国の皇后はそのダイヤモンドを大ハーンのもとに送ることをせず、ひそかに隠匿しているというのである。もし噂が本当ならば、大ハーンに対する反逆行為と見なさなければならない。

「行って、噂の真偽を確かめてくるのだ。かの女《おんな》が噂通りの振る舞いをしておるようなら、予《よ》の言葉を伝えて、即刻目を覚まさせよ。それでも駄目なら……」

そう命じる大ハーン殿の眉根は、憂鬱そうにじっとひそめられていた。

翌日、私は早速、供回りの者も連れず、たった一人でムトフィリ国へと旅立った。

——彼女を廃し、新しい王を立てねばならぬ。

大ハーン殿が皆まで言わなかったのは、夫の死後、長くムトフィリ国を見事に治めてきた皇后の功績を惜しんだためであろう。まずはムトフィリ国で何が起きているのか、正確な状況をこの目で確かめることが必要であった。そこで私は、大ハーン殿の使者という名誉ある身分を隠し、粗末な旅人の身なりでひそかに視察を行うことにした。

ムトフィリ国に入ると、この国の政がうまくいっていないことがすぐに見て取れた。田畑は荒れ、家はかしぎ、道行く人々の目付きはひどく暗かった。道を歩いているとたくさんの物乞いの子供たちが寄ってきたが、彼らは痩せ衰え、長い間顔さえろくに洗っていないようだった。生活必需品は明らかに不足していたし、そもそも市場には商売のために集まった者たちより、掏摸《すり》やかっぱらいといった者たちの姿が多く見受けられた。

私は首をかしげた。

——この国で産するダイヤモンドの莫大な利益はいったいどこに消えてしまったのだ？

その答えを確かめるべく、私はムトフィリ国の皇后が住まう宮殿へと足を向けた。

皇后への拝謁を申し出ると、宮殿を守る衛兵たちは最初、私の粗末な服装を見て、横柄な態度で私を追い払おうとした。だが、私が大ハーン殿から下賜《かし》された黄金の金牌《きんぱい》——裏面には、私が大ハーン殿の名代である旨が記されている——を指し示すと、彼らはたちまち飛びあがるようにして私を宮殿の中に案内してくれた。

衛兵たちの後について大広間へと向かう途中、私は先ほどの疑問の答えを自分の目で確かめることになった。宮殿の中には、かつて見たことがないほどの、数多くの美術品が収集されていたのだ。人や動物の彫像、さまざまな意匠を凝《こ》らした家具や調度品、仮面、壺、瓶、刀剣の類、武器甲冑、高価な織布……。

中でも、宮殿の壁一面を飾る多くの素晴らしい細密画に私は目を奪われた。そこには風景、花、恋人たちといった目に見えるものから、想像上の神仙霊獣、はては、至福、富貴、長寿、立身出世、天地の動きへの同調、願望成就といった象徴的な事象までが、およそこの世のものとは思えぬ見事な筆さばきで描き出されていたのである。それらの絵を眺めているうちに、私はなんだか夢を見ているような、ぼんやりした気持ちになってきた。

気がつくと、私はすでに大広間に通され、玉座に座った皇后と対面していた。

「大ハーン殿の使者、と申されましたかな?」皇后が玉座に腰を下ろしたまま、冷ややかな声で私に尋ねた。

「いかにも」私は気を取り直して答えた。「大ハーン殿は、貴女《あなた》が昨今の愚かな振る舞いを改められ、以前のような賢い政を行われるよう強く要望されております」

皇后は、薄く目を細めただけでなんとも言わなかった。

「それから」と私は言葉を続けた。「この国では、最近稀《まれ》に見る巨大なダイヤモンドが採れたと聞き及んでおります。大ハーン殿におかれましては、そのダイヤモンドを私に持ち帰るようお命じです」

私がそう言うと、ムトフィリ国の皇后の口元には突然、皮肉な笑みが浮かんだ。

「あのダイヤを、大ハーン殿が所望されているとおっしゃるのか？　世にも稀な美しさを持った、あの品をか？」

「巨大なダイヤモンドが採れた場合は、大ハーン殿が買いあげる取り決めのはずです」私は相手に古い約束を思い出させた。「もちろん、後で相応の対価が提供されましょう」

だが、皇后の口元からは皮肉な笑みが消えず、彼女は急にこんなことを言い出した。

「いったい大ハーン殿は、本当の意味で美のなんたるかをご存じなのか？」

何を言い出したのか分からず眉をひそめていると、彼女は身を乗り出すようにして言葉を続けた。「使者殿よ。そなたは、美のなんたるかを知らぬ者が本当に美しいものを所有することが、許しがたい罪だとは思わぬか？　失礼ながら、大ハーン殿が美のなんたるかを知っているとはとても思えぬ。然《しか》るに、先日この国で採れたあのダイヤモンドは、ただ大きいのみならず、この世ならぬ美しさを持った品だったのじゃ。美を知らぬ者に、あのダイヤモンドを渡すわけにはまいらぬ」

「しかし、それでは大ハーン殿との約束が……」と言いかけた私の言葉を、ムトフィリ国の皇后は途中で遮《さえぎ》り、

「妾《わらわ》はすでに、あのダイヤモンドを、かの者に授け渡したのじゃ」

と言って、ぴたりと自らの背後を指さした。皇后が指さした先には――いつからそこに控えていたのか――ひげのない、のっぺりとした顔の、まだ若い男が立っていた。細身の体にぴったりとした服をまとい、どこか男女を超越した中性的な感じがする。男は薄い唇を歪《ゆが》めるようにしてにやにやと笑っており、鼻の脇から目を細めるようにしてこちらを見下ろす様には、驕《おご》り高ぶった様子がはっきりと見て取れた。

「使者殿よ」と皇后がまた口を開いた。「そなたはすでに、この宮殿の中で、この世のものとも思えぬ多くの素晴らしい絵画を目にしたはずじゃ。あの絵を描いた者が、いまそなたの目の前に立っている。あの者こそは、美のなんたるかを知り、美を極め尽くした、この世で唯一の者じゃ。先日この国で採れたあの美しいダイヤモンドを所有するにふさわしいのは、凡《およ》そあの者をおいて他にいないのじゃよ」

……ここにおいて、私はようやく事情を察することができた。賢明さをもって知られたこの国の皇后がおかしくなったのは、お抱え画家である、あの若い男のせいだったのだ。宮殿の壁を覆い尽くす細密画は、なるほどある意味では言葉などよりよほど強い影響力を持っている。皇后は、この世のものとは思えぬ見事な、数多くの絵画に取り囲まれているうちに正気を失ってしまったのだろう。

案の定、ムトフィリ国の皇后はいささか焦点のぼやけた目で宮殿内の壁を見回し、そこに掛かっている絵をいちいち指さしながら言った。

「おお、あれらの絵画こそがこの世の美じゃ。凡そこの世界に息をしている人間で、あの者以上に巧みに絵を描くことのできる者があるとは思えぬ。否、それどころか、もし同程度の絵を描くことのできる者がいるならば、妾はその者の言うことをなんでも聞くであろう。……そんな者が本当にいたならば、じゃが」

「お言葉ながら、その役をお引き受け致しましょう」私はとっさに言った。「私に、あの者と絵画の腕比べをさせてください。そして、もし私が貴女の目にかなう絵画をものすることができたあかつきには、先日この国に産したダイヤモンドを私にお渡しいただきたい」

「あの者と、絵画の腕比べをするじゃと？」皇后は呆気に取られたように目を丸くし、すぐに意地の悪い顔になって言った。「よかろう。但し、もしそなたの絵があの者の描いた絵と比べて著しく劣っていた場合は、そなたの命をもらい受けるが、それでもよいかな？」

私は無言で頷いてみせた。

それから三日三晩、私と傲慢な若い画家はそれぞれの作業に没頭した。私たちは絵を描くための同じ大きさの板、それに絵を描くために求めた材料をそれぞれ与えられた後は、宮殿の大広間から一歩も出ることを許されず、かつまた、その間はお互いの作品が見えないよう高い天井から吊《つ》り下げられた幕の内に閉じ籠って、背中合わせに制作に打ち込んだのだ。

三日の後、判定のために集まったムトフィリ国最高の芸術家たちの目の前で、制作現場を隔てていた幕がゆっくりと引きあげられた……。

かくて私は無事務めを果たし、大手を振って大ハーン殿にその旨を報告したのである。

神に感謝。アーメン、アーメン。

＊

マルコがいつものように神に感謝をして口を閉ざすと、話を聞いていた若者たちは、マルコとその背後の石壁に描かれた彼の作品とを交互に見比べ、これまたいつものように口々に不満の声をあげた。

「いったいなんの冗談です？」

「あなたが、世界一の絵描きと腕を争った？」

「その絵の腕前で、ですか？」

「嘘でしょう？」

「私はこれまでに一度も嘘をついたことはない」〈百万《ホラふき》のマルコ〉は肩をすくめて言った。「私はもう何度もそう言ったはずだがね」

若者たちは顔を見合わせ、もう一度石壁に描かれたマルコの絵に目をやった。

五本足の猫。変なすずめ。

「何度見たって変わりゃしねえ」〈船乗り〉レオナルドが首を捻って言った。「これじゃ、ヴォロッキオの酒場女の絵の方がまだましなくらいだ」

「酒場女ですって！」〈僧侶〉ヴォロッキオが飛びあがるようにして叫んだ。「聖母マリア様だと何度も言っているでしょう！」

「ふん。だったら絵の下にそう書いておくさ。もっとも、自分でなんの絵か説明しなきゃならないようなら世話はないがな」

「なん、ですって！」

さっきの喧嘩が再開されそうな気配に、〈仕立て屋〉ジーノが慌てて声をあげた。

「二人とも！　喧嘩をする前にやらなくちゃならないことがあるんじゃないの？」

「ジーノの言う通りだ」〈貴族〉コジモが口を挟んだ。「まずはマルコさんの話の謎を解くとしようぜ。その後なら〝ご自由にどうぞ〟だ」

「しかし、今回は、謎というほどのこともないんじゃないですかね？」ヴォロッキオがふくれっ面で振り返った。「絵の良し悪しなどというものは、所詮《しょせん》は観る人の主観ですからね。そのムトフィリとかいう国じゃ、マルコさんが描いた変な絵が良い絵だと判断されただけじゃないですか？」

「あの絵が、か？」コジモが呆れたようにマルコの絵を振り返った。「だが、マルコさんはさっきこう言ったんだぜ。〝宮殿の壁を飾る細密画には、風景、花、恋人たちから、想像上の神仙霊獣、はては、至福、富貴、長寿といった象徴的な事象までが見事な筆さばきをもって描き出されていた〟と。そんな絵と比べて、マルコさんのあの絵の方が優れていると判断された？　いや、いくらなんでも考えられないな。第一、マルコさんが描いた人と馬を見分けられるかどうか怪しいものだぜ」

「本当は上手なんじゃないの？」ジーノが茶色の眼をくるりと回して言った。「マルコさんは本当はもっと上手に絵を描けるんだけど、話を面白くするために、さっきはわざと下手に描いてみせた……」

せっかくの思いつきであったが、マルコが再び石壁に描きはじめた絵を見て、ジーノの言葉はたちまち宙に浮いてしまった。

「なんだい、そりゃ？」レオナルドが尋ねた。

「これが人。こっちが馬だ」描き終えたマルコは手についた粉を払って答えた。

どうやらコジモの発言「人と馬を見分けられるかどうか怪しいものだ」に対応した行為らしいが、なるほど言われなければ二つを区別することは困難であった。

「……ま、だいたいあんなものらしいぜ」コジモが言った。

「ははあ、そういうことですか」ヴォロッキオがしたり顔で頷いた。「それじゃ、やっぱり神の御加護があったんですね。なるほど、なるほど」

「今度はなんだ？」レオナルドが小馬鹿にしたように言った。「間違っているとは思うが、取り敢えず言ってみろよ」

「一つも答えを思いつかない人に、そんな言い方をされる謂《いわ》れはありませんね」ヴォロッキオは取りすました顔で言った。「もちろん、あなたのお粗末なその頭では、何も思いつかなくて当然ですが……」

「なんだと、この野郎！」

腕を振りあげたレオナルドを他の者たちがなだめて、ヴォロッキオに先を続けさせた。

「皆さん、覚えておいでですか？」とヴォロッキオは言った。「さっきマルコさんはこう言っていたはずです。〝その男には、驕り高ぶった様子がはっきりと見て取れた〟と。そしていつも最後に言うあの言葉〝神に感謝。アーメン、アーメン〟を合わせて考えれば、答えはおのずから明らかじゃないですか。なぜと言って、その男は〝傲慢《ごうまん》〟の罪に囚われていたのですよ。〝傲慢〟は七つの大罪の一つに数えられます。驕り高ぶったその男に神がお怒りになって、罰をお下しになったのも当然です。きっと、その男が三日三晩全力で描き続けたものは、幕をあげてみれば、見るに堪《た》えない酷《ひど》い出来だったに違いありません。神は偉大なり、アーメン、アーメン、ですよ」

「相変わらず、たいした想像力だが……」とコジモが呆れたように首を振り、マルコを振り返って尋ねた。「まさか、ヴォロッキオの言う通りだった、なんてことはないだろうな？」

「あの時彼が描いた絵は、間違いなく彼の生涯の中でも最も素晴らしい出来だった」マルコは眼を細めて、遠くを見るように言った。「幕が引きあげられると、その場に居合わせた者たちは、全員が――この私を含めて――思わずあっと声をあげたくらいだ。題材に選ばれたのは、ダイヤモンド採りの光景だった。深い谷の底で燦然《さんぜん》と輝くいくつものダイヤモンドと、そのダイヤモンドを守る番人のごとくそこかしこで蠢《うごめ》く無数の毒蛇たち。谷の上から生肉の塊を投げ入れ、恐る恐る様子を窺うダイヤモンド採りの人々。毒蛇と白鷲との闘い。巨大な白鷲が拾いあげた肉の塊からダイヤを得ようと、棒を振り回し、大声をあげながら駆け寄るダイヤ採りの人々……。絵を眺めていると、それらの情景が、まさにその瞬間に目の前で起きていることのように思えてきたものだ。私はまるで魔術にかかったような気がした。敵ながら実に天晴《あっぱ》れな絵の出来だったよ」

「見ていると魔術にかかったような気がする絵だと？」コジモが眉をひそめて呟《つぶや》いた。

「まさにその瞬間に目の前で起きているように見える絵、ねえ」ヴォロッキオは信じられないと言った顔で眼を瞬《しばた》いた。

「そんな絵に勝つことなんて不可能だ」ジーノが、もはや諦めたように首を振った。

「待てよ！」と声をあげたのは、レオナルドだった。彼は、さっきヴォロッキオに一つも答えを思いつかない云々《うんぬん》と馬鹿にされたのがよほど悔しかったのだろう。懸命に頭を捻っていたが、何か思いついたらしい。レオナルドは興奮した様子で早口に続けた。「おい、みんな。大事なことを忘れてやしないか。ムトフィリとかいう変な国の皇后は、たしかこんなことを言っていたんだぜ。〝もし同程度の絵を描くことのできる者がいるならばなんでも言うことを聞く〟とかなんとか。つまりマルコさんは勝つ必要はなかったってことだ」

「話を聞いていなかったのですか？」ヴォロッキオが呆れたように言った。「相手は〝情景がまさにその瞬間に目の前で起きているように見える〟絵なんですよ。同程度にせよ、そんな絵をマルコさんが描けたとでも言うのですか？」

「ああ、描けるとも。なんなら、オレにだって描けるさ」

「まさか？」他の者たちは半信半疑の様子で顔を見合わせた。

「どうやるんです？」ジーノが尋ねた。

「簡単なことだ」レオナルドは床に落ちていたロウ石を拾いあげ、石壁の一角をゴシゴシと白く塗りつぶした。「実際には、この逆だ。多分、マルコさんは与えられた大きな板を黒く塗りつぶしたんだ」

　他の若者たちは、再び顔を見合わせた。

「全部を黒く塗りつぶして、それがなんだというんです？」ヴォロッキオが尋ねた。

「〝闇夜にカラス〟、じゃなければ〝闇夜に黒牛〟でもいいさ。マルコさんは、自分の絵を示して、きっとそう言ったんだ」レオナルドは自信満々の様子で続けた。「分からねえかな。闇夜にカラスが飛んでいたり、闇夜に黒牛が寝ているところを描いてみなよ。全部真っ黒。誰が描いたって同じになるだろう。つまり、同程度だ。マルコさんはきっと、こうやってその皇后とやらをやり込めたのさ」

　鼻息も荒く言い切ったレオナルドであったが、残念ながら、他の若者たちはさして感心した様子もなかった。

「お前さんにしちゃ、よく考えた方だと思うが」コジモが口を開いた。

「この場合は、ちょっと無理があるんじゃないかな」ジーノが小声で付け足した。

「無理？　何が無理だって言うんでぇ」

「あなた自身、さっきわたしにこう言いませんでしたっけ」とヴォロッキオが哀《あわ》れむような口調で言った。〝自分でなんの絵か説明しなきゃならないようなら世話はない〟と。やれやれ、あなたの言う自分で説明しなきゃいけないような絵が、その瞬間に目の前で起きているような絵と同程度とは、どうしたら思いつくんですかねえ」

「この野郎……調子に乗りやがって……」レオナルドはぎりぎりと歯ぎしりをしたが、せっかくの思いつきがあっさり否定されたせいもあって、それ以上は意気が揚がらない様子であった。

「それで、結局あんたはその時どうしたんだ？」コジモが諦めて、マルコに尋ねた。「まさか魔術を使ったなんて言うんじゃないだろうな？」

「私は三日三晩、懸命に働いたのさ」マルコはちょっと肩をすくめて言った。「絵を描くための材料として取り寄せた銀箔《ぎんぱく》を板の表面に張り付けて、ひたすら磨きあげた——そう、板が鏡になるまでね」

「鏡？　鏡ですって！」若者たちはいっせいに声をあげた。

「そう、鏡だ」マルコはなんでもないように言った。「三日三晩の後、二つの制作現場を隔てていた幕が引きあげられると、判定のために集められたムトフィリ国最高の芸術家たちの口からいっせいに、うむという声があがった。彼らの目の前には、左右対称の、まったく瓜二つの絵が二枚、向かい合わせに並んでいたのだ。公平のために手を触れることなく一枚ずつ鑑賞した彼らは結局、その場で絵の優劣をつけることができなかった。かくて私は世界一の絵描きと同程度の絵を示すことで、大ハーンに課せられた仕事を無事にやり遂げることができたのだ」

マルコの謎解きに、若者たちは顔を見合わせた。彼らはいずれも、もう一つ納得できぬ様子であった。

「ちぇっ。なんだかんだ言って、要するにインチキじゃねえか」レオナルドが言った。

「馬鹿にしてますよ」とヴォロッキオ。

「とんだホラ話だ」とコジモが呟けば、

「今回の話はあんまり感心しないな」と人の好《よ》いジーノまでが言い出す始末である。

マルコは文句を言う若者たちを呆れたように眺めていたが、やがて首を振って言った。

「やれやれ、勘違いしてもらっては困るな。私が大ハーンに命じられた任務は、何も世界一の絵描きと腕比べをすることではなかった。私がやらなければならなかったのは、むしろムトフィリ国の皇后の目を覚まさせることだったのだ」

「皇后の目を覚まさせる？」

「そうとも」マルコは頷いて言った。「側近から〝判定がつかなかった〟と報告を受けたムトフィリ国の皇后は、慌てた様子で玉座を降りてきた。彼女は私の絵を覗き込み、その時初めてそれが磨きあげられた鏡であることに気づいたのだ。

鏡には彼女の顔が映されていた。ムトフィリ国の皇后は、おそらく何年かぶりに自分自身の顔を鼻先に突きつけられて、そこに刻みつけられた荒廃の痕《あと》に気づいたのだ。言っておくが、それは彼女が年を取ったために刻まれたしわなどではけっしてなかった。お抱え画家の美にうつつを抜かし、己の本来為すべき仕事を放棄したために刻まれた精神の荒廃の痕だった。私は彼女をひと目見てそのことに気がついた。同時に、言葉でいくら説いても、正気を失っている者にそのことを納得させることができないであろうことも。だからこそ私は、なんとか意表をつく形で、己のありのままの顔を彼女に突きつけ、そのことによって彼女の目を覚まさせようとしたのだ。私のたくらみはまんまと当たり、ムトフィリ国の皇后は正気を取り戻した。彼女はまたもとのように優れた政《まつりごと》を行うようになり、以前の約束通り巨大なダイヤモンドが採れた場合はただちに大ハーンのもとに送るようになった。大ハーンが私の仕事に満足し、莫大な財宝をお与えくださったのは、まさにそのためだったのだ」

若者たちは狐《きつね》につままれたような具合で顔を見合わせている。

「ふむ、それにしても」とマルコが小さく呟いた。さっき自分が描いた絵の前に立ち、腕を組んで、首をかしげている。

「……どうやら絵を描くことは、神が私にお与えになった仕事ではなかったようだな」

絵を眺めてそう呟くマルコは、珍しく、少し情けなさそうな顔をしていた。

掟《おきて》

果物の砂糖漬け、無花果《いちじく》ジャムに蜂蜜入りジャム、クリームつきのパンケーキ、アーモンドに松の実の砂糖菓子……。

差し入れの品に真っ先に飛びついたのは、赤ら顔の大男〈船乗り〉レオナルドではなく、意外なことに、貧相な体つきの〈僧侶〉ヴォロッキオの方であった。

ヴォロッキオはそれが〝甘い物〟だと知った途端、目の色を変え、周囲の仲間を押しのけて差し入れの包みに突進した。彼は食べ物を両手につかむと、首を左右に振り、またたくまにそれを平らげてしまった。次の瞬間にはもう、彼の両手には次の食べ物が握られている。

「何しろ……甘い物は……久しぶりですからね……うーん、こいつは豪勢だ！」

ヴォロッキオは息をする間も惜しむ様子で、文字通り手当たり次第、甘い物をわしづかみに両手に持ち、目にも留まらぬ勢いで次々に口に運んでいく。

他の連中は、しばらくは呆気に取られて目を瞬《しばたた》いていたが、はっと我に返り、いっせいに差し入れの品に手を伸ばした……。

この日、囚《とら》われの身のわたしたちに珍しく〝差し入れ〟があった。

差し入れをしてくれたのは、看守の若者である。先日、彼はある奇妙な窮地に陥り、わたしたちに助けを求めてきた。看守が囚人に助けを求めるというのも変な話だが、彼にとってはわたしたちが最後の頼みの綱だったのだ。わたしたちが与えた助言（？）によって、幸い彼は無事窮地を脱したらしい。そのお礼として、看守の若者は約束通り食べ物を差し入れてくれたのである。昨日まで粗末なパン一つ、塩からいだけの豆スープが御馳走だったわたしたちにとっては夢のような品々だ。皆で有り難くいただくことにしたのだが——

ヴォロッキオの勢いが止まらない。

「やあ、それもうまそうだな。ちょっと失礼！」

ヴォロッキオは、隣にいた〈仕立て屋〉ジーノの手からひょいとパンケーキを取りあげ、口に放り込んだ。

「ああ……ぼくのパンケーキが……」

ジーノの哀れなため息など、ヴォロッキオの耳にはとうてい届きそうにない。

少しすると、全員がすっかり呆れてヴォロッキオを眺めていた。いくら久しぶりの甘い食べ物だとはいえ、よくもまあそんなに次々と食べられるものである。見ているうちになんだか気持ちが悪くなり、おかげでせっかくの差し入れだというのに、わたしたちは——あの大食漢レオナルドでさえ！　——少し口にしただけで、それ以上は手が伸びないのであった。

「おや、皆さん、もう食べないのですか？　それじゃあ、わたしがいただきますよ」

いまやヴォロッキオは差し入れの包みを懐《ふところ》に抱えるようにして座り込み、両手の指についたジャムやクリームをさもうまそうな顔でしゃぶっている。彼はほとんど独り占めとなった甘味にまたむしゃぶりついてゆき……と、突然彼の顔色が変わり、目を白黒させはじめた。

「馬鹿が」コジモが首を振って言った。「喉《のど》に詰まらせてやがる」

人の好《よ》いジーノが、ヴォロッキオの背中を叩いてやった。ヴォロッキオはなんとか喉に詰まったものを飲み下した。彼は息をつき、それから満足そうに呟《つぶや》いた。

「ああ、これで後はうまい葡萄酒さえあれば言うことなしなのに！」

うっとりとした顔つきで中空に目を据えていたヴォロッキオは、ふと我に返った様子で辺りを見回した。彼は仲間たちのさげすむような視線に気づき、いつものしかつめらしい顔、もったいぶった口調に戻って言った。

「えへん、えへん。人の子イエスは、貧しい人の婚礼の席に招かれ、ただの水を葡萄酒に変える奇跡を行われました。ヨハネによる福音書より」

「葡萄酒だと？」コジモが小声で言った。「へっ。奴のいた僧院がどんな場所だったのか、目に浮かぶようだぜ」

ヴォロッキオは――なんとか雰囲気を変えようとしたのだろう――ひょいと振り返り、とってつけたように質問を発した。

「どうです、あなた？　神の栄光に浴さない野蛮な異教徒、あるいは未開人の国では、このような奇跡など全然見ることはできないのでしょうね」

全員の視線がさっと一人に注がれた。ひどくぼろぼろの、みすぼらしいなりをした小柄なヴェネチア人。彼は小さな砂糖漬けのスモモを飲み下してから――最初にジーノから受け取ったものを、ずっと口の中で転がしていたらしい――ゆっくりと口を開いた。

「なるほど、ただの水が葡萄酒に変わったという話は聞かなかった」

「やっぱりだ！」ヴォロッキオは勝ち誇ったように周囲を見回した。

「だが、逆なら知らないこともない」

「まさか？」ヴォロッキオは、まだクリームのついている唇を尖《とが》らせた。「それではあなたは、野蛮な異教徒が奇跡を行ったとでも言うのですか？」

世界を見てきたと嘯《うそぶ》くその小男――〈百万《ホラふき》のマルコ〉は直接質問には答えず、ふんと一つ鼻を鳴らした。

マルコはそうして、不思議に満ちたあの物語を次のように語りはじめたのである……。

＊

私――すなわちマルコ・ポーロは、かつて十七年の長きにわたってタタール人の偉大な王、大ハーン・フビライに仕えていた。

ある朝、私がいつものように大ハーンの宮殿に赴くと、広間では重臣たちが額を寄せ、何やら相談をしている最中であった。どうしたことか、重臣たちは皆ひどく難しい顔をしている。彼らはそうして、広間に現れた私の方をちらちらと見るのであった。

やがて大ハーンが姿を現し、玉座につくと、一座はたちまちしんと静まり返った。重臣の一人が大ハーンの前に進み出て、その耳元に何事か囁くように告げた。

大ハーンは眉を寄せて聞いていたが、ふと広間の隅に控えている私に目をやった。彼は私の名前を呼び、近くに来るようにと言った。歩み出た私に、大ハーンはこう言った。

「そなたにやってもらいたい仕事がある」

「なんなりとお申し付けください」私は頭を下げた。

「仕事というのはほかでもない。我が一族が治めるケルマン国に、儀式の際に用いる酒を届けてもらいたいのだ。何しろ、ここに居並ぶ腰抜けどもは」と大ハーンは広間の重臣たちを、その人並み外れて大きな、ぎょろりとした目で睨《にら》みつけた。「口をそろえて、この仕事にはそなたこそが適任であると言っておる。情けないことに、誰一人、自らこの役目を引き受けようとはしないのだ」

重臣たちは皆、なんとか大ハーンの視線から逃れようと亀のように首をすくめ、頭を下げて、身を小さくしている。大ハーンは私に向き直って言った。

「この仕事が何を意味するのか、そなたには分かっておろうな?」

大ハーンの問いかけに、私は頭を下げたまま、すばやく考えを巡らせた……。

私は大ハーンに仕えるようになってすぐに、タタール人にはヨーロッパ人とは異なる独特の飲食の習慣があることを知った。彼らは一般に、卓や椅子を用いず、たいてい絨毯《じゅうたん》に直接座って飲み食いをする。焼いた肉は大皿に盛られて供されるが、これを食する際は銘々《めいめい》が尖った串にさして口に運ぶ。皿やその他の食器は全員が共有し、その代わり自分が使った後は、必ず持参した布で食器を拭わなければならない。またタタール人が飲むのは、普段はもっぱら馬の乳を発酵させて造る馬乳酒《クミズ》であるが、儀式の時には特別な酒を飲むことがある。この酒は米を主原料とし、これに種々の香料を加えてすこぶる芳醇《ほうじゅん》な味を出していて、他のどんな種類の酒よりも飲み心地がよい。よく澄んでいて、きめが細かく、但し非常に強い酒なので、少しでも飲みすぎると喉が焼けて声が出なくなる。一般に〈火酒《かしゅ》〉と呼ばれるこの酒は、タタール人の儀式には欠かせないものであり、これなくしては婚礼も、また正式な王の即位さえ認められないことになっている。

一方ケルマン国は、かつてはペルシア人の王によって治められていたのを、タタール人が征服し、その後は代々タタール人の統治者が派遣されている。

私は、ケルマン国が昨年たいへんな旱魃《かんばつ》に見舞われたという噂を思い出した。どうやら、原料となる米が穫れず、儀式に必要な〈火酒〉が払底してしまったものらしい。ケルマン国そのものはトルコ玉と称する宝石を産する豊かな国である。

問題は、ケルマン国への道途に横たわる広大な砂漠であった。

横断するのに最低でもひと月を要するというその荒れ果てた土地には、文字通り草木一本生えておらず、一面の砂の世界である。この砂漠には悪霊が棲《す》んでいて、旅人に幻を見せ、あるいは仲間の声で呼びかけて、彼らを道に迷わせる。幻や偽の声に騙された者は間違った道に迷いこみ、仲間を見つけられなくなって死ぬ。このため砂漠を横断する旅人は、仲間から離れないようお互い紐《ひも》で結び合って行く習慣になっている。歩く時は腰に鈴をつけ、寝る時には次に行く方向に目印をつけておく。砂の上ではタタール人が得意とする馬を用いることができず、特殊なロバかラクダを使うしかない。それだけでも彼らがいやがる十分な理由だが、重臣たちがこの仕事から逃れようとする原因は、むしろ〈砂漠の民〉の存在であると思われた。

〈砂漠の民〉。私はそれまでも大ハーンの命《めい》を受け、しばしば彼が統《す》べる広大な王国の辺境各地に派遣されてきた。そこで私はさまざまな国の変わった風習を目にし、また独特の文化に驚かされたものだが、〈砂漠の民〉と呼ばれるあの者たちほど厳格な掟《おきて》を持った人々を私は他に知らない。不毛の砂漠をあえて生活の場に選んだその人々は、お互いが非常に厳しい掟によって固く結ばれていた。彼らは砂漠の中で掟に反する敵を見つけた場合、躊躇《ちゅうちょ》せず相手の喉をかき切る。〈砂漠の民〉にとって、掟に反する者はすべて敵であった。

彼らが信奉する掟の内容はさまざまであったが、ヨーロッパ人である私の目に最も奇妙に思われたのは次の三点である。一つは「たくさん持っている者が出す」ということであり、いま一つが「酒を禁じる」、三つ目が「一度口から出した言葉は必ず実行されなければならない」というものだ。

ケルマン国に火酒を届けるには必ず〈砂漠の民〉が住む危険な地域を横断しなければならない。大ハーンの重臣たちはつまり、この剣呑《けんのん》な役目をよそ者の私に押しつけようという魂胆なのだ……。

私は頭をあげ、にこりと笑って答えた。

「お役目、たしかに承りました。早速、明日にでも出発致しましょう」

私はこうして、あの危険に満ちた砂漠の旅へと出かけたのである。

私は大ハーンから託された荷物——儀式に必要な火酒——を三十六個の大きな革袋に詰め、それを十数頭からなるラクダたちの背に積んで、砂漠を進んだ。砂漠の景色は風が吹くとたちまち多様な変化を見せ、たいへん興味深いものであったが、それを面白いと感じたのは最初の二、三日にすぎなかった。砂に足を取られながら進む行程は、馬で行く場合の五分の一もはかどらなかった。砂漠を旅する間、私たちは昼間は悪霊たちが見せる幻に惑わされ、夜は彼らの囁《ささや》き声に悩まされた。そのうえ、旅の間はずっと、飲料水を見つけることができなかった。誇張ではなく、実際に見つからなかったのだ。たまたま水が見つかっても牧草のような緑色をしており、苦くてとても飲めたものではない。ラクダたちでさえ、この地の水は嫌がってなかなか飲もうとはしなかった。……これは計算違いであった。というのも、私たちはラクダに飲ませてやるほどの飲料水を持ち合わせてはいなかったのだ。ラクダたちは革袋に詰めた酒を運搬するので精一杯であり、私たちは自ら、自分たちに必要な最低限の量の飲料水を運んでいたのである。

私は、ラクダたちには砂漠の水に少量の小麦粉を混ぜて与えることにした。こうすると、ラクダたちは、多少は嫌がりながらも小麦粉につられて苦い水を飲んだ。

三週間の後には、私たちが持参した飲料水はほとんど底をつきかけていた。

そしてその夜、〈砂漠の民〉が私たちの前に現れたのである。

気がついた時には、すでに周囲をぐるりと取り囲まれていた。

私たちがその日の行程を終え、たき火を中心に集まり、ささやかな食事の準備をしている時、従者の一人が彼らの存在に気づいて悲鳴をあげた。月明かりに目を凝らすと、十数頭のラクダにまたがった〈砂漠の民〉の男たちは、私たちを遠巻きに、しかし一分《いちぶ》の隙《すき》もなく取り囲み、こちらを窺《うかが》っている様子であった。男たちは——昼間の強い陽射しを避けるためであろう——ゆったりとした白い布で全身を覆い、わずかなすきまから鋭い眼光を覗かせている。全員が腰に短剣を帯び、中には背中に巨大な偃月刀《えんげつとう》を背負っている者の姿も見えた。

私は怯《おび》える従者たちを落ち着かせ、相手の出方を待った。

やがて、黒いラクダに乗った、ひときわ背の高い男が近づいてきた。私は自分からその男の前に歩み出た。そして、彼らの言葉、彼らの流儀で挨拶を送った。男は一瞬、訝《いぶか》しげに眉をひそめたが、すぐに白い歯を見せて破顔した。

「お前は、我々の掟を心得ている。とすれば、我々の仲間だ」

男はそう言うと、ラクダを飛び降り、私に抱きついてきた。

話してみれば、彼らは皆、非常に気さくで、友好的な人々であった。私たちはすぐに互いに打ち解け、さまざまな情報を交換し合った。私がケルマン国へ行く途中だと言うと、男たちは彼らだけが知る安全な道を教えてくれた。

「その道を進めば、砂に足を取られることは少ない。数日分、行程が短く済む」

私は彼らの助言に心から感謝した。

しばらくして、〈砂漠の民〉の男たちは再び立ちあがり、旅の無事を祈ると別れの言葉を口にした。だが、その時になって、男の一人が思いついたように、とんでもないことを言い出したのである。

「お前たちはたくさんの革袋を運んでいる。革袋の中身を少し飲ませてくれ」

私は自分の顔がさっと強ばるのが分かった。私はできるだけ平静をよそおって言った。

「私たちはこれから先、まだ不案内な砂漠を進まなければならない。見たところ君たちは、少なくとも自分の飲む分は持っているようだ。私たちの水を飲む必要はあるまい」

私がそう言った瞬間、男たちの動きがぴたりと止まった。男の一人が私に顔を寄せ、ぎろりと恐ろしい目で睨んで言った。

「お前は、あんなにたくさん持っているではないか。〝たくさん持っている者は少ししか持っていない者に分け与える〟。それが我々の掟だ。お前は、我々の掟を破るつもりか？　とすれば、お前は我々の敵だ」

周囲に目をやると、男たちの中で気の早い者はもう、腰の短剣に手をかけ——いや、すでに鞘《さや》を払っている者もある。鋭い刃先が、たき火の明かりを反射して鈍く光るのが見えた。

一方、私の従者たちはといえば、ふだんの勇ましさはどこへやら、皆すっかり怯え切り、互いに抱き合ってぶるぶる震えているだけで、少しも役に立ちそうにない。

私は覚悟を決め、革袋に手を伸ばした……。

〈砂漠の民〉に教えてもらった道を進んだおかげで、私たちは予定より数日早く、無事ケルマン国に到着した。

ケルマン国では、危険な役目を果たした褒美《ほうび》として、非常に高価なトルコ玉を授けられた。また、帰国後、私の話をお聞きになった大ハーンは手を打ってお喜びになり、通常の褒美とは別に、目も眩《くら》むような莫大な財宝を私にお与えくださったのである。

神に感謝。アーメン、アーメン。

*

「やれやれ」コジモがため息をついた。「相変わらず、おかしな話だぜ」

「問題を整理してみようよ」ジーノが茶色の眼をくるりと回した。

「マルコさんは強い酒を運んでいた」レオナルドが顎先《あごさき》を指でつまんで言った。「そこへ〈砂漠の民〉がやってきて〝革袋の中身を飲ませてくれ〟と言った……」

「革袋の中身は強い酒で」とヴォロッキオが後を続けた。「一方、〈砂漠の民〉には〝酒を禁じる〟という厳しい掟があった。と同時に、彼らの掟は〝たくさん持っている者は少ししか持っていない者に分け与える〟と定めていた」

「掟に背《そむ》く者は」とコジモが言った。「ただちに敵と見なされ、容赦なく喉をかき切られるはずだった」

「それなのに」ジーノが小首をかしげて言った。「マルコさんはどうして無事だったのだろう？」

全員の訝しげな視線が、再びマルコに集中した。

マルコは、取っておいた二つ目の砂糖漬けのスモモを口の中に放り込み、すました顔でしゃぶっている。

「待てよ！」レオナルドが、顎先をつまんでいた指を離し、思いついたように声をあげた。「もしかするとマルコさんは、自分たちの飲み水を渡してやったんじゃないかな？　うん、そうだ。そうに違いない！　何しろマルコさんはさっきこう言った。〝三日後にケルマン国に着いた〟と。船に乗っていても飲み水が不足することがある。そんな時も、三日くらいなら、なんとか水なしでもやっていけるものさ」

「砂漠は海とは違う」マルコはスモモを片方の頬に寄せて言った。「非常に乾燥した砂漠では、湿った風が吹く海の上とは違って、つねに体から水分が奪われていくのだ。砂漠を行く旅人がいったい一日にどのくらい水分を必要とするか、実際驚くほどだ。あの時、私たちの飲料水はほとんど底をつきかけていた。他人に分け与えるほどの量は残っていなかったのだ。そして、もしあの砂漠を、たとえ一日でも水なしで進むくらいなら……いや、何人《なんぴと》といえどもその場で喉をかき切られる方を選ぶだろう」

「正直に話したんじゃないかな？」ジーノがみんなの顔を見回して言った。「マルコさんは砂漠の人たちと一度は仲良くなっていた。正直に〝これは飲み水じゃなくて、お酒を運んでいるんです〟と言えば、許してくれたのかもしれないよ」

　マルコは無言のまま小さく首を振った。

「どうやら違うみたいだぜ」レオナルドが言った。

「逆に、嘘を言ったのかもしれない」コジモが形の良い眉をひそめて言った。「もし〝革袋の中に入っているのは飲み水ではなく、毒なのだ〟と言ったのだとしたら？　砂漠の男たちも、それ以上は〝飲ませてくれ〟とは言わなかったんじゃないか？」

　若者たちの視線に、マルコは首を振った。

「〝一度口から出した言葉は必ず実行されなければならない〟。それもまた〈砂漠の民〉の掟だった。一度言い出した以上、革袋の中身が何であれ彼はそれを飲まなければならなかったのだ。それに、私はこれまで嘘をついたことなど一度もない……と、何度言ったら分かってもらえるのかね？」

「みんな考えすぎですよ」ヴォロッキオがジャムのついた指を立てて言った。「その場を解決する、簡単で、うまい手が一つあるじゃないですか」彼は得意げに周囲を見回し、もったいぶった口調で言った。「〝三十六計逃げるに如《し》かず〟。マルコさんはきっと、その連中の隙を見て逃げ出したのですよ」

「馬鹿か、お前」コジモが朱色の薄い唇を歪《ゆが》めて言った。「酒の入った三十六個の革袋といえばたいへんな量だ。そんなものを持って、見晴らしのきく砂漠をどうやって逃げるというんだ？　ましてや相手はその土地を知り尽くした〈砂漠の民〉だぜ。やれやれ。隙を見て逃げるなんて馬鹿なことを、いったいどうやったら考えつくんだ」

「いや……しかし、ですね……」ヴォロッキオはぱちぱちと目を瞬いて、マルコを振り返って尋ねた。「本当に違うのですか？」

マルコはちょっと考える風であったが、スモモをいったん手の上に吐き出して答えた。

「言ったはずだ。私たちはその後〈砂漠の民〉に教えてもらった道を進んだと。違う。逃げたのではない」

「じゃあ、どうしたのです？」

「器《うつわ》に革袋の中身を注いで、飲ませてやった。そして、仲良く別れた——それだけだ」

「飲ませた？」

「飲ませたって……何を飲ませたんです？」

「革袋の中身さ」マルコは平気で言った。「ラクダじゃないんだ。まさか砂漠の苦い水を飲むわけにもいくまい」

「だって、革袋には火酒が入っていたのでしょ？」

「うん」とマルコは短く頷《うなず》き、スモモを口の中に放り込んだ。

「言っていることがよく分からないんだが……」と、しばらくしてコジモが口を開いた。

「マルコさん、あんたはさっき〝〈砂漠の民〉には厳しい掟がある〟と言ったはずだ。しかも〝その掟は〈砂漠の民〉に酒を禁じている〟と。……それとも、ここにいる我々は全員、何か聞き間違いをしていたのかい？」

「聞き間違いではない」マルコはくぐもった声で答えた。「私はたしかにそう言った」

「だったら、なぜだ！」レオナルドが、もともとの赤ら顔をいっそう赤くして声をあげた。

「マルコさんよ、今回ばかりはあんたの話に少しも納得できねえ。〝掟で酒を禁じられた男たち〟は、何だってあんたが差し出した酒を飲んだんだ？」

「まさか……」と珍しくジーノまでが不満げに唇を突き出して言った。「もともと掟なんて、たいして厳しいものじゃなかったのですか？」

「どうなんです？」ヴォロッキオが嵩《かさ》にかかって詰め寄った。

マルコはがりがりとスモモをかみくだいてから、ようやく口を開いた。

「〈砂漠の民〉の掟は非常に厳格なものだった。掟を破る者は、相手が誰であろうと敵と見なされ、躊躇なく喉をかき切られた。その掟は、彼らに酒を禁じ、同時に多く持つ者には少ししか持たない者に分け与えることを命じていたのだ」

「だが、そいつらは掟を破って酒を飲んだんだろう？」レオナルドが呆れたように言った。

「彼らは酒など飲んではいない」マルコはきっぱりとそう言うと、逆にレオナルドに向かって尋ねた。「いったい、酒とはなんだね？」

「酒？　なんだ？」レオナルドはきょとんとしている。

「酒とはつまり」ヴォロッキオが代わりに答えた。「飲んだら酔っ払う飲み物のことですよ」

「飲むと、なんだか良い気分になる」ジーノが言った。

「体が燃えるように熱くなる」とレオナルド。

「そしてマルコさん、あんたがその時ラクダに積んで運んでいた革袋の中身——米から造った、強い飲み物こそが、まさに酒と呼ばれる代物だ」コジモが言った。

「そう、革袋に入っていたのはたしかに酒だった」マルコは言った。「だから私は革袋からそれを器に注いで、火をつけたのだ」

「火、ですって！」

「そうとも、火だ」とマルコは若者たちの顔を見回して言った。

「酔っ払う。良い気分になる。体が燃えるように熱くなる。……お前さんたちがさっき挙《あ》げた酒の酒たる所以《ゆえん》は、つまりは酒の中に含まれる火の成分のことだ。

私はあの時も、〈砂漠の民〉の男たちに同じことを言った。すなわち〝酒を火にかけて、火の成分がなくなりさえすれば、我々はこれを飲んでも掟に背くことにはならない。なぜならこれは、すでに酒ではない。甘水《サユ》という飲み物なのだから〟と。私はそうしてまだ火の燃えている器を彼らに差し出し、火が消えたらこれを一緒に飲むよう勧めたのだ。

〈砂漠の民〉の男たちは、集まって相談していたが、最後には私の言い分を納得したようだった。火が消えるのを待って、酒ではなくなった飲み物を飲んだ者たちは一様に妙な顔をしたが、何事もなく、その後はお互いの平和と安全を祈り合って別れた。〈砂漠の民〉は、私が知る限り最も気持ちの良い、さっぱりした者たちだったよ」

若者たちは意表をつかれた表情で顔を見合わせた。

「酒に火をつけたら……」

「酒でなくなる？」

「そう言われてみれば……」

ふと、ヴォロッキオが何事か思いついたように、ぽんと一つ手を打った。

「さてはマルコさん、あなたがさっき主イエスが示された奇跡——ただの水を葡萄酒に変えられた——その逆とおっしゃったのは、このことだったのですね？」

マルコがちょっと肩をすくめてみせると、ヴォロッキオはにやにやと笑いながら言葉を続けた。「しかしなんですね。つまり連中は、酒に火をつけて、その味を少しばかり変えることで、名前まで改めてしまったわけですね。名前が変われば、酒がただの水になる。なるほど、なるほど。いかにも神の栄光に浴さない異教徒、未開人の考えそうなことだ」

「〝最初に言葉ありき〟。言葉からすべてが生まれた。そう教えているのは、ほかならぬ主御自身のお言葉、つまり聖書だと思ったのだがね」マルコはぷいと横を向き、呟くように言った。「なるほど、あの砂漠の男たちは神の御言葉は知らないかもしれない。だが彼らは——神の栄光に浴しているはずの我々ヨーロッパ人のように——誰彼の区別なく無意味に相手を捕えたり、牢に閉じ込めるようなことはしない。まして、差し入れの品を独り占めするなどということは、けっしてしないだろうよ」

ヴォロッキオを除く若者たちは、はっと顔を見合わせた。

「マルコさんの勝ち！」ジーノが声をあげた。

「〝多く持つ者は、少ししか持たない者に分け与えよ〟か」コジモが皮肉な調子で言った。

「どっちが未開人だか分かりゃしねえ」レオナルドはそっぽを向いてにやにやと笑っている。

「しかし……独り占めだなんて……わたしが、まさかそんな……」

ヴォロッキオはあわあわと唇を動かし、意味の分からないことを呟きつつ、せわしなく辺りを見回した。そして、誰も自分の味方がいないことに気づくと——あるいは、自分の取った行動にようやく思い当たり——彼は顔を赤くして、しゅんとうなだれた。

千里の道も

「……呪いなんてものが本当にあるのか？」

手紙から顔をあげた〈貴族〉コジモが小首をかしげ、独り言のように呟《つぶや》いた。

「呪いだって？」〈船乗り〉レオナルドが身を乗り出し、おうむ返しに聞き返した。

「いったい何のこと？」〈仕立て屋〉ジーノがきょろきょろと左右を見て言った。

「呪いとは、悪魔を崇拝《すうはい》する者たちのなせる業《わざ》です」〈僧侶〉ヴォロッキオがもっともらしく頷《うなず》いてみせた。

コジモは、しまった、といった様子で顔をしかめた。「何でもない。忘れてくれ」手を振り、手紙を持って立ちあがろうとする。

「冗談じゃねえ」レオナルドが飛びつくように太い腕を伸ばした。「外からの知らせはどんなものでも独り占めしない。そういう約束だろう？」

「手紙に何が書いてあったの？」とジーノ。

「読まないのは約束違反ですよ」とヴォロッキオ。

「そんな約束なんぞした覚えはない」コジモはレオナルドの手を振り払い、ぶっきらぼうに言った。「手紙を読んだら呪われるぞ。それでもいいのか」

他の若者たちは一瞬ひるむ様子であったが、顔を見合わせ、すぐに頷きあうと、

「呪いなんてへっちゃらだ」

「読んで、読んで」

「約束どおり読んでください」

と口々に言い立てた。それから、いつもの決め台詞を皆で声をそろえて言った。

「〝さあ、私をここから連れ出してくれ！〟」

コジモはやれやれといった様子で首を振り、沈黙を守るわたしに目をむけた。

キリストがお生まれになって一千二百九十八年目となるその年――

わたしたちはジェノヴァの牢の中にいた。

何も罪を犯して牢につながれたわけではない。当時イタリアの諸都市は商売上の利権を巡って激しく競争を繰り返し、ことにヴェネチア、ジェノヴァ、ナポリといった大きな商業都市は自前の軍船を持ち、しばしば武力を伴う争いに発展した。その際運悪く負けた方の船に乗り合わせた者たちは、捕虜として戦勝都市の牢につながれる慣習であったのだ。

戦争捕虜が牢を出て行く手段は二つしかない。交換捕虜となるか、身の代金を支払うかだ。もっとも、交換はよほどの重要人物同士でなければ成立せず、他方、身の代金はそれこそ目の玉が飛び出るほどの金額であった。いずれにしてもピサの一物語作者であるわたしや牢の中で知り合った若者たち（見習いや次男三男坊）には関係のない話で、五年前に捕えられて以来、わたしは他の囚《とら》われ人ともどもジェノヴァの牢中で空しく時を過ごしていた。

慣れとは恐ろしいもので、何年もいれば牢の薄暗さやじめじめとよどんだ空気、日に二度の粗末な食事も、さして苦痛ではなくなる。但し、退屈は別だ。退屈のあまり死にそうになっていた時、一人の男が牢に連れられてきた。汚いぼろをまとった小柄なその男は、自ら〈百万のマルコ〉と名乗った。

〝百万《イル・ミリオーネ》〟には〝大袈裟〟から転じて〝ホラふき〟の意味もある。最初は馬鹿にしていたわたしたちは、たちまち彼が語るホラ話に夢中になった。

退屈な牢の中で、マルコの奇想天外なホラ話は恰好《かっこう》の気晴らしだった。わたしたちはマルコの話を聞いている時だけは退屈を忘れることができた。牢の中に居ながら、世界中を旅して回り、摩訶《まか》不思議な出来事をまるで自分で経験しているように思えた。

いつしかマルコが話を始めると、わたしたちは声をあわせてこう言うようになった。

——さあ、私を退屈から連れ出してくれ。

ある時、マルコのホラ話が意外な形で一人の看守の若者の窮地を救う結果となった。それからは看守の若者の好意で食べ物の差し入れをしてもらったり、外との手紙を取り次いでもらえるようになった。ホラ話の予期せぬ成果だ。

牢に囚われの者たちにとって、外からの知らせはどんなものでも貴重である。外から来た手紙はたいてい、物語作者のわたし——ルスティケロ——が皆の前で読み上げることになった。これは、一つには彼らの中でわたしが最年長者であり、また若者たちの中には読み書きができない者もあったからだ。

今朝、手紙の差し入れがあった〈貴族〉コジモは、自分からは詳しく語ろうとしないが、イタリア北部の山の方にある領主の三男坊で、歳の離れた兄が二人いるという話だ。今朝受け取ったのはどうやら母親からの手紙らしい。いつもなら外からの知らせはどんなものも共有するのが暗黙の了解だが、コジモは手紙を一読すると（彼は読み書きができる）、皆の前で読むことを拒否した。牢内に長く留まっていることからも、彼が家族の中で重んじられていないことは察せられたし、何かの機会に彼の口から「捕虜になるような間抜けは一族の恥だと言われた」と自嘲の言葉が漏れたこともある。コジモの朱色の薄い唇が皮肉な形に歪《ゆが》められることが多いのは、そんな事情があってのことだろう。

年長者であるわたしの取りなしで、コジモは渋々腰を下ろした。

「内容だけ、かいつまんで教えてやる。その代り、呪われても知らないからな」

そう言ってコジモが話し始めたのは、次のような実に不可解な出来事だった。

先日、コジモの母親は妙な物音で目が覚めた。二階の寝室から降りていくと、暖炉《あか》の上に置いてある銀の燭台《しょくだい》がなくなっている。さては泥棒かと思い、暖炉の火掻き棒と灯りをもって外に出た（「よせばいいのに、昔から気の強い人なんだ」とコジモ）。

屋敷の裏に回ると、案の定、不審な人影が見えた。灯りを突きつけると、顔見知りの小作人の一人だった。コジモの母親はかっとなって『この恩知らずめ！　凍え死んでしまえ！』と怒鳴りつけた。彼女の剣幕に小作人は逃げ出した（「まあ、逃げ出すだろう」）。

小作人はその夜、村の酒場に現れた。普段はあまり酒を呑まない男だが、よほど悔しかったとみえて、その夜はさんざん酔っ払い、周囲の者たちにも酒をおごって、コジモの母親から罵倒《ばとう》された言葉を繰り返し聞かせていた。

　翌朝、その小作人が道端に倒れて死んでいるのが見つかった。唇は紫色に変わり、手足は氷のように冷たく、まるで凍死したとしか思えない状態だった。暑い真夏のさなかだ。村は大騒ぎになった……。

　コジモはそこまで語ると、一つため息をついた。

「銀の燭台は家の中の暖炉脇で見つかった。盗まれたと思ったのは母の勘違いだ。死んだ小作人はその夜、薪《たきぎ》を別の場所に積み直していただけだった。昼間は忙しいので、夜のうちにやってしまおうと思ったらしい。母親は自分の言葉を悔いている。あの気の強い母が、頼りにならない三男坊の俺に手紙を書いてくるくらいだ。よほど動揺しているんだろう。大事にしていた金貨もなくしたそうだし、最近はさんざんだ」

　他の若者たちは顔を見合わせた。コジモの母が『凍え死んでしまえ！』と言った夜に小作人が死んだ。しかも言葉どおり真夏に凍死したのだ。となれば――

「呪いが実現したという噂が広がれば、異端審問官がやってきますね」ヴォロッキオがごくりと唾《つば》を呑んで言った。「うまく答えられるとよいのですが……」胸の前で十字を切った。

「異端審問って、魔女裁判のこと？」とジーノが心配そうにたずねた。

「魔女と認定されたら、火あぶりだ」レオナルドも青い顔だ。

「馬鹿な。いくらなんでも、そんな大袈裟な」コジモが引きつった顔で首を振った。

「しかし、あなたが自分でおっしゃったのですよ？〝呪いなんてものが本当にあるのか〟

〝手紙を読んだら呪われる〟と」ヴォロッキオはコジモの言葉を繰り返し、眉を寄せた。

「魔女は黒ヒヨスやベラドンナといった薬草を探すのにサラマンダーを使います。サラマンダーは火の中に住むトカゲの一種で、悪魔の手先となって魔女に協力している……」

悪魔に憑《つ》かれたようなヴォロッキオの囁《ささや》きを、暗がりからあがった声が断ち切った。

「違うな、そうではない。それは迷信にすぎない。私は真実を知っている」

振り返ると、マルコが牢の薄暗がりの中に立っていた。いつからそこに居たのか。

「マルコさん！」ジーノが明るい声をあげる。皆の注目がマルコに集まった。

「……サラマンダーは我々が信じているようなトカゲの形をした生き物ではなく、鉱物の一種だ。山中で採取した鉱石を打ち砕き、真鍮《しんちゆう》の大臼にかけ、最後によく水で洗うと羊毛に似た糸が得られる。この糸を紡いで布状に織り上げたものがサラマンダーとよばれる。この布はけっして燃えず、汚れた場合は火中に投じればまた雪のように白くなる」

ああ、と若者たちの口から声が漏れた。

「ぼくたちは何も、サラマンダーの話をしていたんじゃないんです。そうじゃなくて……」

「いいじゃねえか。ひとまずマルコさんの話を聞こうぜ」コジモがジーノの肩に手を置いて言った。血の気のひいた顔をマルコに向け、声をかける。

「さあ、マルコさんよ。俺たちをここから連れ出してくれ！」

「同じ山からは燃える石も採れる。この石は、一度火にくべると朝まで赤く燃えているので木材が不足する土地でたいへん重宝されている。近くには全体が塩でできた山もある」

と言葉を切ったマルコはあらためて口を開き、不思議に満ちたあの物語を次のように語りはじめた……。

＊

私——すなわちマルコ・ポーロは、かつて十七年の長きにわたってタタール人の偉大な王、大ハーン・フビライに仕えていた。

その間私は、さまざまな珍しい自然、産物、その土地の人々の一風変わった信じがたい習慣などを目にし、また耳にもした。その中には逆に、我々ヨーロッパ人が信じているものが実際はいかに馬鹿げた迷信であるかを示す証拠がいくつも含まれていた。バクシと呼ばれるタタールの占い師が行っていた魔術もその一つである。

大ハーンは、その配下に数多《あまた》の占い師や占星術師、博士や奇術師を抱えていた。兵を進める際、大ハーンはしばしばかの者たちを広間に呼び集め、今次の戦いの勝利がいずれに帰するかを予測せしめた。そのたびにかれらは秘術を尽くして占卜《せんぼく》を試みたのであるが、占い師バクシほど多くの信用を得た者はいなかった。

バクシが行う術の中には次のようなものがある。彼はまず、広間に持って来た青竹を皆の面前で縦に両分し、二本の竹にそれぞれ敵と味方の名前を書いた札を貼り付け、向かい合った両側に置いて、どちらにも手を触れないでこう宣言する。

「わが君よ、よく御覧じませ。これより私が呪文を唱えましたら、明日の戦いで勝利を得られる方の竹が自ら動いて敗者の竹の上に重なることでしょう」

バクシが呪文を唱えると、不思議なことに、誰も手を触れないのに味方の竹が動き出し、敵に擬せられた竹に接近して、その上に重なった。広間に居並ぶ数多くの武将たちが面前で起こった奇跡に目を丸くする中、大ハーンは満足げに頷き、よく響く声で、「皆の者、明日の勝ちは決まった。心置きなく戦うがよい」と一堂の者に言い渡した。

バクシはまた、衆目の中、卓の上で酒を注いだ盃を手を触れずに動かして、大ハーンの手元に届ける術もたびたびやってみせた。酒の入った盃が大ハーンの手元にぴたりと届けられるたびに宴席に連なる者たちの間からどよめきがわき起こった。彼らは大ハーンの偉大さを称《たた》えつつ、自らの盃を干すのが習わしであった。

実を言えば、これらの魔術は戦いに向かう武将や兵士の気持ちを鼓舞するために大ハーンが行わせたものであった。バクシの術はいずれも目に見えないほど細く、かつ丈夫な絹糸があればさして困難ではない。大ハーンが統《す》べる広大な領地の中には非常に細く、かつ丈夫な絹糸を産する一地方があり、そこで産する絹糸はすべて大ハーンが買い上げていた。そのため他の地方の者にはそのような糸があるとは知りようがなかったのだ（サラマンダーの正体が他の国で知られていないのも同じ理由である）。〝神意は我らにあり〟と信じることでタタール人の兵士たちは恐るべき勇猛果敢さを発揮する。それによって神意は自《おの》ずから達成される、というのが大ハーンの考えであった。

大ハーン自身は伝統的なタタールの神を深く信じていたが、一方で「忠誠を誓い、貢ぎ物を納めさえすれば、誰がどんな神を信じようが勝手だ」と常々言っていた。実際、大ハーンのお抱え占い師の中には仏教やイスラム教、バラモン教、マニ教、キリスト教、ユダヤ教、その他偶像を拝んでいる者たちも数多く交じっていた。その中にあって、占い師バクシは、火の中をくぐり、水の上を歩く奇跡を行って多くの者を驚愕《きようがく》させた。前者は石綿《サラマンダー》で作ったマントで全身を覆い、後者は大量の細かい粉を溶かしてゆっくり歩けば沈み、早く歩けば沈まない〝特別な水〟を作ってやってみせたのだ。すべて大ハーンの承知するところであったが、バクシのやり方があまりに巧みであったために、大ハーン直属の貴族の中には本当に彼の魔術を信じる者たちが出てきてしまった。

ある日バクシは、タタールの貴族たちを前に突然とんでもないことを言い出した。彼は「タタール伝統の神意占いの結果を夜明けとともにお伝えしよう」と申し出たのである。

この言葉が如何に驚くべきものであるかは、まず大ハーンの領土が如何に広大であるか、その広大な領土を大ハーンは如何にして治めているかを知る必要がある。

タタールの偉大な王、大ハーン・フビライが統べる領土は、北は年中雪と氷に覆われた常闇の国から、南は海が煮え立ち、日中外出するときは椰子《やし》の葉でつくった大きな傘がなければたちまち焼け死んでしまう熱帯の島々まで、また東は世界の果ての〝東の海〟から西はヨーロッパと境を接する場所まで広がっている。ヨーロッパの国々がまるごとすっぽり収まるだけでなく、縦にも横にもいくつも並べ置くことができるほどの広さだ。私が大ハーンに仕えはじめた頃、猫の額ほどの土地に住み、小さな都市同士で争っているヨーロッパ人の話をすると、大ハーンは「彼らはなぜもっと広い場所に住まないのか」と尋ね、私の話を信じなかったほどである。

途方もなく広大な領土を治めるために、歴代のハーンは駅站《ジャムチ》もしくは駅伝と呼ばれる制度を整備してきた。ハーンが住まう都から四方に公街道が延び、それぞれ行き先の地方の名前が付いている。都を出発すると、どの道を進んでも一日行程（約四十キロ）ごとに必ず駅站がある。駅站には立派な宿舎と馬が常備されていて、大ハーンの印を持つ使者はこれを自由に使うことができた。駅站からさらに行き先の地方の名前が付いた公街道が四方に延びていて、使者はけっして迷うことがない。公街道の脇には二十ペース（約三十メートル）ごとに木が植えられ、道に迷わない。人里離れた公街道にも並木があって、旅行者の良い慰めになっている。樹木が育たぬ場所には石で出来た塔を置いて道が分かるようにしている。

この制度を使って、大ハーンは十日行程離れた土地から一昼夜で報告を受け取る。必要とあれば、百日行程離れた土地の出来事を十昼夜で知ることができる。たいへん良くできた制度であるが、計算してみたところ、大ハーンの広大な領土で駅站を維持するためには、宿舎用の建物が少なくとも一万以上、三十万頭以上の馬が必要であった。駅站には常に使者が待機し、いつでも出発できるよう準備が整えられている。私が知る限り、古来いかなる皇帝もこれほどの制度を常時維持する富を所有した者はなかった。この一事をもってしても、大ハーンの偉大さが分かるというものだ。

大ハーンは、彼が統べる広大な領土で起きた出来事ならどんなことでも必ず真っ先に知っていた。駅站（駅伝）制度を知らない者には、大ハーンがまるで千里眼の持ち主のように思えたに違いない。

ところがバクシは、夜明けとともにその神意占いの結果を教える——自分は大ハーンより早く神意を知ることができる——とタタールの貴族たちに申し出たのだ。

タタール人は皆、年に一度行われる伝統的な神意占いを非常に重要視していた。儀式は毎年、夏至を過ぎた最初の新月の夜に行われる。例年、最速の使者が選ばれ、結果は翌日の昼前に都にもたらされ、大ハーンの口から貴族たちに伝えられることになっていた。バクシの申し出が本当なら、タタールの神は大ハーンではなく、バクシに神意を示されたということになる。

タタールの貴族たちの動揺を見てとった大ハーンは、私を自室に呼び、人払いを命じて「今回の一件をどう思うか?」と尋ねられた。私はそれまでも大ハーンに命じられて、たびたび、さまざまな土地を回って、そこでの珍しい出来事を報告していた。大ハーンは私の報告を面白がると同時に、真実を見抜く私の目を信用してくれるようになっていたのだ。私は正直に答えた。

「何人《なんぴと》といえども大ハーン殿が整えられた駅站の急使より早く結果を伝えられるはずはありません。バクシのインチキでしょう。儀式を執り行う者を買収したか、道具に細工して、あらかじめ答えを知っているに違いありません。但し、彼は巧みな術士なので、どんな方法を使うのか私には分かりません」

大ハーンは大きく頷き「まったくそなたの言う通りだ。術の見せ方や言葉が巧みなので重宝してきたが、やや度が過ぎたようだ」と私に裏の事情を打ち明けた。そのうえで、

「あの者を今すぐ牢に閉じ込め、あるいは処刑することは簡単だ。だが、そんなことをすれば貴族たちの間に疑惑が生じる。〝占い師の方が大ハーンより正しかったのではないか〟。そんな噂が広がることは何としても避けなければならない。力で挑まれたのであれば力でねじ伏せればよい。だが、謎を力でねじ伏せれば、後は恐怖で従わせるしかなくなる。困ったものだ」そう言って私にじっと目を注いだ。

少し考えた後、私は大ハーンに申し出た。

「今回の一件、私にお任せください。なんとか策を講じてみたいと思います」

数日後。タタール伝統の神意占いの儀式が、都から二日行程離れた山中で行われた。

翌朝、夜明けとともに宮殿広間に集まった大ハーンや貴族たちの前で、占い師バクシが厳かに結果を告げた。

大ハーンは首を振り、別の結果を皆に伝えた。

貴族たちは顔を見合わせた。神意占いの結果が二つあるはずはない。どちらかが間違っているということだ。かくなる上は、例年通り急使がもたらす結果を待つしかない。

広間に緊張の時間が過ぎた。

そこへ、神意占いの結果を伝える使者が走り込んできた。

大ハーンが使者から書状を受け取り、結果を読み上げた。大ハーンが告げた結果通りだ。

書状はそのまま貴族たちに回覧され、大ハーンの言葉が正しかったことが確認された。

バクシは、いつの間にか広間から姿を消していた。その後の調べで、バクシが不正に法外な富を蓄えていたこと、タタールの貴族の中にバクシに唆《そそのか》されて大ハーンへの謀反を企てていた者がいたことなどが明らかになった。彼らは当然の処罰を受けた。

この一件の後、私は大ハーンにいよいよ信用され、篤《あつ》く用いられることになったのである。

神に感謝。アーメン、アーメン。

＊

若者たちは呆気にとられて、顔を見合わせた。

「ねえ、マルコさん」〈仕立て屋〉ジーノが困惑した顔で言った。「もしかして、ぼくたちの話を全然聞いていなかった？」

「いや、聞いていたともさ。だから私は……」

「待って、待ってください！」〈僧侶〉ヴォロッキオが慌てて口を挟んだ。「何か関係があるようですよ。まずはわたしたちで考えてみるとしましょう」

「ぼくたちは呪いの話をしていたんだけど……」ジーノが小首をかしげて呟いた。

「なるほど占い師は出てきた」〈船乗り〉レオナルドが言った。「だが、インチキだ」

「そのインチキ野郎が、大ハーンに知恵で挑んでやっつけられた。正確には、マルコさんの入れ知恵ですが」とヴォロッキオ。

「けどよ、今回はどっちが早く神意占いの結果を言い当てるかって話だろ？」レオナルドが首を捻《ひね》った。「マルコさんの話でも出てきたが、大ハーンが儀式を執り行う者に命じて、あらかじめ命じた結果を出すよう言っておけばよかったんじゃねえのか？　大ハーンはそれまでだって、その占い師に散々インチキをやらせてきたんだ。今度はマルコさんにインチキを手配させた。それだけの話じゃねえのか」

「大ハーン自身は伝統的なタタールの神を深く信じていた、と言ったはずだ」マルコは首を振って言った。「大ハーンは神を信じていなかったわけではない。キリストの神ではないが、天には最高の神がいると考え、毎日香炉に香をたいて礼拝していたのだ。もっとも、タタール人が天の神に祈るのは心身の健康だけだ。別に子供や家畜、穀物を保護している地の神もいて、儀式をおざなりにすれば心身の健康を損ない、子供や家畜、穀物に災いが生じると信じている。大ハーンはただ敵との戦いについては神の助けを求めていなかっただけだ」

「……大ハーンは神意占いの結果を尊重していた」と〈貴族〉コジモがはじめて口を挟んだ。「使者が持ってきた答えを差し替えたわけでもない。そんなことをして後で結果が違っていることが分かれば、貴族たちはその後大ハーンの言葉を信用しなくなったはずだ」

「あてずっぽうだったんじゃないですか」ヴォロッキオが疑わしげに眉を寄せて言った。

「たとえば占いの結果が三つしかないなら、三分の一の確率に賭けてみたのかもしれませんよ」

「タタールの神意占いは、いったいどんなふうにやるのです？」コジモが尋ねた。

「十二枚のお札を入れた箱が三組、身を清めた者たちがそれぞれ一枚ずつ錐《きり》で刺しとっていく。神官がそれを読み取る。そう聞いている」

「十二通り掛ける三回だから」とコジモが指を折る。「千七百二十八分の一か……。あてずっぽうはちょっと難しいな」

「待てよ。考えてみれば、マルコさんのさっきの話はちょっと変だぜ！」レオナルドが何か思いついたらしく、飛び上がるようにして言った。「話の途中、マルコさんは〝駅伝制度を使って大ハーンは十日行程離れた場所で起きた出来事を一昼夜の後に知っている。百日行程離れた場所のことは十昼夜後に知っている〟と言っていた。それって、一日に十日行程進むってことだろう？　だったら……」

「なるほど。たしかに」とヴォロッキオがレオナルドの言葉を途中でかっさらって続けた。

「二日行程離れた山中で行われた神意占いの儀式の結果が、翌日の昼前にならないと分からない、というのはいささか変ですね。儀式が深夜に行われたとしても夜明けまでざっと四分の一日、大ハーンの急使なら二日行程分は優に進めた計算です。使者は先に大ハーンのところに寄って正しい答えを教えて、その後で広間に顔を出した、あるいは広間に顔を出したのはわざと遅れてきた別の使者だったのかもしれない」

得意満面、一同を見回したヴォロッキオは、コジモの皮肉な笑みに気づいて、おや、という顔になった。「何か問題でも？」

「残念だが、そいつはちょっと無理があるな」コジモは皮肉な調子で言った。「使者は何も平均して進むわけじゃない。考えてもみろ、マルコさんはタタール人が最も得意とするものについてこれまで散々話してきた。俺たちの耳にたこができるほどな」

「タタール人が最も得意……」ヴォロッキオはあっという顔になり、レオナルドと顔を見合わせて声をあげた。「馬だ」

「彼らが急使に馬を使わないはずはない」コジモは言った。「ところがマルコさんは〝儀式は毎年、夏至を過ぎた最初の新月の夜に行われる〟と言った。新月の夜。闇夜だ。闇夜に馬を走らせることはできない。馬より乗り手の問題だ。俺も経験があるが、闇夜に馬に乗る場合は、灯火を持った者が道を先導するしかない。結局は人の足の速度だ。だから、どんなに急いでも通常は昼前の到着になってしまう。……そうですよね？」

　コジモの問いに、マルコが点頭した。

「馬かあ」レオナルドが呻《うめ》くように言った。船乗りだけに馬についてはよく知らないらしい。

「馬がダメなら、鳥もダメだよね？」ジーノが自信なげに言った。「飼い鳩に手紙を託して飛ばせば、馬より早く着くって話を聞いたことがあるけど……」

「夜明けを待って、オオタカやハヤブサを飛ばしたんじゃないですか」ヴォロッキオが投げやりな口調で言った。「かれらなら人や馬が走るよりずっと速いですからね」

「かの地では」とマルコが口を開いた。「大ハーンが特に定めた禁猟区以外では、頭の上を飛ぶものはすべて撃ち落としてよいきまりになっていた。馬だけでなく、弓の強さと正確さでもタタール人にかなう者はいない。かの地で飛ぶ生き物に手紙を託す習慣はなかった。オオタカやハヤブサを訓練する時間も技術も、残念ながら私は持っていない」

「結局、出発点に戻ってきたというわけだ」コジモが朱色の唇を皮肉な形に歪めて言った。

「それで、マルコさんよ。あんたはその時何をした？　どうやって大ハーンの不可能な要求を叶《かな》えてやったんだ？」

「例年より早く神意占いの結果を知りたいという大ハーンの願いを叶えるために、私は馬を、い、い、走らせたのだ」

「馬？」

「馬ですって？」

若者たちの間から驚きと不満の声があがった。

「なんだ、やっぱりインチキだ」

「見てろよ。きっと、タタール人の中には闇夜でも馬を走らせることができる者がいたとか何とか言い出す気だぜ」

「勘違いしてもらっては困る」マルコは顔をしかめて言った。「いくらタタール人でも闇夜に馬を走らせることはできない。だから私は、山から大量の石を運び、神意占いの儀式の場から大ハーンの都に続く公街道の脇に並べ置かなければならなかったのだ。もちろん私一人でやったわけではないが、あの時ほど真夏の昼間に懸命に働いたことはない」

「しかし……道に石を並べて……なぜ馬が闇夜に走るのです？」

「私が山から運んだのは〃燃える石〃だった」

若者たちは一瞬考えこむ顔になり、同時にあっと声をあげた。そう言えば、さっきマルコがそんな話をしていた。〃燃える石は一度火にくべれば朝まで赤く燃えている〃。あの時点ですでに今回の話がはじまっていたというわけだ。

「公街道沿いに点々と並べ置いた燃える石の炎を目印にして、使者は馬を走らせた。だから、その年は例年より早く、大ハーンは夜明け前に神意占いの正しい答えを知ることができたのだ。バクシは大ハーンが想像した通り、儀式を行う者たちを買収して、あらかじめ自分が指定した神意を読み取るよう指示していたらしい。大ハーンは儀式直前に全員の入れ替えを命じて、その年の正当な神意を占わせたというわけだ」

マルコはそう言うと、言葉を切り、一つ大きな息をついた。

「私が行った方法はたいへんな労力を伴うため、翌年からはまた元のやり方に戻った。大ハーンも笑って私の労働をねぎらってくださったよ」

若者たちはしばらく無言であった。マルコが真夏の昼間に額に汗して懸命に働く姿を想像するのは、おかしくないわけではない。だが、肝心の点がまだ分からなかった。コジモの家からの手紙と、今の話の、いったいどこが関係しているというのか？

しびれを切らしたジーノがその点を指摘すると、マルコはきょとんとした顔になった。

「おや、また私はてっきり……」と首をかしげ、「私がその時使者に命じたのは、馬を走らせる前にしっかりと衣で身をくるむことだった。全速力で走り続ける馬の上では非常な寒さを覚える、特に夜ならなおさらだ。そんな話を私はタタールの者たちから幾度も聞かされていた。真夏でも唇が紫色になって、まるで凍死しかかった人のようになった者を見たこともある。ずっと風が当たり続けることで体温が奪われるという話だった。私はさっきお前さんたちの話を聞いて、こう思った。慣れない酒を飲んで路傍で眠りこけていたその男は、一晩中、強い風にあたっているうちに凍死したのではないかとね」

コジモがあっと声をあげた。手紙を封筒から取り出し、もう一度文面に目を走らせた。

「〝最近村人が勝手に木を切って、見晴らしが良くなったのはいいが、夜になると谷を渡る風が強くなって困る〟と書いてある」コジモは左右を見回し、半笑いの顔で言った。「小作人が凍死していたのは、谷の道らしい」

皆の目がいっせいにマルコに向けられた。

マルコは若者たちの顔をぐるりと見回すと、ふいに耳慣れぬ、妙な言葉を口にした。さらにもう一つ、真顔で別の言葉を発した。

「タタール言葉だ」マルコは説明した。「一つ目が〝呪う〟で、次が〝祝福する〟」

若者たちは皆、相変わらず啞然として、目を瞬かせている。

「悪事を暴かれたバクシは捕まって呪いを口にしたが、大ハーンは歯牙にもかけず、容赦なく首を刎《は》ねさせた」マルコは平気な顔で続けた。「大ハーンによれば〝呪う〟と言われるといやな気分になる。それが呪いの正体だという話だ。さっき私はお前さんたちに〝呪う〟と言い、次に〝祝福する〟と言ったが、誰もいやな気持ちにも、幸せな気持ちにもならなかった。そんなものだ」肩をすくめ、「大ハーンは街道沿いの住民に〝道に木を植えた者は長生きができる〟という言葉を広めた。おかげで皆、せっせと木を植え、何年か後には住人も旅人もみんな幸せな気持ちになった。こっちの方がずっと良いと思うがね」

マルコはそう言って踵《くびす》を返し、定位置である牢の薄暗がりの一角にごろりと横になった。

わたしはあることを思いつき、まだ呆然《ぼうぜん》としているコジモに近づいて声をかけた。

「いまの話で思い出したんだがね。ピサのイカサマ師がよく使う手に、目立つ物を隠してわざと見物人に見つけさせ、実はもっと大事な物を取ってしまうというやり方がある。銀の燭台は見つかったそうだが、死んだ男が積み直していた薪の周りを一度調べてみてはどうかな？　案外、なくなった金貨が見つかるかもしれない」

コジモははっとした顔になり、「ありがとう。調べてみるよう、母に手紙を書くよ」と答えた。

「〝神の御名において祝福を〟そう書き添えるのを忘れずに」わたしはにこりと笑い、コジモの肩に手を置いた。

東方の大ハーンのおかげで母親の呪いの謎が解け、彼の家の者たちがコジモを見直すことになったとしたら、こんな不思議なことはない。

「異端審問……魔女狩りに、火あぶりだと？」

低い呟きに振り返ると、牢の隅に転がる人影が背中を向けて何やら呟いていた。

「この世界には私の知らないことが、まだ何と多いことか」

マルコはそう言って首を振った。

雲の南

「問題です。犬はなぜしっぽを振るのでしょう?」

いつもは脇の方にひっこんでいる〈仕立て屋〉ジーノが、その日は珍しく、座の中心になってなぞなぞを出している。

薄暗がりから低い声が答えた。

「それは、しっぽが犬を振ることができないから」

「当たり!」ジーノは少々残念そうな顔で答えた。「それじゃ、次の問題。三人で一本の傘を差しているのに、誰も濡《ぬ》れないのはなぜ?」

「それは、雨が降っていなかったから」同じ声が間髪をいれずに答えた。「それじゃ……そうだ! 教会の屋根より高く跳ねる動物を知ってる?」

……窓から差し込む光は明るく、青い空はどこまでもすんでいる。

こんな天気の日にいい歳をした若者がよってたかって〝なぞなぞ遊び〟もないようなものだが、ここでは仕方がない。

わたしたちは牢の中にいる。

人間というものは不思議なもので、最初はとても耐えられないと思っていた牢の中の薄暗さや、じめじめとよどんだ空気、日に二度の粗末な食事にさえ、五年もいると慣れてしまった。が、その代わりに襲ってきた退屈だけはどうしようもなかった。その日、ジーノがはじめたなぞなぞ遊びも、いつ果てるともない無為の時間の責め苦から逃れるための一つの方便であった。

「答えは〝どんな動物でも〟だ」ジーノのなぞかけに答えたのは、またしてもさっきと同じ声の主だ。「どんな動物でも、教会の屋根よりは高く跳ねることができる。何しろ、教会の屋根は跳ねたりしないのだから」

ジーノは頬を膨《ふく》らませて黙り込み（どうやら、とっておきのなぞなぞを片っ端からみんな解かれてしまったらしい）、それから唇を尖《とが》らせて言った。

「ねえ、マルコさん。あなたがこれまでに答えられなかった謎はないのですか？」

呼びかけられた男が身を乗り出し、格子つきの狭い窓から差し込む光の中に顔を出した。汚いぼろをまとった、小柄なヴェネチアの商人。牢に連れてこられた際、自ら〈百万のマルコ〉と名乗ったその男は、軽く顎《あご》をつまんで、質問に答えた。

「私が答えられなかった謎は……そう、一つだけある」

「なんだって！」それまで詰まらなそうな顔をしていた〈船乗り〉レオナルドが急に、自分の耳が信じられないといった様子で大声をあげた。「本当かい？　マルコさん、あんたが答えられなかった謎があるだなんて、そんなことが……」

「なんだか面白いことになってきましたね」〈僧侶〉ヴォロッキオはすっかり浮かれた様子

で揉み手をしている。

「こうなったら」と〈貴族〉コジモが朱色の薄い唇を皮肉な形に歪《ゆが》めて言った。「その謎とやらを、なんとしても話してもらう必要があるな」

若者たちは口々にそう言うと、マルコのしみだらけの顔をじっと覗き込んだ。

マルコはしばらく何事か思案する様子で顎をつまんでいたが、唐突に口を開いた。

「あれは、私が〈雲の南〉を訪れた時のことだった」

マルコはそうして、不思議に満ちたあの物語を次のように語りはじめたのである……。

＊

私——すなわちマルコ・ポーロは、かつて十七年の長きにわたってタタール人の偉大な王、大ハーン・フビライに仕えていた。

その間、私は大ハーンの篤《あつ》い信頼を得て、彼が治める広大な版図《はんと》のあちこちに使者として派遣された。大ハーンが治める地域は実に広大であった。太陽が昇りくる東の大海からギリシアの風が吹く西の大地の涯《はて》、また年中冷たい氷に閉ざされた北の国から煮えたぎる河が流れる南の灼熱《しゃくねつ》の土地にまで及び、それはあまりにも広大無辺であるために、ついには大ハーン自身、この世界のどこからどこまでが自分の領土なのか分からなくなるほどであった。

実際、版図の中には、大ハーンに恭順の意を示し、毎年貢ぎ物を差し出してはいるものの、それがいったいどんな場所なのか、どんな人々が住んでいるのか、またいかなる習俗があり、いかなる神を祀《まつ》っているのか、まるで分からない地域が存在していたのである。

そして、その中でも最も謎に包まれていたのが〈雲の南〉と呼ばれる地域であった。

ある日、大ハーンは私を宮殿に呼び、〈雲の南〉の事情を調べて、これを報告するようお命じになった。

「但しマルコよ、くれぐれも気をつけて出かけるのだぞ」大ハーンは愁《うれ》わしげに眉をひそめて付け足した。「予《よ》はこれまでにも幾人かの使者を〈雲の南〉に派遣した。彼らはそなたに優《まさ》るとも劣らぬ賢き者たちであった。ところが、その者たちは皆〈雲の南〉で行方知れずになってしまったのだ」

私は大ハーンの言葉を心して承り、いったん宮殿を下がると、これまでの使者が〈雲の南〉から送ってきた第一報告――彼らはきまってその後、消息を絶っていた――に目を通しておくことにした。

使者たちはいずれも、〈雲の南〉がたいへん豊かな場所であると報告していた。気候と水に恵まれた土地には放っておいても滋味《じみ》豊かな実りをもたらすさまざまな草木が生い茂り、また深い山と谷を流れる川、湖などには食料となる動物や魚があふれている。上質の砂金が採れる河がいくつかあり、そのうえ湖や山からも大きな金塊が採取される。人心は穏やかで、住民は争いごとを好まない……。

私は首をかしげた。なるほど〈雲の南〉は、およそ他に類を見ないほど素晴らしい土地のようである。もしかすると、これまでに派遣された使者たちは皆、あまりの快適さに職務を放擲《ほうてき》して、土地の者に交じって暮らしているのではあるまいか？

だが、私はすぐに思い直した。使者たちがもしその土地に住みたいと思ったのなら、いったん大ハーンのもとに帰参し、それからあらためて長期の派遣を願えば良いだけの話だ。もちろん、世の中にはそのわずかな手間を惜しむ愚か者もいるかもしれないが、苟《いやしく》も大ハーンが認めた賢い使者たちがそろいもそろって、そのような馬鹿げたまねをするはずがない。

そこで私はもう一度慎重に報告書を読み返し、一つ気になる点を見つけた。

「〈雲の南〉の住民たちは男も女も皆、つねに毒薬を携帯している。これは誰かが何か間違いを犯してしまった時の用意である。人々は生きて杖刑《じょうけい》の罰や恥や苦痛によって魂が汚れるよりは、むしろ毒を飲み下し、立派な魂のまま、できるだけ早く我が命を絶った方が良いと考えている」との記述だ。

報告書にはまた、〝この忌むべき風習に対して、この土地の役人らがあみ出した適当な手段〟についても書かれてあった。〝役人たちはつねに犬の糞を用意し、住民たちが安易に服毒したと考えられる場合には、時を移さずして犬糞を飲み込ませて、毒を吐き出させる。この方法はしばしば実行される〟という。

私はこれらの記述を読んで、

（これまでの使者たちは、自分でも気づかぬうちに何かささいな間違いを犯したために住民から毒を盛られて殺されたのではないか？）

という可能性に思い当たった。そこで私は念のため——いつにないことであったが——任務中に自分が口にする分の食料をすべて整えてから、〈雲の南〉へと旅立ったのである。

やがて眼前に現れた〈雲の南〉は、聞きしに勝る、豊かな、そして美しい土地であった。深い緑に包まれた谷の間を名にし負う白い雲がたなびき、その下を青い水をたたえた川が滔々《とうとう》と流れている。川の両岸には目を見張るばかりの巨大な奇岩がつらなり、岩と谷との間を縫うように人のかよう道が細く走っている。と思えば、一つ峠の向こうには、たちまち広々とした景色が広がり、見事に耕された田畑と立派な家屋のたちならぶ平野、その奥にはさらに息を呑むほど美しい湖が覗いている。

木々は年中青々とした葉を落とすことなく豊かな実りをもたらし、清らかな水をたたえた川や湖では魚や蝦《えび》、貝などがいくらでも採れた。

この土地が豊富な黄金を産することは、人々の普段の暮らしの中にも惜しみなく高価な金が使われている事実からも明らかであった。暮らしに余裕があるためであろう、男も女も見《み》目《め》美しく、彼らの顔からは穏やかな笑顔が絶えたことがない。人々は皆、互いにたいへん礼儀正しい。また、祖先を敬う気持ちは非常に篤く、良い魂は死んだ後もその土地に留まり、生きている者を見守ってくれていると深く信じている……。

私はひそかに土地の様子を調べて回るほどに、土地の美風に打たれ、ほとんど陶然とした心地になった。だがその一方で、やはり心の隅では、これまで大ハーンに派遣された幾人もの使者たちが皆この土地で消息を絶ったことを忘れるわけにはいかなかったのであった。

〈雲の南〉に入って、幾日かは何事もなく過ぎた。

そこで私は、この土地を治める王を訪れることにした。


王の宮殿は、恐ろしいほどにすんだ水をたたえた湖の辺《ほとり》にあった。土地に産する黄金をふんだんに用いて建てられた王の住まいは、日の光を受けて燦然《さんぜん》と輝き、それが湖の水面に映ってまるで双子の宮殿のように見えた。

王宮では、大ハーンの使者を迎えて、早速盛大な宴が催されることになった。

広間には王の一族をはじめとする土地の有力者、貴人たちが集まり、彼らはまず大ハーンの代理である私に対して丁寧に頭を下げ、あらためて恭順の意をあらわした。

続いて広間には、土地に産するさまざまな珍味佳肴《ちんみかこう》が運び込まれた。そして、不思議な音楽が奏でられる中、薄絹をまとったあでやかな美女たちが次々に現れては、大皿に盛られた御馳走や酒を勧めてゆく。私は必ず同じ皿の物を誰かが食べるのを確認した後で箸をつけ、またいちおう口をつけた分も、念のため、周りの者には気づかれぬよう口を拭うふりをしながら、あらかじめ袂《たもと》に忍ばせておいた袋の中に全部吐き出した。

私は自分でも知らぬまに何か間違いを犯し、そのために毒を盛られて殺されることを心配したのである。

だが、恐れていたようなことは何もなく、宴もたけなわとなった頃、王自らが私の前に進み出た。

「さて、使者殿よ」王は言った。「そなたが本当に大ハーン殿の使者にふさわしき賢き人物であるか否か、どうかわたくしどもに示していただきたい」

王がそう言って合図をすると、どこからともなくきちんとした身だしなみの、非常に小柄な、そして見分けがつかないほど同じ顔をした二人の女の子が、しずしずと音もなく現れた。二人はそれぞれ、手に小型の木の台を捧《ささ》げ持っている。台にはいずれも、薄い布がかけてあった。

「それぞれの台には、紅白いずれかの饅頭《まんじゆう》が一つのっております」王が言った。「白い饅頭の中には舌をとろかす甘い餡《あん》が、赤い饅頭には命を奪う恐ろしい毒が入っております。賢き使者殿におかれましては、どうか布をかけたまま、どちらの台に白い饅頭がのっているのか、お選びくだされ」

気がつくと、いつの間にか宴席に参加していた者たちが全員私を取り囲み、無言で視線を注いでいる。私は眉をひそめ、差し出された二つの木の台に目を落とした。そして、妙なことに気づいた。

台にかけられている布は非常に薄く、目を凝《こ》らせば下の色が透けて見える。ところが、そうして透けて見える饅頭の色は二つとも赤なのだ。

つまり王は、台の上には両方とも毒入りの赤饅頭を置いておきながら、そのうえであえて白い饅頭を選べと言っているのだ。

（さては過去の使者たちが行方知れずになったのは、この謎かけのためであったか……）

ようやく事情を察し得た私は、少し考えてから、落ち着いた声で王にこう申し出た。

「先ほどから勧められるまま、さんざん飲み食いをしておりますゆえ、このままでは腹がもたれて、せっかくの饅頭を美味しく食べられそうにはありません。どうか、先に厠《かわや》に行くことをお許しください」

王をはじめ宴席に集まった者たちは、予期せぬ申し出に驚いた様子であった。彼らは額を寄せ、しばらく何事か小声で相談していたが、

「付き添いの者が同行いたしますが、よろしいですな」

と条件付きで、私に厠に行くことを許可してくれた。

私は二名の屈強な護衛に付き添われ厠に入ると、彼らを扉の前に待たせておいて、厠の小さな窓からこっそりと抜け出した。そして、あらかじめそこにつないでおいた馬に飛び乗ると、国境を目指して一目散に駆けさせた……。

かくて大ハーンのもとに無事に帰参した私は、使者として初めて〈雲の南〉で何が行われているのかを報告することができた。大ハーンはたいへんお喜びになり、私に莫大な報酬をお与えくださったのである。

神に感謝。アーメン、アーメン。

＊

マルコが口を閉ざすと、若者たちはしばらく呆気に取られた様子であった。やがて、ヴォロッキオがなんとも解せないといった顔で口を開いた。

「あなたが答えられなかった謎の話というのは……それで終わりですか？」

「そう、私の話はこれで終わりだ」マルコが答えた。

「なんだ、馬鹿馬鹿しい！」レオナルドが床に身を投げ出すようにごろりと寝転がって言った。「マルコさんが答えられなかった謎というんで期待して聞いていたら、なんのことはない、答えのない話じゃないか」

「答えがない？」マルコが訝《いぶか》しげに眉をひそめて呟《つぶや》いた。

「だってそうだろう」レオナルドが言った。「〝二つの毒入り饅頭の中から、毒の入っていない饅頭を選ぶ方法〟なんて、そもそもあるわけないんだからな」

「おやおや、そんなことはあるまい」マルコは驚いたように目を丸くして言った。「さてはお前さん、私の話をちゃんと聞いていなかったのだな。あの時私は……」

「待った、待った！」コジモが慌ててマルコを遮《さえぎ》った。彼は仲間の顔を見回して言った。「どうやら、正しい饅頭を選ぶ方法があるみたいだぜ」

振り返ると、マルコは当然といった様子で肩をすくめている。

「さてと。マルコさんが答えられなかった謎とやらを、今日は俺たちで解くとするか」

コジモの提案に、若者たちは俄然《がぜん》はりきる様子であった。

「匂い、じゃないかな？」とまずはジーノが、丸い鼻をひくつかせながら口を開いた。「その土地の毒には何か独特の匂いがあったんじゃないのかな？　そうだとしたら、布をかけたままでも、鼻を近づけさえすれば、二つの饅頭のうちどっちに毒が入っていたのか分かったはずだよね」

「だが、もし匂いで分かるのなら、私は宴席であれほど慎重に振る舞う必要はなかったはずだ」マルコは首を振って言った。「〈雲の南〉で用いられていた毒には色も匂いもなかった。それどころか——これは聞いた話だが——味さえないということだった。……それに、言っておくが、王が私に嘘を言ったわけでもない。赤い饅頭の中にはたしかに恐ろしい毒が入っていたのだし、一方で、私に差し出された二つの台の上には、薄い布を透かして、いずれも赤い色がはっきりと映っていたのだ」

「なるほど、なるほど」と今度はヴォロッキオが、したり顔で頷《うなず》いて言った。「それじゃ、きっと、饅頭は本当は〝二つとも赤〟というわけではなかったのですね」

「この野郎、いままでいったい何を聞いていたんだ？」レオナルドが呆れたように言った。「たったいま、マルコさんが〝台の上は二つとも赤だった〟と言ったばかりじゃねえか？」

「聞いていなかったのはあなたの方ですよ、レオナルド。……もっとも、あなたにマルコさんの言葉を理解するだけの頭があれば、の話ですがね」

「なんだと、このインチキ坊主！　言わせておけば……」と袖をまくりあげ、太い腕を振りあげたレオナルドに向かって、コジモがぴしゃりと言った。

「後にしろ、レオナルド。まずは、こいつの話を聞いてからだ。……さあ、ヴォロッキオ、さっさと話せ」

「つまりですね」ヴォロッキオは肩をすくめ、両手を広げて言った。「おそらくマルコさんが目にしたのは偽の色だったのです。本当は布が薄くて下の色が透けていたのではなく、そう見えるよう細工がしてあったのですよ。例えば、布の裏に赤い色を塗ってあったとか……。ねえマルコさん、そうでしょ？」

ヴォロッキオは自信満々の様子で振り返ったが、マルコはあっさりと首を振った。

「どうやら違うみたいだぜ」コジモが軽く鼻先で笑って言った。「第一、それじゃ、どうやって正しい饅頭を選べばいいのか、相変わらず分からないままじゃねえか」

「正しい饅頭を選ぶ？　やっ、そう言えば……」ヴォロッキオは両手で頭を押さえた。

「どうせそんなことだろうと思ったぜ」レオナルドが勝ち誇ったように顎をしゃくり、それからぐいと身を乗り出して言った。「こんなのはどうだい？　マルコさんはどっちの饅頭を選んだとしても、それを王に先に毒味をするよう言えば良かったんじゃないか？　もし王が毒味を嫌がれば〝客人になんてものを食わせるんだ〟と言えばいいのだし、逆に王がその毒入り饅頭を食ったのなら、その時はその時で、すぐに犬の糞を食わせれば……」

レオナルドの発言は、仲間たちが口々にあげる非難の声に遮られた。

「うえっ、やめてくれ！」

「汚いな」

「勘弁してくれよ」

ようやく騒ぎが収まったところで、マルコがうんざりしたように口を開いた。

「なるほど〈雲の南〉の住民は皆、つねに恐ろしい毒を携帯していた。しかし、彼らは何もわけもなく毒をあおり、また他人に毒を盛るわけではない。彼らが毒を用いるのは、誰かが間違いを犯し、そのことで魂が汚れると気づいた時だけなのだ。……いいや、あの時私は王に自分が選んだ饅頭の毒味を強いることはできなかったし、そんな必要はなかった。何しろ、あの時王が私に試みた謎かけは、ある意味でまったく正当な行為だったのだから」

「正当な行為だって？」コジモが聞きとがめた。「客に無理やり毒入り饅頭を食わせることが、なんだって正当な行為なんてことになるんだ？」

「おや、誰が毒入り饅頭を食うんだね？」

「誰って……。マルコさん、あなたはその時、毒が入った赤い饅頭を二つ差し出されて、その中から餡の入った白い饅頭を選ぶよう迫られたのではないのですか？」ヴォロッキオが尋ねた。

「その通りだ」マルコが答えた。「だが私はあの時、選んだ方を食べろとは言われていないのだよ」

「なんですって！」若者たちが同時に声をあげ、互いに顔を見合わせた。

「二つの毒入り饅頭のうち」

「必ず一つを選ばなくてはならない」

「しかし、それを食べろとは言われていない」

「なるほど、そう言えば……」

若者たちがそれぞれ思いを巡らせ、ぶつぶつと独り言を呟く中、突然ジーノが頓狂な声をあげた。

「分かった、分かった！　そういうことだったのか！」ジーノは小柄な体で辺りを跳びはねながら、早口に言葉を続けた。「そうか、この謎かけは、はじめから両方の台に毒入りの赤饅頭がのっていることがミソだったんだ。どっちかが赤でももう一方が白なら当たる確率は半分だけだけど、二つとも赤なら絶対外れない選び方をすることができる。だから、上にかけてある布は下の饅頭の色が透けて見えるよう、わざと薄いものを使っていたんだ！」

「おい、ジーノ。ジーノったら！」コジモが声をかけた。「いいから落ち着け。両方とも毒入り饅頭じゃなくちゃならなかった？　絶対外れない選び方だと？　いったいどういう意味だ？　俺たちにも分かるよう説明してくれ」

ジーノは跳びはねていた足を止め、仲間の顔をぐるりと見回した。

「だから〈雲の南〉の王様に選択を迫られた時、マルコさんはどっちでもいいから一方を選べば良かったんだよ。だって、どっちだって同じ毒入り赤饅頭だったんだからね。問題は〝そこから後〟だったんだ」彼は茶色の眼をきらきらと輝かせて続けた。「つまり、いい？

もしマルコさんが選んだ方の饅頭に布をかぶせたまま、誰にも見られないようどこかに——例えば袖の中にでも隠しておいて、それから選ばなかった方の台から布を取ってもらうよう王様に言ったとしたらどうだろう？」

「そうか！」コジモがはたと膝を打った。「すると当然、布の下からは毒入りの赤い饅頭が現れる。二つのうち、選ばなかった方が毒入りの赤饅頭なら……」

「マルコさんが選んだのは……」ヴォロッキオが続けた。

「甘い餡入りの白饅頭ってことになる！」レオナルドが結論した。

若者たちの顔がいっせいにマルコに向けられた。

「その通り」マルコが頷いて言った。

「やっほー！」

「どんなもんだい！」

「ざまあみやがれ！」

若者たちは大声で叫びながら両手を振り回し、その場で跳びはね、あるいは辺りを走り回ったので、狭い牢の中はたちまちひどい騒ぎとなった。彼らはそうしてひとしきり喜びを爆発させた後、再びマルコの周りに集まり——いつも出し抜かれている腹いせであろう——精一杯皮肉をきかせた口調で口々に声をかけた。

「それにしても残念ですね、マルコさん」

「後悔先にたたず。今頃答えが分かるなんて、なんとも皮肉な話じゃないですか」

「あんたが便所の窓から逃げ出すところを見たかったなあ」

「その時、いまのぼくたちみたいに答えれば良かったのにね」

「後悔するもなにも」とマルコは肩をすくめて言った。「あの時もし、私がいまのお前さんたちのように答えたとしたら、私は今頃ここにはいないさ。何しろ、その場で殺されていたのだからね」

「殺されていた？」若者たちは再び顔を見合わせた。

「謎を解いたのに？」

「どういうことです？」

「おや。それじゃ、まさかお前さんたちは本気で……？」マルコは呆れたように若者たちの顔を見回した。そして、やれやれとため息をついて言った。「私は最初に言ったはずだがね。〃大ハーンが以前に派遣した使者たちは、この私に優るとも劣らぬ賢い者たちだった〃と。その連中が、この程度の謎かけを解けなかったはずはない。彼らはむしろ、謎を解いたからこそ殺されたのだ。私は〈雲の南〉でその事情を察した。私が答えられなかった謎と言ったのは、何も答えが分からなかったからではなく、答えれば殺される謎だったからなのだ」

「どうも、まだよく分かりませんね」ヴォロッキオが不満げな顔で尋ねた。「さっきのあなたのお話から、なぜ〃謎を解けば殺される〃なんて妙なことになるんです？」

「お前さんの専門じゃないか」マルコが言った。「魂の問題だよ」

「魂？」

「これも私はちゃんと話したはずだがね。私が読んだ報告書の中に〝この土地の人々は生きて恥や苦痛によって魂が汚れるよりは、むしろ毒を飲み下し、立派な魂のまま、できるだけ早く我が命を絶った方が良いと考えている〟という記述があったことを。

大ハーンの命《めい》を受けたものの、なぜ過去に派遣された使者たちがそろいもそろって〈雲の南〉で行方知れずになったのか――おそらく殺されたのだろう――そのことが私には最初、不思議でならなかった。何しろ彼らは皆、この私と同じくらい賢い者たちだったのだ。〈雲の南〉は非常に豊かな土地のようだから、所持している金品を目当てに襲われたとは考えづらい。そこで私はこう考えてみたのだ。つまり〝彼らは賢いがゆえに殺されたのではないか〟と。

私が〈雲の南〉の宮殿を訪れたところ、案の定、私の知恵のほどを試す謎かけが行われた。以前の使者たちにも同じ謎がかけられたに違いない。私はもちろんすぐに答えが分かった。とすれば、おそらく過去の使者たちにも答えは分かったに違いない。彼らは謎を解き、そしてそれゆえに殺されたのだ。賢い人物の魂をその地に留めるためにね」

若者たちの間から、あっと声があがった。

「これも私が言ったはずだよ」マルコは顔の脇に人さし指を立てて言った。「〝人々が祖先を敬う気持ちは非常に篤く、魂は死んだ後もその土地に留まり、生きている者を見守ってくれていると深く信じている〟と。……どうやら〈雲の南〉の住民たちの間では、古くから奇妙な悪習が行われていたらしい。というのも、容姿の立派な人物や優れて賢い人物がたまたまこの地に宿を求めたような場合、住民たちは毒を用いたり、あるいは他の方法によって客人を殺害してきたのだ。何も客人の所持金がほしくて、このような行為に及ぶのではない。彼らはそうすることで、客人の端整な容姿や賢い資質が魂と一緒にその土地に残るものだと信じてこの殺害を行っていたのだ。

私からの報告を聞いた大ハーンは、早速〈雲の南〉の住民たちに対して、このような迷信に基づく悪習をやめるよう厳重な禁令を出した。彼らは最初、自分たちの長年の習慣を捨てることをなかなか肯《がえ》んじなかった。だが大ハーンが、あえて謎に答えずに逃げ出した私の例をひき、〝真に賢い者の霊は留まらない〟と告げて、彼らは初めて納得ずくで客人殺しの悪習を捨て去ったのだ」

マルコの説明に、若者たちはしばらく声もなかった。

「それじゃ、今度は私が謎をかけようか」マルコが唐突に言った。「牢から出るために一番必要なことはなんだ？」

若者たちは、相変わらず無言で顔を見合わせるだけで誰も答えない。

マルコはにやりと笑い、自分で答えた。

「牢に入ることだよ」

輝く月の王女

「ルスティケロ、起きてくれ！」

居眠りをしていたわたしは、乱暴に肩をゆさぶられて目を覚ました。

「なんだ、もう食事の時間かい？　たしかさっき食べたばかりだと思ったが……」

眠い目をこすっていると、〈船乗り〉レオナルドがじれったそうに声をあげた。

「何を寝ぼけてやがる。一日二回きりのメシの時間が、そうやすやすと来てたまるものか」

呆れたように眉をしかめた赤ら顔の若者は、しかしすぐに思い直した様子で、わたしの鼻先にぐいと腕を突き出した。彼の太い指先に何か白いものが握られている。

「読んでくれ！」

そう言ったレオナルドの顔には、気がつけば、めったにないほどの喜色が浮かび、目がきらきらと輝いている。わたしはようやく目が覚めた。すると、待ちに待った家族からの手紙が、ついに彼にも届いたのだ。

さあ、と若者が顎《あご》をしゃくった方に目をやれば、すでに他の者たちが車座に集まっている。わたしはやれやれと苦笑し、身を起こして、彼らの一角に腰を下ろした。

「〝愛するレオナルド。お前が無事だと分かって、家族はみんなとても喜んでいます……〟」

わたしはレオナルドから受け取った手紙を、声に出して読みはじめた……。

ピサの物語作者であったわたし――ルスティケロが、ジェノヴァの牢に囚《とら》われの身となってすでに五年。わたしは牢の中で幾人かの若者たちと知り合いになった。〈船乗り〉レオナルド、〈僧侶〉ヴォロッキオ、〈仕立て屋〉ジーノ、〈貴族〉コジモ……。彼らは皆、次男三男坊、あるいは見習いといった社会的に中途半端な身分の――つまりは、当面牢から出ていくあてのない者たちばかりである。

人間とは恐ろしいもので、牢の中の一日二度のまずい食事や、薄暗い光、じめじめとした空気といったものは、じきに慣れてしまう。だが、何もすることのない無為の時間は耐えがたかった。退屈に気が変になりかけていた頃、あの男が現れた。汚いぼろをまとった、小柄なヴェネチアの商人。彼は自ら〈百万のマルコ〉と名乗った。

マルコは、自分が見てきたという東方の国々の、実に奇妙な物語をわたしたちに聞かせてくれた。そして、ある時彼の語るホラ話が――まったく奇妙な話ではあるが――一人の看守の若者の窮地を救うことになったのだ。

以来、その看守の若者は、わたしたちに何かと便宜をはかってくれている。

故郷の家族への手紙の取り次ぎも、その一つであった。

最近、牢から出した手紙に、ぼちぼちと返事が戻ってくるようになった。届いた手紙はすべて、わたしが声に出して読むことになっている。これは、一つには彼らの中でわたしが最年長であり、また若者たちの中には読み書きのできない者がいたからだ。さらに言えば、牢の中では、外からの知らせはたとえどんなものでも、個人で独占すべきではない、貴重なものであった。

ジーノやヴォロッキオ、それにコジモは、すでに故郷からの手紙を受け取り、まだ手紙が届かないレオナルドは、強がってみせてはいたが、そのことをひどく気に病んでいた。その彼に手紙がやっと届いたのだ。わたしのすぐ側《そば》に腰を下ろしたレオナルドが、得意げに胸を張り、一座の主《あるじ》然と周囲を睥睨《へいげい》していたのも、まず無理からぬことであった。

「父さんも、母さんも元気だ」と手紙は続いていた。「婆さんなどは、まだ百年は長生きしそうな元気なので、少し困っている。稼業は弟が立派にやっているから、心配いらない。ここだけの話、お前よりよほど筋《すじ》が良いようだ」

レオナルドが、ふんと鼻を鳴らした。

「ところで、もう一つ、お前に知らせておかなければならないことがある。実はお前の許婚《いいなずけ》だった従姉妹《いとこ》のマリアのことだが……」

と、わたしは手紙の先に目を走らせ、続きを声に出して読むのをためらった。

「なんだ、マリアがどうかしたのか？」レオナルドが手紙を覗き込み、ひどく心配そうな顔でわたしに尋ねた。「彼女は病気なのか？　怪我《けが》か？　それとも、まさか……？」

わたしはレオナルドを振り返り、首を振った。

「いや、病気でも怪我でもない。彼女は元気だ」

「だったらなぜ、あんたは手紙を読むのを途中でやめたんだ？」

「おお、レオナルド！」わたしは若者を振り仰ぎ、たくましい肩を軽く叩いて言った。「彼女は他の男に嫁《とつ》いだそうだ。三カ月前の話だ。お腹《なか》には、もう子供がいるらしい」

「マリアが他の男に嫁いだ？　お腹に子供……？」レオナルドは一瞬ぽかんとした顔になり、ふらふらと立ちあがった。それから彼は、頑丈な石の壁を両方の手で勢いよく叩きはじめた。

「ちくしょう、マリアの奴！　〝何年たっても、あんただけを待っているわ〟と言ったくせに！　その舌の根も乾かないうちに、もう別の男とくっついたというのか？　なんて女だ……ちくしょう……」

　待ちに待った手紙がレオナルドにもたらしたこの皮肉な結果に、人の好《よ》いジーノはもとより、いつもは悪口を言い合う仲のヴォロッキオや、皮肉屋のコジモさえ、互いに顔を見合わせるばかりで、誰一人、傷心の仲間にかけてやる〝なぐさめの言葉〟を持たなかった。

　レオナルドは壁の前に座り込み、頭を抱えてしまった。わたしはレオナルドに近づき、無駄と知りながら声をかけた。

「彼女はきっと、君が死んだと思ったんだ。仕方がない、諦めるさ。外に出れば他にいくらでも女はいる」

「ちくしょう……」レオナルドはやはり、わたしの言葉など少しも耳に入らない様子で頭を抱え、低く呻《うめ》くように言った。「せめて、あの女の鼻づらをひっつかんで、思う様に引き回してやることができたなら……そうしたら、少しは気も紛《まぎ》れるだろうに……」

「恐れながら、私めがその役を引き受けましょう」

　振り返ると、マルコがその場にすっくと立ち、まっすぐにレオナルドを見ていた。

「あんた……なんのつもりだ?」レオナルドが唖然とした顔で言った。「なんの冗談だ? ふざけているんだったら、殴るぞ!」

「冗談ではありません」マルコは普段とは異なる、妙にもったいぶった口調で言った。「その願い、私めが見事に叶《かな》えてみせましょう」

マルコはそうして、不思議に満ちたあの物語を次のように語りはじめたのである……。

*

私――すなわちマルコ・ポーロは、かつて十七年の長きにわたって、タタール人の偉大な王、大ハーン・フビライに仕えていた。その間、私は大ハーンの使者として、彼が治める広大な王国各地、また近隣諸国へと足を運んだ。私はそこで、思いもかけぬ、実にさまざまな人物に会い、またヨーロッパではとうてい考えられないような奇異な出来事を経験した。だが、その私にして、これから話す大トゥルキー国の王女アイジャルック姫を巡る一件ほど珍しく、また興味深いものは、他にちょっと思いつくことができないのである。

大トゥルキー国は、大ハーンの広大な版図《はんと》の南西に境界を接する小さな王国である。その国を治めるカイドゥ王には、アイジャルック――タタール語で「輝く月」――と呼ばれる一人娘がいた。

〈輝く月の王女〉の噂は、彼女が長じるにつれ、広く海内《かいだい》に響き渡るようになった。

——容貌《かおかたち》が月のごとく美しい。

というだけではない。そのうえ、

——たいへん武勇に優れている。

というのである。

タタール人の間では、女性が馬を乗り回し、あるいは巧みに弓矢を用いることはそれほど珍しいことではない。だが、〈輝く月の王女〉が示す武勇とはそんなものではなかった。

噂によれば、アイジャルック姫は年頃になったある時、父カイドゥ王があまりにうるさく婿《むこ》取りを勧めるので、ある条件を出したという。

「一対一で腕比べをして、わたしを負かす者が現れたら、その男を夫に迎えます。但し、婿候補がわたしに負けた場合は、その者から馬百頭を取りあげ、わたしにお与えください」と。

王はひどく驚いたものの、わがまま放題に育ててきた一人娘が、一度こうと言い出したらけっして後へは引かないことは、すでに嫌というほど分かっていた。王は仕方なく、娘が望むままの夫を選んで結婚しても良いという承諾を与えた。一方で、こうなれば一刻も早く娘に婿を迎えて安心したいと願った王は、早速、国中に次のような布告を出した。

「もし王女に挑戦したいと思う若者があり、かつ首尾よく彼女に打ち勝つことができたなら、その者をこの国の次の王に決めるであろう」

そしてまた、

「但し、王女に敗れた場合は馬百頭を差し出すこと」と。

この布告が知れ渡ると、我こそは王女との勝負に勝って彼女を娶《めと》り、この国の王になろうという、数多くの若者たちが各地から集まってきた。

腕比べは、この国の伝統的なしきたりに従い、次のように行われた。

まず王カイドゥが、男女多数の臣下を伴って天幕の正面に座を占める。次いで王女が豪奢な装飾を施した革の武具をつけて現れる。そして、これも同じく身体にぴったりとした革の武具をつけた挑戦者の若者が入場する。王が立ちあがり、おごそかに試合を宣言する。

「勝負はどちらかが相手を投げ倒し、あるいは一方の背中が地面についた時点で決する。もし王女が負けた場合は相手を婿として迎え、逆の場合は百頭の馬は王女の所有に帰するものとする」と。

こうして、王女はすでに一万頭以上の馬を手に入れていた。つまり、百人以上の男たちが王女に挑み、あっけなく敗れ去っていたのだ。

三度まばたきをする間、王女の前に立っていられた挑戦者はいないという。

王女は月のごとく美しい顔をしているだけではなく、すらりと高い背丈は生半《なまなか》な男には引けを取らぬほどであり、またこのうえなく美しく整った肢体には見事な筋力を備えていたのである。

もはや国内には、王女と腕比べをしようという若者は存在しなかった。カイドゥ王は思わぬ誤算に歯がみしたものの、一度約束してしまったものは仕方がない。ならば、と王はもっと広く婿候補を募るべく、使者に命じて、先の布告をあらゆる国にふれ回らせることにした。

噂はやがて大ハーンの都にまで届き、大ハーンの孫であるアナンダ王子の耳にも入った。王子は高名な〈輝く月の王女〉をなんとしても我がものにしたいと考え、周囲の反対を押し切って、婿候補に名乗りをあげた。

こうして、アナンダ王子が鼻息も荒く出発の準備を整えている間、大ハーンはひそかに私を宮殿に呼び寄せ、王子のお供をお命じになった。

「あれに怪我をさせないよう、無事に連れて帰るのだぞ」

アナンダ王子は、大ハーンがことのほか可愛がっている孫の一人であったのだ。大ハーンは、口元に微苦笑を浮かべ、私だけに聞こえる小さな声で、こっそりとこう言った。

「どのみち、アナンダごときの手に負える姫ではあるまい……」

アナンダ王子が到着すると、大トゥルキー国の王カイドゥは雀躍《じゃくやく》して自ら出迎えに現れた。

無理もあるまい。全タタールの偉大なる王・大ハーンの孫にして、若く美貌の王子が、大勢の美々しい供奉《ぐぶ》を従え、名馬千頭を携えて、王女に挑戦すべくやってきたのだ。

早速開かれた歓迎の宴の席で、王はなんとしてもアナンダ王子に勝ってほしい旨を述べた。

「あなた様のようなお方を夫に迎えることができるとなれば、娘もまさか嫌とは言いますまい」

と顔を輝かせて言った王は、声を潜め、こっそりと耳打ちをするように続けた。

「もちろん、娘にはよく言い聞かせております。これが夫を得るのに、願ってもない、そして最後の機会なのだと。そのことは、あれもよく分かっているはずです。ええ、あなた様はきっとお勝ちになりますとも……」

試合当日、アナンダ王子のお供を務める私たちは、カイドゥ王と王妃の近く、大天幕の中央付近に席を占め、試合を見守ることになった。

やがて革の武具をつけた王女、そしてアナンダ王子が姿を現した。天幕の前に並んだ二人を見て、試合を見に集まった大勢の観客からは、思わずほうと感嘆のため息が漏れた。

アイジャルック姫のきりりと眉太く、眼光鋭い眼差しは、王女にしておくのは惜しいほどである。王女は夜のごとく黒く、見事なまでに豊かな髪を、今日は頭の後ろできつくまとめあげ、試合の興奮に上気した彼女の頬は、まさに輝く月のようであった。

一方のアナンダ王子も、いかにも育ちの良い上品な顔つきながら、がっしりとした顎の辺りに大ハーンの一族らしい、豪胆な性格を窺《うかが》わせている。

両人ともに顔立ちは美しく、均整の取れた体つきは、見ているだけでほれぼれとするほどである。二人は、まったく似合いの一組に思われた。

王が立ちあがり、試合の条件を宣言した。

「王子が勝てば、王女を妻にすることができる。もし負ければ、王子が持参した千頭の名馬はことごとく王女のものとなる」

宣言が終わると、すぐに試合が開始された。

二人はがっしりと腕を組み合い、頭頂を重ね、相手の呼吸をはかりながら、じりじりと地面に円を描いてゆく。

最初に仕掛けたのはアナンダ王子の方であった。王子は鍛えあげた腕と足を使って、次々と、息を継ぐ間もなく技を繰り出した。アイジャルック姫もまた見事な体さばきながら、しかしこちらはかろうじて王子の技を凌《しの》いでいるように見える。形勢は挑戦者に有利であった。前代未聞のこの成り行きに、観客たちはわっと歓声をあげた。若き王子は嵩《かさ》にかかって攻め立て、姫はやがて大天幕の前にまで追い詰められた。アナンダ王子は、ここぞとばかりに王女の腕をとらえ、勝負を決めるべく足を飛ばした……。

次の瞬間、大勢の観客の目の前で王子の体がふわりと宙に舞いあがった。王子の体は、そのまま空中でくるりと回転し、背中からすとんと地面に落ちた。

王子は青い空を見あげたまま、自分の身にいったい何が起こったのか理解できない様子である。

「王女の……勝ち、だ」

天幕の中で、王は落胆のあまり、がっくりと肩を落とし、呻くように勝敗を宣言した。

静まり返った観客たちが、再びどっと歓声をあげた。

振り返り、にこりと笑って観客に手を振る王女の顔には、汗一つ浮かんでいなかった……。

アナンダ王子は、呆然とした顔つきで自らの天幕に戻ってくると、帰国を促す供回りの声を無視して、大声で喚《わめ》きたてた。

「このままでは帰れぬぞ。帰れるものか！　千頭の名馬を失い、未来の妻も、それどころか己の名誉も一瞬で失ってしまったというのに、いったいどのつらを下げて帰れるというのだ！」

王子はそう言って、頭を抱えてしまった。「ああ、どうすれば良い。予《よ》はどうすれば良いのだ？　誰でも良い。もし何者かが、あの傲慢な王女の鼻づらをひっつかんで、思う様に引き回すことができるというのなら……」

「恐れながら、私めがその役を引き受けましょう」

王子は顔をあげ、発言したのが私であることに気づくと、呆れた様子で言った。

「お前が？　予の優れた力と技をもってしても、あの王女には汗一つかかせることができなかったのだぞ。小柄で、非力なお前に、何ができる。下らぬ冗談はよせ」

「冗談ではありません」私は言った。「その願い、私めが見事叶えてみせましょう。もしそれで、王子がこのままお帰りくださるというのであれば」

翌日、私は王の宮殿に赴き、首尾よく任務を果たした。

かくて私は大ハーンに命じられた通り、無事に王子を連れ帰ることができた。大ハーンはいたくお喜びになり、一方で王子の気分を損ねないようにと、ご自分の宝蔵から目も眩《くら》むような財宝を取り出し、こっそりと私にお与えくださったのである。

神に感謝。アーメン、アーメン。

*

若者たちは気まずそうにお互いの顔を窺うだけで、しばらくは誰も口をきこうとはしなかった。

〈僧侶〉ヴォロッキオがマルコの耳元に顔を寄せ、囁くように言った。

「ちょっと、マルコさん。あなた、何を考えているんです！　いまはそんなホラ話をしている場合じゃないでしょう。少しはレオナルドの気持ちも考えてやってくださいよ」

「おや？　私はただ、自分が経験したことを、ありのままに話しただけだがね」マルコは平然としている。

「ありのままって……」とヴォロッキオは、暗い顔でうつむくレオナルドをちらりと振り返り、苦い顔で首を振った。「今回ばかりは、あんまり馬鹿げていますよ。小柄で、非力なあなたが、力自慢、技自慢の王女の鼻づらをつかんで思うままに引きずり回しただなんて……」

「……面白そうじゃねえか」レオナルドが下を向いたまま、ぼそりと言った。「マルコさんが、どうやってその怪力女に勝つことができたのか？　みんなでその理由を考えるとしようぜ」

「本人がそう言うのなら、ここは一つ、そういうことにするか」と〈貴族〉コジモが、とりあえず目の前の問題から離れられることに、ほっとした様子で言った。

「でも、今回の謎はどうってことないんじゃないかな?」〈仕立て屋〉ジーノが茶色の眼をくるりと回して言った。

「そんな馬鹿な!」ヴォロッキオが、信じられないといった顔でジーノを振り返った。

「どういうことだジーノ、言ってみなよ」コジモが促した。

「だって、ほら、マルコさんはその王女様と結婚するわけじゃないでしょ」ジーノは頬を上気させて言った。「だったら王女様も本当の勝負をする必要はないわけだよね。本当の勝負じゃなければ、王女様だってわざと負けてくれたかも……」

「うん、そうだ!」ヴォロッキオが身を乗り出し、ジーノの言葉を途中で奪って先を続けた。「マルコさんは、大ハーンから可愛い孫を無事に連れ帰るよう、直々に頼まれていた。とすれば、そのためにはどれほど財宝を費やしても文句は言われなかったはずだ。おそらくマルコさんはひそかに携えてきた財宝を使って、王女にわざと負けてみせるよう頼んだ。……なるほど、そういうことだったのか!」

「アイジャルック姫は、それがたとえどんな勝負であろうとも、わざと負けることはけっしてなかった」マルコは首を振って言った。「私は言ったはずだよ、歓迎の宴の席でカイドゥ王がアナンダ王子にこっそりと耳打ちをした言葉を。カイドゥ王は、王子が勝つことを強く望んでいた。実際、王は試合の直前にも王女を呼びつけ〝今回の勝負だけはわ、ざ、と、負けるように〟と再三再四、口をすっぱくして言い聞かせていたのだ。また王女としても、別にアナンダ王子を夫に迎えること自体を嫌がっていたわけではなかった。ただ、彼女にはわざと勝負に負けることがどうしてもできなかったのだ。どうやら王女には、それが神と、さらには賭けられた馬たちに対する、許すべからざる不正に思えたらしい。タタール人の馬好きときたら、まったく異常なほどだからね」

「買収が駄目なら、脅迫はどうだ?」今度はコジモが、マルコに向き直って尋ねた。「あんたは宮殿に赴き、今度は大ハーンの代理人として、あらためてカイドゥ王に面会した。その席であんたは〝可愛い孫を辱《はずかし》められた大ハーンは、ひどくお怒りだ。このままでは、旗下の大軍を率いてこの国に押し寄せ、手当たり次第皆殺しにするかもしれない。国を滅ぼされたくなければ、王女にわざと負けさせるんだ〟と言って、相手を脅迫したんじゃないのか?」

「大ハーンは何より公正を望む人物だった」マルコは言った。「もし私が彼の強大な武力をかさにきて他国の王を脅《おど》すようなことをしたなら、大ハーンはたちまち私を八つ裂きにして、死体を残らず犬に食わせただろう。……とんでもない、私は脅迫などしてはいないよ」

マルコが本当に恐ろしげに身を震わせたので、若者たちは目を見交わして、くすりと笑った。

「それじゃ、こういうのはどうです?」ヴォロッキオがまた口を開いた。「さっきの話の中で、あなたは〝アナンダ王子とアイジャルック姫の勝負には名馬千頭が賭けられた〟と、たしかそんなことを言っていた。もしかすると、あなたは王女にこう申し出たのではないですか？　つまり〝布告では、勝負に賭けられるのは馬百頭のはずだ。ところがあなたは、今回の勝負で千頭の馬を得た。残る馬九百頭分、後九回、私と勝負をしてくれ〟と。腕比べといっても、要するに相手の背中を地面につければ良いのでしょ？　いくらマルコさんが小柄で、非力でも、九回も勝負すれば、そのうち一回くらいはなんとかして勝つことができた……と、実はその辺りが真相じゃないですかねえ？」

「ずいぶんとせせこましいことを考えたものだな！」コジモが呆れたように声をあげた。

「なんともヴォロッキオらしい思いつきだが……で、どうなんだい？」

「すでに渡した賭け金で〝あと九回勝負させろ〟とは」マルコはにやにやと笑いながら首を振った。「いやはや、私には思いつきもしなかったよ」

「じゃあ、一回かもしれない！」ヴォロッキオはなおも食い下がった。「マルコさんは、タタール人には知られていない神秘の技を知っていた。だから、一回の勝負で勝つことができたんだ」

「この私が、神秘の技を、ねえ」マルコは眉をひそめ、首をかしげている。

「すると……全部間違いだというのですか？」ヴォロッキオが上目づかいに、疑わしげに尋ねた。

「そう。どうやら、全部間違いのようだ」マルコはとぼけた顔で言った。「それに、そもそも小柄で非力なこの私が、あの見事なまでにたくましい王女と腕比べをしたなら、一回はおろか、九回が、たとえ一万回でも、およそ勝つ見込みはなかっただろうよ」

「なんですって！」若者たちはいっせいに声をあげた。

「だって、マルコさん、あなたはさっき王女と腕比べをして勝ったと言ったじゃないですか？」

「おや、誰がそんなことを言ったのだね？　私はただ〝王女の鼻づらをひっつかんで、思う様に引き回してやりたい〟というアナンダ王子の願いを叶えてやっただけだよ」

「鼻づらをつかんで、引き回す……？」

「同じことじゃないか！」

「違うとも」マルコは呆れたように言った。「私は、文字通り、王女の鼻づらをつかんで、私の命じる通りにさせたのだ」

若者たちは、マルコが今度は何を言い出したのかと、それぞれ首をかしげるばかりであった。

「いいかい」マルコが言った。「私はアナンダ王子が願った言葉の通り、王女の鼻づらをつかんで、命じる通りにさせた。そのために必要なのは筋肉を鍛えたり、ましてや神秘の技を習得することではなく、ちょっとした変装と、よく研《と》いだ剃刀《かみそり》が一丁だけだったのだ」

「よく研いだ剃刀？」ジーノが目を丸くした。

「すると、あなたは……」ヴォロッキオが恐る恐る尋ねた。「変装して宮殿に忍び込み、剃刀を王女に突きつけて、命令に従うよう彼女を脅したのですか？」

「私が王女を脅す？　まさか！」マルコは呆れたように言った。「私が剃刀を持っていったのは、それがひげを剃るために必要だったからだ」

「ひげ？　ひげですって！」若者たちはぽかんとして、互いに顔を見合わせた。

「そうとも」マルコは当然といった顔で頷《うなず》いた。「私は〝ひげ剃り名人〟というふれこみで宮殿に赴いた。案の定、王女は私を喜んで部屋に迎え入れ、自分から顔を差し出した。そこで私は、彼女の鼻をちょいとつまみ、命じるままに右に左に顔を向けさせたというわけだ」

若者たちはあんぐりと口を開き、しばらくは声もなかった。

少しして、コジモが小さく首を振って言った。「なるほど、それが〈輝く月の王女〉の由《ゆ》縁《えん》とはね。やれやれ、どうりでおかしいと思ったんだ」

「どういうことです？」ヴォロッキオはまだ首をかしげている。「わたしにはなんのことだかさっぱり……？」

「いいか、ヴォロッキオ」コジモはひょいと指を立てて、周囲を見回して言った。「マルコさんは、さっきの話の中で王女のことを言う際〝容貌が月のごとく美しい〟だの〝頬はその名の通り輝く月のようだ〟などとしつこいほどに繰り返していた。その一方で〝きりりと眉太く〟と、また〝夜のごとく黒く、見事なまでに豊かな髪〟とも言っていたんだ。王女は背丈も体格も男まさりだった。髪は豊かで、眉も濃い。となれば当然、ひげだって男なみでもおかしくはない。一方、その彼女が〈輝く月の王女〉の名で呼ばれているんだ。つまり、彼女が小まめにひげを剃らせているだろうということは、注意深い者なら、話を聞いてすぐに気づくべきだった。……そうでしょ、マルコさん」

「そういうことだな」マルコは満足そうに顎をつまんでいる。

「やれやれ」とコジモが皮肉な形に唇を歪《ゆが》めて言った。「だいたい俺たち男は、女という奴を神秘的な存在だと考えすぎなんだ。どんな女だって、屁もすりゃ、汗もかく。中には、男なみにひげだって生えてくる奴もいるだろう。だが、たいていの女は、そこら辺を分からないように取り繕うのがうまいから、俺たち男はつい騙されるんだ」

「ところで、マルコさん」ジーノが尋ねた。「王女はその後どうなったのさ?」

「カイドゥ王はその後、王女を戦場に伴うことにした」マルコが答えた。「幾度《いくたび》もの激戦のさなか、しかし彼女を凌駕《りょうが》する武勇者はついに現れなかった。それどころか、王女はしばしば単身敵陣に躍り込み、敵の大将を力ずくで生け捕って、味方の陣地に連れてくるということさえ珍しくなかったそうだ。カイドゥ王はすっかり婿取りを諦め、ある心のやさしい少年を養子に迎えて、彼に国を継がせた。以後、大トゥルキー国では〝男女にかかわらず、己が望む道を行かせよ〟というのが、子育ての際の信条となったという話だ」

「己が望む道、ねえ」ヴォロッキオが、信じられないといった顔で首を振った。

「……王子はどうした?」突然、低い声が尋ねた。

はっとして振り返ると、質問の主はレオナルドだった。彼は最初に一言口を挟んだきり、一連のやりとりを黙って聞いていたのだ。

「それで、王子はどうしたんだ?」とレオナルドはもう一度、マルコを食い入るように見つめながら、低い声で尋ねた。

「アナンダ王子なら」とマルコはのんびりした口調で応えた。「彼は帰国後、大ハーンの勧めに従い、しとやかな姫をもらって、末長く幸せに暮らしたよ」

「そうじゃない、オレが聞きたいのはそんなことじゃないんだ！」レオナルドは強く首を振った。「その王子はあんたの話で納得したのか？　つまり、あんたがインチキひげ剃り屋になって、王女の顔を右に左に動かして、そんな話で王女のことを諦めることができたのか？結局、王女への想《おも》いはその程度のものだったのか？」

「いいや」とマルコはちょっと肩をすくめ、それから身につけているぼろ服を探って何かつまみ出した。マルコは指先につまんだものを高く掲げて言った。「だが、さしものアナンダ王子も、私がひそかに持ち帰ったこれを見て諦めた」

「なんだ、それは？」

「王女のひげだ。何しろこいつときたら、王子のひげより、よほど硬くてしっかりしていたのだからな」

わたしたちはマルコの得意げな様子につられ、彼が指先に掲げる一本のひげを見つめた。

次の瞬間、牢の中の誰も彼もがいっせいに吹き出していた。

「マルコさんよ」珍しく皮肉屋のコジモまでが、笑いに腹を波打たせながら言った。「そりゃ、王女のひげじゃない。どう見ても犬のひげだ」

「なに、そんなことがあるものか」

と、すました顔のマルコを見て、牢の中は再び笑いの渦に包まれた。

そっと目をやると、レオナルドは――

彼もまた笑っていた。

レオナルドはくしゃくしゃに顔を歪め、泣きながら、笑っていた。

いっこうに収まらない笑いの発作に身を委ねながら、わたしはふと、この物語は――いささか奇妙な形ではあるが――傷心のレオナルドに向けたマルコの〝なぐさめの言葉〟だったのではないかと思った。

ナヤンの乱

「何が恐ろしいといって、この世に幽霊っくらい恐ろしいものはないさ」赤ら顔の大男〈船乗り〉レオナルドは、実際にぶるりと一つ身を震わせて言った。「当たり前の話じゃねえか」

「本気で言っているんですか？」〈僧侶〉ヴォロッキオがさも馬鹿にしたように言った。

「幽霊なんてものはこの世には存在しません。迷信。子供の信じるものです」

「そんなことあるものか！　現にオレは子供の頃、幽霊を見て小便をちびったことが……」

「お前は何が怖いんだ、ヴォロッキオ？」〈貴族〉コジモが脇から口を挟んだ。

「わたし？　そりゃ、蛇にきまってますよ」ヴォロッキオが振り返って答えた。「にょろによろとしたあの姿を見るたびに、背筋がぞっとします。皆さんもそうでしょ？　何しろ聖書にも書かれている通り、イブを誘惑した蛇こそが諸悪の根源なのです。神が人の心に蛇への根源的な恐怖を植えつけられたに違いありません」

「俺は別に怖くないがな」コジモがそっけなく言った。

「そうとも。蛇なんぞ、捕まえて頭からガリガリかじってやるさ」レオナルドが勝ち誇ったように言った。

「ぼくは高い場所が駄目だな」〈仕立て屋〉ジーノが言った。「目が回るし、足がすくむし、動悸《どうき》が激しくなる」

「俺は先の尖《とが》ったものだ」コジモが朱色の唇の端に自嘲的な笑みを浮かべて言った。「子供の頃から剣の練習を散々させられたが、剣先を突きつけられると、それだけで体が強《こわ》ばって、たちまち動けなくなる。おかげで家の中じゃ、みそっかす扱いだ」

「皆さん何を言っているんです！　高い場所や先の尖ったものなんて、全然怖くはありませんよ」ヴォロッキオが信じられないといった様子で目を瞬《しばたた》かせた。「やっぱり、なんといっても蛇ですよ、蛇。……ああ、言葉に出しただけでも鳥肌が立ってきました」

「幽霊の方が恐ろしいさ」

「高い場所に登ったことを考えれば、どっちもたいしたことはないんじゃないの？」

「先の尖ったものだ」

若者たちの間で〝怖いもの比べ〟が続けられている。苦笑しながら側《そば》で聞いていたわたしは、ふと、同じ問いを我が身に投げてみた。

（わたしはいま、この世で何を一番恐れているだろう？）

答えは明白なように思われた。なぜなら――

その時、ふいに牢の扉が開いて、看守の青年が顔を出した。

「おや、お取り込み中でしたか？」

看守の青年は、議論（？）が白熱しているのに気づいて、扉のところで足を止めた。

「いいんだ、入ってくれ！」

若者たちはいっせいに声をあげ、慌てて無意味な言い争いを打ち切ると、手を引くようにして看守の青年を牢の中に招き入れた。

「それで、今日は何を持ってきてくれたんだ？」

若者たちは看守の青年を取り囲み、飢えた犬が舌なめずりをするようにして尋ねた……。

少し前のことになるが、育ちの良さそうな顔をしたこの看守の青年は、ある奇妙な窮地に陥り、わたしたちに助けを求めてきた。看守が囚人に助けを求めるというのも変な話だが、彼にしてみれば藁《わら》にもすがる思いだったのだろう。幸い、わたしたちが与えた助言によって、彼は無事その窮地を脱することができた。以後彼は、食べ物を差し入れたり、故郷の家族への便りを取り次いでくれるなど、あれこれ便宜をはかってくれるようになっていたのだ。

「これなのですが……」と看守の若者は、扉の外の気配を気にしつつ、マントの下に隠してきた品を取り出した。

「なんだ？　どこから、誰に届いたんだ？」

品物を奪い合う若者たちの頭越しに包みに書かれた宛名を読んで、わたしは思わず声をあげた。

「こりゃ、驚いた。ヴェネチアから……マルコさん、あんたにだ」

薄暗い牢の隅で、影が一つ、ゆらりと立ちあがった。

光の中に歩み出てきたのは、おそろしく汚いぼろをまとった小柄な男である。

マルコは無言のまま、牢に入れられて以来彼に初めて届けられた品を受け取ると――看守の若者が牢から出ていくのも待たず――無造作に包みを解いた。

中から現れたのは、奇妙に雑多な品々であった。

しなやかな棒状の板、半円の椀《わん》状の器、丈夫そうな糸が一束、糸巻きが数個……。

「なんだ、こりゃ？」息を詰めて見守っていたレオナルドが拍子抜けしたような声をあげた。

「食い物じゃないんですか……」ヴォロッキオが情けない顔になった。

「手紙もついてないや」ジーノががっかりしたように首を振った。

「それで」コジモがマルコを振り返って尋ねた。「こいつはいったいなんなんだ？」

マルコは送られてきた品々を順に手に取り、眼を細めていたが、ふと口元を綻《ほころ》ばせるようにして言った。

「これらは……タタールに伝わる秘密兵器だ」

「秘密兵器？」若者たちは意外な言葉に顔を見合わせた。

「そう、大ハーン・フビライはかつてこれを用いて、敵の精鋭部隊を壊滅させた。その一戦において、若きフビライは全タタール人に尊敬される偉大な王となったのだ」

マルコはそうして――呆気に取られているわたしたちに向かって――不思議に満ちたあの物語を次のように語りはじめたのである……。

＊

私――すなわちマルコ・ポーロは、かつて十七年にわたってタタール人の偉大な王、大ハーン・フビライに仕えていた。

その間、私は大ハーンの使者として、彼が治める広大な国土の数多《あまた》ある辺境に赴き、さまざまな珍しい自然、産物、その土地の人々の一風変わった習慣などを目にし、また耳にもした。その多くはヨーロッパ人にはとうてい信じてもらえないほど奇妙なものであったが、それとは別に、私にはひどく不思議に思えたことがあった。

広大無辺、文字通り〝世界の涯《はて》〟まで広がるタタール人の土地――大ハーン自身は聞いたこともない――そこが自分の領土であるかどうかも分からない辺境においてさえ、人々は大ハーン・フビライの名前を心から敬い、崇《あが》めていた。そして、彼らがきまって口にするのが〈ナヤンの乱〉における、若き日のフビライの活躍であった。

フビライの叔父にあたるナヤンが反乱を起こしたのは、フビライが大ハーンの座に就く前、まだ先の王ムンケ・ハーンが全タタールの王としてその地位にある時だった。フビライ一族の長兄ムンケ・ハーンは、英明な王ではあったが、残念なことに体が弱く、病がちで、全タタールを統《す》べる大ハーンとしての精神的肉体的な激務に長く耐えられそうにはなかった。事実、ムンケ自身、早くから退位することを周囲に仄《ほの》めかしていた。

当時、次の大ハーンとして目されていたのが、三十歳になったばかりの若者フビライであった。若きフビライは、色白の肌に眉が凄まじくはねあがり、細く引き絞られた切れ長の、眼光鋭いその目は、ひと睨《にら》みしただけで歴戦の兵士がすくみあがるほどであった。人物を見る目は長兄以上にたしかだと噂され、一方で兄に似ず体は頑強にしてたくましく、力比べをして一度として負けたことがなかった。また馬術や武術にも優れ、すでに大ハーンとしての貫禄は充分であった。

だが、四十三歳の叔父ナヤンは、三十歳の若者フビライが次の大ハーンに指名されることに不満を抱き、かつまた自分こそが次の王にふさわしい者だとして、反乱を企てたのである。諸王の中には、フビライ、ナヤン、双方それぞれに味方する者があり、全タタールは二つに分かれて争うことになった。

ナヤンの蜂起が告げられて二十日の後、両軍は大平原において対峙《たいじ》した。

フビライの側は騎兵三十六万、歩兵十万。これはしかし、フビライにとってはわずかな数で、近傍にいたものを集めたにすぎなかった（残りの莫大な数の軍隊は、諸国征服のために派遣されており、急場に間に合わなかったのである）。

一方、ナヤンの側は約四十万。精鋭騎兵部隊を中心とした陣容である。

夜明けとともに、激しい戦いが開始された。

大平原に集結したタタール人の兵士たちは、双方から、各々凄まじい鬨《とき》の声をあげて敵に向かって突進した。

よく知られたことであるが、この地上において、およそタタール人の騎兵ほど恐ろしい戦士は存在しない。その戦いぶりはヨーロッパ人には想像ができないほどである。彼らは一度《ひとたび》戦闘に臨むや、己の命など少しも顧みない。全員が、弓矢や剣、こん棒などの武器の扱いに秀でているが、中でも弓の技術は恐ろしいほどで、多くの者が馬上射手として素晴らしい腕前を発揮する。

また、彼らが馬を馴らすことは驚くばかりであり、なんの指示を出さなくても、馬は勝手に主人の望む方向に、望んだ速さで進むほどだ。彼らの馬は、まるで犬のようにすばやく向きを変える。この馬のおかげで、タタール人たちは敵の周りをすばやく、複雑に乗り回しながら矢を放つことができる。激しく揺れる馬上からであるにもかかわらず、彼らの狙いは百歩を隔てて枝から落ちる小さな木の葉を射貫くほど正確である。一度狙われたら、容易なことでは助からない。そのうえタタール人は、しばしば馬上でくるりと後ろ向きになり、その姿勢で矢を放つことがあるので、馬が駆け過ぎた後、助かったと思い、油断した瞬間に射殺《いころ》される場合も少なくない。

敵がいささかでもひるむと見るや、タタール人は地の底からわきあがるような恐ろしい大声をあげながら、容赦なく襲いかかる。彼らはしかも、驚くべきことに、これらの攻撃を百騎以上の集団で、一糸乱れぬ完全な秩序を保ちつつ行うことができる。

タタール人の戦場における勇猛果敢さ、また戦いぶりは、あたかも鬼神のごとくであり、戦闘中は激しい苦痛や困難に対しても、まったく平気な顔をしている。必要とあれば、ひと月でも食料を持たずに馬で走り続ける。また、しばしば食事もとらず、連続で十日間も騎行する。そんな場合は馬の血だけで飢えを凌《しの》ぐ。これは馬を走らせながら馬の血管を切り開き、血を自分の口の中にほとばしらせ——必要なだけ血を飲むと——また血止めをしておくのだ。

このように、優れた戦士としての素質を持ち、幼い頃から訓練を受け、実際の戦闘にも慣れ親しんだ者たちが、両軍あわせて七十六万も一カ所に集まり（しかもこれは騎兵の数だけで、歩兵は数えていない）、死力を尽くして相争ったのだ。

この一戦は、間違いなく、我々の時代に起きた最も激しい戦闘であった。

戦闘開始とともに、敵からも味方からもさかんに矢が放たれ、矢は天を黒く覆い、雨のように降りそそいだ。たちまち、あちらでもこちらでも双方おびただしい数の者たちが傷つき、倒れ、大平原は彼らの死体で覆われるかと思われた。緑の草原だった場所には、やがて血の色をした幾筋もの川が流れ、各所で池となった。倒れて動けなくなった負傷者の恐ろしい呻《うめ》き声が平原に満ち、他には何も聞こえないくらいだった。

戦闘は正午近くまで続き、勝敗はなかなか決しなかった。だが、最後にフビライ自身が馬に乗って敵の軍の中央に突進すると、ナヤン軍はついにもちこたえられなくなり、総崩れとなって敗走をはじめた。

敵兵の多くは逃げ切れず、フビライの軍によって捕えられた。フビライは、降伏する者は以後の忠誠を誓わせてその場で許し、あくまで抵抗する者だけを牢に閉じ込めさせた。

一方、ナヤンを中心とした数千の精鋭騎兵部隊はいったん姿をくらまし、やがて西方のある城に立て籠ったという知らせがフビライのもとに届けられた。

フビライは早速、信頼のおける将軍の一人に命じ、十万の兵をもって城を取り囲ませた。

数千の敵に対して、十万の味方である。

（すぐに決着がつくであろう）

そう考えたフビライは都に留まり、反乱で浮足立っている人心の平定に努めることにした。

ところが、十日たってもなお、勝利の知らせは届かない。

二十日の後、ついにしびれを切らしたフビライは自らその地に赴くことにした。

わずかな手の回りの者だけを連れ、馬を飛ばして到着したフビライを出迎えて、歴戦のつわものである老将軍は赤銅《しやくどう》色に日焼けした顔に困惑した表情を浮かべつつ、事態を報告した。

ナヤンの軍が立て籠った城は四方をそれぞれ高い崖や深い谷、さらには幅の広い河に囲まれた天然の要害の地であり、まさに金城《きんじよう》湯池《とうち》、容易に攻め落とすことができないという。

「城に立て籠った者たちは、ただでさえ決死の覚悟でいるのです。いま、無理に攻めれば、味方の側にも甚大な被害が出るのは火を見るより明らかです」

老将軍は額の汗を拭って言った。

「一方で、城攻めの常《つね》である〝兵糧攻め〟——城を封鎖して糧食を断ち、飢えのために降伏してくるのを待つ——を用いようにも、城の中には大量の食料が蓄えられているらしく、また河につながる水路を使って糧食が外から運び込まれるのを完全に断ち切るのは困難です。兵糧攻めで、この城を陥《お》とすには長い時間が必要です」

これを聞いて、フビライはうむと唸った。

おそらくナヤンは反乱に際して、あらかじめこのような事態を可能性の一つとして予測し、籠城の準備をしていたのだろう。

次の大ハーンと目されているフビライが、わずか数千の敵を降伏させるのに味方の兵士に甚大な被害を出したり、あるいはその数千の敵を下すのに手間取るようであってはならない。もしそんなことになれば、諸王の注目が集まる中、若きフビライはたちまち信頼を失い、反乱の火の手は各地に広がるに違いない……。

しばし沈思黙考を続けたフビライは、やがて顔をあげ、手の回りの者たちを集めて〝ある物〟を作るよう命じた。

難攻不落といわれた城は、かくて一夜にして陥落した。

この一戦において、若きフビライは全タタールの民の尊敬と信頼を勝ち得た。

そしてこの結果、フビライは、長兄ムンケ・ハーンに代わって全タタールの王の中の王、比類なき者として大ハーンの座に就くことになったのである。

真《まこと》に神は偉大なり。

神に感謝。アーメン、アーメン。

＊

激しい戦闘の描写に息を呑んで聞き入っていた若者たちは、唇を半開きにしたまま、眉をひそめて互いに顔を見交わした。皆、口に入れたはずの御馳走が舌に触れる前にふいに消えうせてしまったような、情けない顔をしている。

「何が……どうなっちまったんだ？」〈船乗り〉レオナルドが、きょろきょろと左右に首を振って尋ねた。

「反乱を起こしたナヤンが、城に立て籠って抵抗を続けていた」〈貴族〉コジモは額に人さし指をあて、問題を整理すべく、口の中で呟《つぶや》いた。「天然の要害に守られたその城は、難攻不落、歴戦の老将軍が十万の兵をもってなお攻めあぐねるほどのものだった」

「無理に城を攻めれば」と〈仕立て屋〉ジーノが後を受けた。「味方に甚大な被害を出すおそれがあった。それが嫌なら、何年もかけて取り囲むしかないはずだった」

「ところが、そこへフビライが来て」と、またコジモが言った。「彼は一夜にして勝利を収めてしまった。……なぜだ？」

「あまり深く考えない方が良いんじゃないですか」〈僧侶〉ヴォロッキオが、真剣な顔で考え込む仲間の顔を見回して言った。「要はフビライとかいう野蛮人の王様が、城に立て籠った敵をやっつけただけの話でしょ？　彼はその時、敵よりはるかに多い十万もの兵士を動かすことができた。だったら、松明《たいまつ》か何かで時を決めて、いっせいに攻めかかるよう命じただけのことじゃないですか？　城に立て籠った敵だって、十万もの兵士たちがいっせいに押し寄せてきたなら、しかもそれが夜のことならなおさら、恐怖にかられて、戦わずして降伏したはずですからね」

一瞬、間があった。

若者たちの目が、得意げに唇を突き出したヴォロッキオにゆっくりと注がれた。

「馬鹿か、お前は」コジモがつくづく呆れたように言った。

「へっ?」ヴォロッキオはきょとんとしている。

「マルコさんはさっき〝タタール人たちは戦闘に臨むや、己の命など少しも顧みない〟と言ったのですよ」ジーノが言った。

「それに〝その一戦において、若きフビライは全タタール人に尊敬される偉大な王となった〟ともな」とレオナルド。

「夜の戦闘ともなれば被害はいっそう拡大する」コジモが言った。「もしフビライがそんな無謀で強引な作戦を実行したんだったら、その後タタール人が彼を尊敬などするものか」

「そりゃまあ、そうかもしれませんが」ヴォロッキオはいささか慌てた様子で続けた。「しかし、そこは何しろ、異教徒の野蛮人のことですから……」

「第一、これはどうなる?」レオナルドが手を伸ばし、さっきからヴォロッキオが一人で独占し、手の中で弄《もてあそ》んでいる品々を取りあげて言った。「マルコさんはさっき、こいつを〝秘密兵器だ〟と言ったんだ。〝フビライはかつてこれを用いて、敵の精鋭部隊を壊滅させた〟とな。ヴォロッキオ、お前の説明じゃ、全然これが出てこないじゃないか」

レオナルドはそう言って、取りあげた品々を大きな手の上でひっくり返し、しかつめらしい顔で矯《た》めつ眇《すが》めつ眺めた。

しなやかな棒状の板、半円の椀状の器、丈夫そうな糸が一束、糸巻きが数個……。

どれも、ごくありふれた品である。レオナルドは諦めたように肩をすくめ、隣にいたジーノにまとめて放り投げた。

若者たちはマルコ宛に届けられた品々を順に手に取り、子細《しさい》に調べた。

結果、意見は百出した。

「このお椀を、紐《ひも》に結んで振り回したんじゃないの？」とジーノ。

「棒の先から釣り針をつけた糸を垂らして、崖上から城の敵を釣りあげたんだ」とレオナルド。

「弓の一種だな」コジモは、実際に棒の端と端を紐で結んで、弓の形にしならせてみせた。

ヴォロッキオは、無言でお椀を耳に当ててみせた（それがなんの役に立つのかは誰にも分からなかった）。

若者たちが発明した武器は呆れるほど多彩であったが、そのたびにマルコは無言で首を横に振った。

やがて一通り意見が出尽くすと、若者たちは手にした品を放り出し、頭を抱えて考え込んでしまった。マルコはようやく自分宛の荷物を取り戻し、若者たちの手の中でいい加減こんがらがってしまった糸の束をほぐしはじめた。

ジーノがはたと、何事か思いついた様子で顔をあげた。

「マルコさん、フビライの〝秘密兵器〟は本当にこれだったの？」

「どういうことだジーノ？」レオナルドが尋ねた。「まさかマルコさんが嘘を言っていたというのか？」

「ううん、そうじゃなくて……思ったんだけど」ジーノは考え考え言った。「例えば……村で水車を作る時だって、最初は小さな模型を作って具合を確かめるでしょ？　だから、もしかしたら……」

「やっ、そうだ！　きっとその見当だ！」ヴォロッキオが——まるで自分で思いついたかのように——かん高い声を発してその場に飛びあがった。彼は、マルコの手からもう一度品物を奪い取り、両手に掲げて言った。「城に立て籠った敵をやっつけるのに、これじゃ、いくらなんでも小さすぎますからね。はは、最初から分かっていたことじゃないですか。これはきっと模型ですよ。フビライがその時作らせたのは、本当はもっとずっと大きかったに違いありません！」

「なるほど。それならまた話は違ってくるな」コジモが、苦笑しているマルコを横目でちらりと見やり、あらためて仲間たちを振り返って言った。「それじゃ、野蛮なタタール人の王が、こんなありふれた材料からどんな恐ろしい武器を作ったのか、その条件でもう一度考えてみるとするか」

若者たちは再び品物を取り囲み、額を寄せて、いま一度〝タタールの知られざる武器〟の発明に取り掛かった。

しばらくして、若者たちの輪が解けた。

見れば、彼らの顔には会心の笑みが浮かんでいる。

よほどの自信作らしい。

「えへん、えへん」レオナルドがもったいぶった咳《せき》払いをした。「えー、マルコさん。オレたちはみんなで知恵を出し合って、タタールに伝わるフビライの秘密兵器を作ることに成功しました。これがそうです」

マルコの前に押し出されたのは、品物を組み合わせた、なんとも奇妙な代物であった。

地面に固定した棒の端に半円の椀状の器が取りつけられ、そこからさらに糸が垂れている。

マルコが、やはり無言のまま先を促すと、ジーノが前に進み出た。

「こうやって使います」

ジーノは垂れた糸の端をつまみ、これまた地面に固定された糸巻きに巻き取っていった。糸が巻き取られるに従って、直立していた棒が徐々に弓なりにたわんでゆく。糸を一杯に巻き取ったところで、レオナルドが手に持っていた小石を一つ、椀状の器にそっと落とし入れた。

ジーノが糸を押さえていた手を離すと、強くたわんでいた棒がたちまち勢いよくもとに戻り、その弾みで椀状の器に入れた小石が中空に飛び出した。

小石は、かちんと硬い音を立てて壁にぶつかった。

「ご覧の通り、投石機だ」コジモが言った。「これは模型なのでこの程度の威力だが、おそらくフビライはこれと同じ仕組みで、もっとずっと巨大な投石機を何台も作らせたんだろう。

そして、夜にこれを使った」

「恐ろしいことです」ヴォロッキオが胸の前で十字を切って言った。「巨大な石が突然、不気味な音とともに空から飛来し、地響きを立てて落下するのです。飛んできた石は、その場にあるものを、すべて見境なく破壊したことでしょう。投石機の存在を知らない城の中の者たちはいったい何が起きたのか分からず、魔法としか思えなかったに違いありません」

「これなら、いくら命知らずのタタールの兵士たちだって降伏するしかなかったはずです」ジーノが言った。

「今度こそ当たりだな」レオナルドが満足げに鼻をこすって言った。「へん、どんなもんだい」

マルコはしばらく、目の前に置かれた〝投石機〟と得意げな顔の若者たちを交互に見比べていた。が、やがて呆れた様に首を振り「いやはや、人間という奴はとんでもないものを考えつくものだな」と独り言のように呟いた。

「まさか……違うなんて言うんじゃないでしょうね？」ヴォロッキオが信じられないといった顔で尋ねた。

マルコは無言で首を振りながら〝投石機〟を手早く分解し、別のものに作り直した。

「若き日のフビライが部下に作らせ、そして用いたのは、これだよ」

マルコが両手に示したものを見て、若者たちは首をかしげた。

棒の端に椀状の器を取りつけたのはそのままだが、糸巻きが棒の別の端に付け替えられている。糸巻きから伸びた糸は棒に沿って椀状の器の下までぴんと張られ、マルコが差し出したもう一方の手には、糸を張っただけの別の棒が握られていた。

「なんです、そりゃあ？」レオナルドが首をかしげた。

「見た通りのものさ」マルコはそう言うと、新しく組みあげたものを——椀状の器を下にして——体の前に抱え込み、片手の指で糸を押さえ、もう一方の手に持った棒で糸同士をこすり合わせた。

　牢の中に奇妙な、かすれたような音が流れた。

　若者たちが顔を見合わせていると、マルコは音を出すのをやめて言った。

「楽器だよ」

「楽器？」

「糸と糸をこすり合わせて音を出し、この椀状の器で共鳴させるんだ」

「そりゃそうでしょうが」とヴォロッキオがつんのめるように尋ねた。「しかし、それがなんだってフビライの秘密兵器なんです？」

「若き日のフビライは、この楽器を用いて籠城したナヤンの軍を下したのだ」マルコは、不審げな顔をした若者たちを見回して言った。「フビライは、城に閉じ籠ったナヤンの部下たちが必ず命を捨てる覚悟でいることを知ると、部下に命じてこの楽器を大量に作らせた。そして、味方の十万の兵士を四つに分け、ひそかに城の四方を取り囲ませたのだ。夜、松明の明かりを合図に、十万の兵士たちは楽器を鳴らし、歌をうたいはじめた。ナヤンにつき従う者たちの故郷に伝わる歌を。そもそもこの楽器自体、反乱軍兵士たちの故郷で用いられる楽器だったのだ。

夜の闇の中、四方から故郷の楽器の音、それに故郷の懐かしい歌が流れてくると、それまで城に閉じ籠り、決死の覚悟でいたタタールの戦士たちは、ナヤンが止めるのも聞かずに、自ら城門を開け、涙を流しながら、城の外に出てきたのだ」

「そんな馬鹿な……」

「もしかすると、お前さんたちが同じ品を使って作りあげた恐ろしい武器を用いても、同じ結果が出たかもしれんさ」マルコは片手をあげ、唇をへの字に曲げて言った。「だが、少なくともフビライは、籠城した敵を下すのに、飛んでくる石の恐怖ではなく、この楽器を用いたのだよ。〝敵〟とはいえ、彼らはもともとは同じタタール人なのだ。傷つけたり、まして殺したりせず、降伏させることができればこれに越したことはない。実際タタールの人々は、この一戦で無用の殺生を避け、しかも見事に反乱を治めたフビライを深く尊敬し、また信頼するようになったのだ」

マルコはそう言って議論を打ち切り、後は目を閉じて、自ら奏でる楽器のかすかな音色にじっと耳を傾ける様子であった。

マルコと若者たちのやりとりを傍観者として聞いていたわたしは、ふと、さっきの質問を思い出した。

（わたしはいま、この世で何を一番恐れているだろう？）

答えは明白だった。

二度と再び故郷の家族と会えないこと。

わたしには、それが一番恐ろしい。ある意味それは、死そのものより恐ろしかった。

……いや、本来それが人として当たり前の感情だろう。逆に、タタール人に限らず戦場においてはどこでも、その当たり前の感情が失われる。ハーンはこの不思議な武器を使って、敵の兵士たちに人として当たり前の感情を取り戻させたのだ。

マルコが奏でる奇妙な物悲しい音色は、牢の窓から見える小さな青い空に吸い込まれてゆく。

楽器を作る材料で野蛮な武器を作りあげた若者たちは、急にそのことを恥じるように顔を赤らめ、互いの視線を避けながら、こそこそとそれぞれの居場所に散っていった。

一番遠くの景色

「見て、見て！　ほら、揚《あ》がった！　揚がった！」

子供のようにはしゃいだ声が中庭に響き渡った。

目をやると〈仕立て屋〉ジーノが指先に糸を持ち、空に小さな凧《たこ》をあげていた。

「昨夜《ゆうべ》のうちに作っておいたんだ」ジーノは空を見あげ、糸をひっぱりながら、興奮した様子で早口に言った。「拾った小枝と……後は自分の服の端をちょっと裂いて……」

「どれ、オレに貸してみな」〈船乗り〉レオナルドが糸に手を伸ばした。

「駄目だよ。それじゃ落っこちちゃう……ああ！」ジーノが情けない声をあげた。

「なんともお粗末な凧ですね」〈僧侶〉ヴォロッキオが地面に落ちた凧を拾いあげ、さも馬鹿にしたように言った。「もっとちゃんとしたのは作れないんですか？」

「もちろん作れるさ。ちゃんとした材料があればね」ジーノが頬を膨《ふく》らませて言った。「でも、ここじゃ……」

ジーノはふいに顔を曇らせ、辺りをぐるりと見回した。猫の額ほどのごく狭い中庭……周囲を高い塀が取り囲み……そのうえただ一つの出入り口には武器を携えた男が立ち、油断なくこちらを窺《うかが》っている……。

「ま、せっかく久しぶりに中庭に出られたんだ」〈貴族〉コジモが皮肉な形に薄い唇を歪《ゆが》めて言った。「せいぜい楽しむとしようぜ」

コジモの言葉に、中庭にいる者たちはいっせいにため息をついた。囚われの身のわたしたちにとって、たまに許される中庭での散歩はかけがえのない時間だった。

「そうだ」とジーノが気を取り直した様子で中庭の隅を振り返った。「あなたが見てきた土地にも、こんな凧はあったのかしら？」

「向こうの凧はヨーロッパのものとは比べ物にならないほど巨大《おお》だ」中庭の隅にうずくまっていたぼろの塊がふいに口を開いた。「何しろ彼らは、その巨きな凧に人を乗せて空に浮かべるのだから」

「凧に人を乗せるだと？」コジモが呆れたように呟《つぶや》き、仲間と目配せを交わした。「……やれやれ、またはじまったようだぜ」

「それで、彼らは凧に人を乗せていったい何をするのです？」ジーノがかまわず尋ねた。

「遠くを見るのさ」汚いぼろをまとった小柄なヴェネチアの商人は当然といった顔で答えた。「見はるかす限り草原が広がるあの場所では、凧に乗ることで信じられないくらい遠くの出来事を目にすることができるのだ」

若者たちは顔を見合わせ、苦笑しながらも、男のホラ話にもうすっかり聞き入っている様子であった……。

百万《ホラふき》のマルコ。

それが男の名前であった。いや、彼が自らそう名乗ったのだ。

わたしたちと同じ囚われ人だというのに、マルコはいつもいたって呑気《のんき》な様子であった。彼はまるで牢の生活を楽しむかのようであり、その間に自分が東方で見聞した不思議な物語をわたしたちに残らず聞かせるという。

「それで、お前さんたちをここから連れ出してやるのさ」

彼は最初に牢《ここ》に連れてこられた時に、そう嘯《うそぶ》いた。そして、信じられないことに、彼のおかげでわたしたちは本当に退屈から逃れることができたのだ！

マルコは語った。

人を乗せて真っ青な大空に浮かびあがる巨大なタタールの凧について。ある時は、布を縫い合わせて造るホルムズ海の不思議な船を。別の時は、隊商から離れた者を破滅に導く残酷な砂漠の精霊たちについて。ある時はまた、棺《ひつぎ》を出すために故人の家の壁に穴をあける東方の奇妙な習慣を……。

まったくのところ、マルコ以外のいったい誰が、あのような数々の不思議な物語を語ることができたであろう？　わたしたちは彼のホラ話を聞いている間だけは、自分が狭い牢に閉じ込められていることを忘れ、彼とともに見知らぬ異国に旅をすることになったのである。

やがて時間がくると、わたしたちはため息とともに、中庭からまたもとの牢の中へと連れ戻された（マルコの話は、うまい具合にちょうど終わったところであった）。

狭い牢の中には、すぐにいつもの猥雑な喧噪がよみがえった。若者たちはがやがやと、口々に勝手なことを話し合っていたが、ふと若者の一人――コジモだった――が思いついたようにマルコを振り返った。

「ところでマルコさんよ、あんたはなぜあの場所について一度も話そうとしないんだ？　何か話したくない理由でもあるのかい？」

「かつて自分が訪れた場所で」とマルコはのんびりとした口調で答えた。「私が話すのをためらうような場所は一つもない。もっとも、私が東方で訪れた場所はあまりにも多すぎて、全部話したというにはまだまだほど遠いがね」

「俺が言っているのは、東方の話じゃないよ」

「はて？　とすると……」マルコは首をかしげた。

「ヴェネチア。つまり、あんたの故郷だ」コジモは言った。「あんたはなぜ、遠い異国のことばかり話して、故郷のことを一度も語ろうとしないんだ？」

「なるほど。ヴェネチア。我が愛《いと》しき故郷」

マルコはそう言ったきり、にやにやと笑っている。ヴォロッキオがしびれを切らしたように横手から口を挟んだ。

「マルコさん、そもそもあなたはなんだって生まれ故郷を離れて、キリスト教徒もろくにいない野蛮な国々に出かけることにしたのです？　何か故郷を逃げ出さなくちゃならない理由でもあったのですか？　それとも……」

「遠くの景色を見たかったのさ」マルコがそっけなく答えた。

「遠くの景色？」

「そう。私は子供の頃からずっと〝この世で一番遠くの景色を見たい〟と強く願っていたのだ」

「それで、あなたはその景色を見ることができたのですか？」

マルコは、好奇の目を輝かせて彼を取り囲む若者たちの顔をぐるりと見回した。

「……そのことは、お前さん方に判断してもらうとするかな」

彼はそうしてまた、さっき語り終えたばかりの口をもう一度開き、あの不思議でなくもない物語を次のように語りはじめたのである……。

*

ヴェネチアは水の都。

〝アドリア海の花嫁〟と呼ばれる麗しき港には世界中から富と品物を満載した船が集まり、港はいつも船乗りと商人たちであふれている。

ヴェネチアは運河の町。

市内には大小百七十を超える運河が縦横に流れ、運河には四百もの橋がかかっている。アーチ形の橋の下をゴンドラが行き交い、橋の上を子供たちが歓声をあげながら走り過ぎる……。

私――すなわち、マルコ・ポーロもまた、かつては運河にかかる橋の上を走り回っていた子供たちの中の一人であった。何しろ遊び相手には不自由しなかった。物心ついた時から一つ屋根の下には、同年代の、あるいは歳の離れた従兄弟《いとこ》たちが大勢暮らしていたのだ。私たちはあまりにも別《わ》け隔てなく育てられたので、誰が本当の兄弟で、誰が遠い親戚だったか、いまだによく思い出せないほどである。といって、私が特別な環境で育ったわけではない。商人と船乗りの町、故郷ヴェネチアでは――男たちは商売や航海のために長く家を空けることが多いので――こうした大家族はどこでも普通に見られる光景であったのだ。

私は他の子供たち同様、運河にかかる橋の上を走り回り、世界中から港に集まってくるたくさんの船を眺め、ヴェネチアに多くある教会の行事に参加して、大きくなった。

そうして私が十五歳になった頃、見知らぬ二人連れの男が我が家を訪れた。

それはなんとも得体《えたい》の知れぬ、不思議な男たちであった。異国風の衣装を身にまとい、真っ黒に日焼けした顔は一面濃いひげに覆われている。男たちの体からは、嗅いだこともない奇妙な匂いが立ちのぼっているようだった。

私を含めた一族の子供たちが二階の窓からこっそり様子を窺っていると、怪しげな二人の男は入り口で家の者たちとしばらく押し問答を繰り広げていたが、突然、彼らはお互いをひしと腕に抱き、大声で泣き出した。見ていた私たちは呆気に取られ、首を捻《ひね》るばかりだ。

二人の男はただちに家の中に招き入れられ、私が呼ばれた。

私は二人の男に紹介された。

驚いたことに、その見知らぬ二人の男こそ、私が生まれた年にヴェネチアを離れたきり、実に十五年ぶりに帰国した私の実の父ニコロと叔父マテオだというのである！

と聞かされても、私にはにわかには信じられぬ思いだった。もちろん、初めて目にする父と叔父に、肉親としての情感などあろうはずもない。

父と叔父は、まるで商品の品定めでもするようにじろじろと私を眺め回した。私が硬い表情で突っ立っていると、彼らは顔を見合わせ、何事か目配せを交わす様子であった。と、ふいにまた向きを変え、親戚の者たちと大声で話しながら奥に入っていった。

私はほっとしたような、それでいてひどく物足りないような気がした。

自分でもまだ気づいていなかったのだが――

その時、私の人生はすでに大きく変わりはじめていたのである。


父と叔父はひげを剃り、こざっぱりとした服に着替えると、すっかり別人のように見えた。彼らは長旅から帰ったばかりの疲れもみせず、早速ヴェネチア中の親戚の者たちを訪ねて回った。父たちは留守中に世話になった者の一人一人に礼を言い、挨拶を交わし、荷物の中から珍しい土産物を取り出して彼らに手渡した。

それから父と叔父は、親戚の者たちを集めて宴会を開いた。宴会の席上、私は二人の近くに席を与えられた。私はそこで、父と叔父が語る不思議な異国の風習や、一緒に暮らした異民族、彼らの風貌、衣服、生活習慣などについての話を聞いた。

「タタール人たちが客人をもてなす様は一通りではない」と父ニコロは言った。

「彼らは客人に一番上等の馬乳酒《クミズ》を出す。そして相手が飲むのに立ち会い、耳をつかんで力いっぱいひっぱろうとする」

父はそう言うなり、手を伸ばして隣に座っていた私の両耳を思い切りひっぱった。

「彼らは、こうやって客人の喉《のど》をできるだけ広げてやろうというのだ。タタール人の客人になるのは楽なことではない」

集まった親戚たちはいっせいに声をあげて笑ったが、話の内容というよりは、痛さに目を白黒させている私の様子のせいであったと思う。

父と叔父は、途切れることなく、代わる代わる話し続けた。

例えば、タブリーズという町で行われている真珠の不思議な取り引き方法について。そこでは、売り手と買い手は互いに向き合い、手に布をかけ、隠れた互いの指先と握り拳《こぶし》の具合で交渉し、値段を決めるのだという。

「こうすることで、他の者に取り引き額を知られずに済む。なかなか良い方法だ」

父と叔父は互いに向き合い、手に布をかけて実際にやってみせたが、たしかに見ている者には彼らが何をしているのかさっぱり分からなかった。

宴会の席ではさまざまな異国の町の風変わりな習慣が語られた。その中でも、私が一番興味をひかれたのが、タタール人の偉大な王と、彼が治める町々についての逸話だった。

「東の方《かた》、遥《はる》か天山の向こうにはタタール人の比類なき王が君臨している。彼は太陽の昇るところから、ギリシアの風が吹く大地の涯《はて》まで、広大な領土を統治し、名をフビライ・ハーンという」

父と叔父は次に、大ハーンが治める都市の一つ、カンバルックについて、代わる代わるこう語った。

「カンバルックは、ある一点において他の町と著しく異なっている。というのも、そこは特殊な技能を持った〈星見《ほしみ》の者〉と呼ばれる者たちが住む町なのだ」

「〈星見の者〉は、惑星や星座の運行・配置、またそれに伴う特徴を観測することで、その年の各月にどのような運勢を引き起こすかを予測できる。すなわち某月には雷雨と暴風雨の兆しがあり、某月には地震が、某月には悪疫と兵乱と果てしない不和が兆している……といった具合である。彼らは言う。〝かかる現象は自然の運行と事物の秩序において生じるものので、人間の力ではいかんともしがたい。人間にできることは、ただこれを星の動きから予測し、悪いことを避けるのみである〟と」

「この説は、タタール人たちの間で広く信じられている。彼らは何事か重大な事業に着手し、あるいは遠国に旅行しなければならない場合は、必ず〈星見の者〉に目下の天の気配を問い合わせる。この際、依頼者は自分の生まれた時刻、及び守護動物について詳しく告げる。というのも、タタール人たちは自分の年齢を数える場合、固有の符号がついている十二個の年を用いるのだ。すなわち第一の年はライオン、第二の年はウシ、第三年は竜、第四年はイヌ、といった具合に、以下第十二年にまで及んでいる」

「もし星見の結果、いまが不運な巡り合わせであると判明した場合、彼らはいかに緊急重要な用件であろうと、けっしてことを起こそうとしない」

「タタール人たちの星々への信仰は非常に篤《あつ》く、おかげで彼らの多くは〝私たちがいまこうしている場所も、本当は一つの星、すなわち巨大な球の一部であり、その球はぐるぐると回転しながら、いまこの瞬間も、あたかも宙に投げあげられた大岩のように虚空を突進しているのだ〞という、実に馬鹿げたことを大真面目に信じているほどだ」

「タタール人の社会において、〈星見の者〉の役割は極めて重要であり、一方でもし星の運行を読み間違えることがあれば、ただちに死罪に処せられることになっている。それゆえ、彼らは正確な星の位置を確認すべく、たいへんな努力を払い、またさまざまな工夫を凝らしている。中でも彼らの奥義《おうぎ》と呼ばれるものが、ガラス玉と、途方もなく長い筒とを組み合わせた〈星見の筒〉なる代物である。〈星見の筒〉には〈星見の者〉以外は王といえどもけっして近づくことを許されず、非常な秘密に包まれている。筒は、長さが長ければ長いほど遠くが見えると信じられており、噂によれば、彼らは最も長い筒を使って月を眺めていた際、そこに生き物の姿を認めたという話だった。もっとも、ある者は月にいるのはウサギだと言い、別の者はヒキガエルだと、また梳《くしけず》る七人の美女を見たと言い張る者もいて、正体ははっきりしないらしい」

…………。

こういった話を、父と叔父はヴェネチア方言の中に時折異国の珍しい言葉や訛《なま》りを用いて話してくれた。私はすっかり話に引き込まれ、あまりにも夢中になって聞いていたので、あやうく息をすることさえ忘れるほどであった。

しばらくして、私はふと我に返り、辺りを見回してすっかり驚いた。いつの間にか宴席から人がいなくなり、いまでは私たち三人しか残っていないことに、初めて気がついたのだ。

「さて、と。今日はこのくらいにしておくか」

父と叔父は顔を見合わせ、にこりと笑って席を立った。

それから私は父と叔父の後をついて回り、彼らに異国の珍しい話をしてくれるようしきりにねだった。不思議なことに他の子供たちは、そんな私の行動をなぜか馬鹿にする様子であった（どうやら彼らは、父と叔父の語ることはすべて馬鹿げたホラ話だと思っていたようだ）。

父と叔父は、暇がある時には話をしてくれたが、たいていの場合は私を相手にもしてくれなかった。

二人はひどく忙しそうであった。

やがて私はその原因を知って興奮した。父と叔父は、先日十五年に及ぶ長旅から帰ってきたばかりだというのに、なんともう次の旅の準備に取り掛かっていたのだ！

そのことを知ってからというもの、私はいっそう彼らについて回るようになった。

「今度はどこに行くの？」私は荷造りをしている二人に尋ねた。

「陸路、東へ行く」父はぶっきらぼうに答えた。

「なぜ東なの？　なぜ船で行かないの？」

「地中海の目ぼしい商売はとっくに他の商人たちに押さえられていて、うまみが少ないんだよ」叔父が丁寧に答えてくれた。

「東に行く道は危険なんでしょ？」

「危険さ」と叔父。

「だからこそ、商売のし甲斐《がい》があるというものだ」と父。

私は思い切って言ってみた。

「今度の旅には、僕も一緒に連れていっておくれよ」

父と叔父は一瞬荷造りの手を止め、顔を見合わせた。

「危険な旅だぞ」父が言った。

「分かっているさ」

「従兄弟たちとも遊べなくなる」

「もう子供じゃないもの」私は唇を尖《とが》らせて言った。

「それじゃ聞くが」と父は私の目をまっすぐに見て尋ねた。「お前はなぜ、俺たちと一緒に旅に行きたいのだ？」

「遠くの景色を見たいんだ」私は言葉をもどかしいものに感じながら、急いで答えた。「僕は、この世界で一番遠くの景色を見てみたいんだよ！」

私の答えを聞いて、父と叔父は再び顔を見合わせた。彼らは顔を寄せ、低い声で何事か相談していたが、ふいにまた私の方に向き直って言った。

「いいだろう」

「本当！」私は思わずその場に飛びあがった。

「但し、条件がある」父が言った。

「条件？」

「そう、条件だ」叔父が言った。「マルコよ。お前は、いつか俺たちが話してやったタタール人の町、カンバルックに住む〈星見の者〉たちの話を覚えているかい？」

私が無言で頷《うなず》くと、叔父はあの不思議な質問を口にした。

「では、彼らが見た、この世界で一番遠くの景色はなんだったのか？　それが分かれば一緒に連れていってやろう」

父と叔父はそれだけ言うとぴたりと口を閉ざし、私の顔をじっと覗き込んだ。私は懸命に頭を絞った……。

準備には二年を要した。

かくて二年の後、十七歳になった私は、父と叔父とともにあの不思議に満ちた旅へと出発したのである。

神に感謝。アーメン、アーメン。

＊

「ちくしょう、また肝心な点が抜けてやがる！」〈船乗り〉レオナルドが拳を振り回し、天井を仰いで大声をあげた。彼はすぐにマルコに詰め寄るようにして尋ねた。「それで、あんたはその時、叔父さんやお父っつぁんになんて答えたんだい？」

「私はそいつをお前さん方に判断してもらおうと思ったのだよ」マルコはとぼけた顔で答えた。

「一番遠くの景色だと？」

レオナルドは太い腕を組んで考え込み、すぐにはっとした様子で拳を手のひらに打ちつけた。「それならオレが船から見た、あの見はるかす青い水平線！　いくら凧に乗ったって、あれより遠い景色を見られるとは思えねえ。あれがこの世で一番遠い景色にきまってる。マルコさん、あんたもきっとそう答えたんだろう？」

マルコは首を横に振った。「私は幼い頃からヴェネチアの港に立ち、はるかな青い水平線を眺めて育ったのだ。私はむしろ、あの水平線の彼方《かなた》にある未知の国や異邦の人々のことを知りたかった。だからこそ、旅に出たんだ。いや、私の答えは〝水平線〟ではなかった」

「失礼ですが」と今度は〈僧侶〉ヴォロッキオが口を開いた。「マルコさん、あなたのいまのお話はいささか時間が混乱していたのではありませんか？　教会も認めている通り、時間を溯《さかのぼ》ることを考えるのは、偉大な神ならぬ人間には傲慢の罪にあたるのですよ。そもそも時間というものはですね……」

「相変わらず要領を得ない野郎だな」〈貴族〉コジモがうんざりしたように口を挟んだ。「能書きはいいから、さっさと要点だけ言えよ」

「つまりですね」ヴォロッキオはちょっと顔をしかめて言った。「マルコさんは、いまの話の中でこうおっしゃったのです。〝一番遠くの景色が見たい。そのために旅に出たい〟と。しかし、旅に出る前にこれから見るはずのもののことが分かるわけがない。第一、あらかじめ分かっているなら、それを見にいく必要はないのですからね」

「本当だ！　〝前〟と〝後〟が逆さまになっている」〈仕立て屋〉ジーノが茶色の眼をくるりと回して言った。

「やっぱりそんなことだと思ったぜ」コジモが鼻先でせせら笑った。「ヴォロッキオよ、貴様の早呑み込みは死んでも直らないとみえるな」

「早呑み込み？　どういうことです？」ヴォロッキオは唇を尖らせた。

「いいか、よく思い出してみろよ」コジモは人さし指を立てて言った。「マルコさんは何も、自分が見た一番遠くの景色について尋ねられたんじゃない。タタール人の〈星見の者〉が見た一番遠くの景色について答えたんだ。この二つは必ずしも同じものじゃない。つまり、時間を溯る必要などどこにもないんだよ」

「なるほど、そう言えば……」

「問題はおそらく、〈星見の者〉が星を見るために使っていたという〈星見の筒〉だな」コジモは、ヴォロッキオのことなどもうすっかり無視して、思案げに眉根を寄せた。「たしか〝長ければ長いほど遠くが見える〟という話だったが、一番長い筒を使った場合、果たしてどこまで遠くが見えたものか……?」

「それなら、月じゃないの?」ジーノが辺りを見回して言った。「だってマルコさん自身が〝彼らは最も長い筒を使って、月に住んでいる生き物の姿を見た〟って言っていたじゃない?　お月さまより遠い場所があるとは思えないよ」

「残念だが、ジーノ」とコジモは首を振って言った。「マルコさんは〝この世界で一番遠くの景色は何か?〟と尋ねられたんだ。月はこの世界の外の場所だよ」

コジモの言葉に、マルコは軽く頷いてみせた。

「で、結局、問題は振り出しに戻ってくる」

若者たちは無言で眉をひそめ、顔を見合わせ、首を捻った。

「駄目だ、全然分からねえ!」レオナルドが最初に悲鳴をあげた。

「ぼくも降参」ジーノがため息をついた。

「わたしも、まあ、そんなようなものです」ヴォロッキオが言った。

「それでマルコさん、あんたはいったいなんと答えたんだ?」コジモが訊《き》いた。

「私は父や叔父の話として、次のことをたしかに伝えたはずだがね」とマルコは肩をすくめて答えた。「〝タタール人たちの星々への信仰は非常に篤いものだった。そのせいで彼らは、自分たちが立っているこの大地もまた星々の中の一つ、すなわち宙に浮かぶ巨大な球だと考えていた〟と。とすれば、〈星見の者〉たちが〈星見の筒〉をどこまでも長く伸ばしていった場合、その筒を覗く彼らの目に最後に映るものははっきりしているじゃないか」

マルコは若者たちを見回し、その答えを口にした。

「筒を覗いている自分の後ろ頭だよ」

「そんな馬鹿な！」

「この世界で一番遠くの景色が……」

「よりにもよって……」

「自分の頭の後ろだなんて！」

若者たちは各人、呆気に取られた様子で呟いている。

マルコはゆっくりと頷き、それから先を続けた。「後で聞いたところ、父と叔父は、帰ってきてひと目見た時から、次の旅には私を一緒に連れていこうと考えていたのだそうだ。だが、同時に彼らは、十五歳の私の目の中に遠い場所へのあまりにも強い憧れがあるのに気づき、その一点が心配だった。見知らぬ異国の地を旅する場合、遠くばかりを見ている者、足もとを疎《おろそ》かにする者にはたちまち破滅が訪れる。そしてその場合、厄災は一緒に旅をする者の上にも及ぶことになる。そのことを父も叔父も身をもって知っていた。だからこそ彼らは、あらかじめわざわざ〈星見の者〉の話を私に聞かせ、機会を見て私に尋ねたのだ。〝彼らが見た一番遠くの景色は何か？〃と。

私の答えを聞いて、父と叔父は満足したように頷いた。そして、私の肩を叩いてこう言った。〃それだけ分かっていれば充分だ！〃と。彼らはその時初めて、私が遠くを夢見るばかりではなく、きちんと自分の頭の後ろを見ることのできる者だと——つまり、一緒に旅をするに足る人物だと認めてくれたのだ」

マルコはそう言うと、ふいと立ちあがり、牢の隅の薄暗がりに行ってごろりと横になった。

わたしは、なお訝《いぶか》しげな顔をしている若者たちをその場に残して、腕枕で横になったマルコの背後にそっと席を移動した。そして、マルコが誰にともなくこう呟くのを聞いた。

「……遠い異国の見知らぬ場所に迷い込んで行けば行くほど、そこにたどりつくまでに通り抜けてきた他の場所がますますよく理解できるようになる。……私は大ハーンに命じられて彼の広大な版図《はんと》、幾多の見知らぬ土地、見知らぬ国に足を踏み入れるたびに、それまで歩んできた道筋を溯り、やがて少年時代のなじみの場所、幼い頃に走り回ったヴェネチアの橋の上や石畳の広場を訪れ、その場所を以前にもましてより深く知ることになった。……結局のところ、私にとってこの世界で一番遠くの景色とは……生まれ育ったヴェネチアの街並だったのかもしれない……」

騙《かた》りは牢を破る

――牢の中の生活は船の生活に似ている。

囚人たちにとって、昨日と今日を区別するものは、わずかに高い塀で四角く区切られた空の色の違いだけだ。もし空の色が昨日と似ていたなら、昨日と今日の、今日と明日の区別は水のように溶けてなくなる。日付の感覚は、錨《いかり》を失った船さながら、たちまち広い海をあてもなくさまよい出す……。

わたしは今日も牢の中にいる。

わたしが乗った故郷ピサの船がジェノヴァの船との争いに敗れたあの日から、もうどれくらいの時間が流れたのだろう？　五年？　いや、もう六年目になるのか？　だとしたら、牢の外はもう、キリストがお生まれになって一千二百九十九年目になっているはずである。

わたしはこの牢の中で何人かの若者たちと知り合った。

「ほら見て！」

といま、足元の小石を拾って陽光にかざしてみせたのは〈仕立て屋〉ジーノ。彼は長い牢の生活にも明るさを失わない、人の好《よ》い若者である。

「この小石、きらきら光ってとってもきれいだよ」

「どれ、見せてみな」

ジーノの手から小石を取りあげた、大柄な赤ら顔の若者は〈船乗り〉レオナルド。

レオナルドは小石を見て、すぐに放り出した。

「なんだ、普通の石っころじゃねえか。オレはまた黄金でも落ちていたのかと思ったぜ」

「こんなところに黄金が落ちているわけがないでしょう」

〈僧侶〉ヴォロッキオが小馬鹿にした口調で言い、小石を拾いあげた。彼は、それでも一応、小石を調べた後で、それを隣の若者に手渡した。

「普通の石ころだってかまわないさ」

〈貴族〉コジモが小石を受け取って言った。

「こいつだって、きれいなことに変わりはない」

小石は若者たちの間をぐるりと回って、再びジーノの手に戻された。

ジーノは嬉《うれ》しそうな顔で、小石を陽光にかざしている。

「ああ、ここの小石や砂が全部、本物の黄金だったらなあ！」

ジーノの口をついて出たその願望こそは（それがいかに馬鹿げたものに聞こえるにせよ）、牢の中の者たちにとっての共通の願いであった。

――もしそうなら、この牢から出ていける！

牢を出ていくには莫大な身の代金が必要だった。一介の物語作者たるわたしには、とうてい支払うことのできる額ではない。そしてそれは牢に囚われた他の若者たち――見習いや、次男三男坊といった社会的に半端な身分の彼らにとっても、同じことが言えた。

「そうだ、ルスティケロ」レオナルドが、何か思いついた様子で、わたしを振り返った。「物語作者のあんたは、これまでに色んな話を読んで知っているんだろ？　ほら、なんだっけ？　昔話の中に小石を黄金に変えるやつがあったじゃねえか。あの話には、やり方は書いてないのかい？」

　わたしは苦笑して首を振った。

「残念ながら、やり方は伝わっていないようだ」

「ちぇっ、これだから物語作者なんてなんの役にも立ちやしねえ」

　小さく舌打ちをしたレオナルドは、今度はその顔を牢の隅に振り向けた。

「じゃ、あんたはどうだい？　あんたなら、小石を黄金に変える方法の一つや二つ、本当は知っているんじゃないのか？」

　それまで牢の隅でぼんやりと空を見あげていた小柄な、そしておそろしく汚いぼろをまとったヴェネチア人がこちらに顔を向けた。男はわたしたちの中では一番の新入りである。彼は牢に連れてこられた時、自ら〈百万のマルコ〉と名乗った。

「それは桑の樹の白い内皮を使って作られる。大ハーンはそれを毎年、大量に作って、支払いはすべてそれで済ませていた」

「そりゃまた……いったいなんの話だい？」

「小石ではないが、木屑から作られた紙は黄金に変わる。私がかつて仕えていた大ハーンの国では、紙一枚が金貨一枚、あるいは金貨十枚と交換できた」

「紙？　紙というと、あの紙ですか？」ヴォロッキオが呆れたように言った。「しかし紙なんてものは、そりゃ以前は少しは珍しくて価値のあるものだったようですが、最近じゃ写本に使うにしたって羊皮紙より安いくらいですよ」

「ただの紙ではない。額の記載もあれば、皇帝大ハーンの朱印も押してある」

「それだけで紙が黄金十枚と交換できるのですか？」

マルコが頷《うなず》くのを横目で見て、若者たちはひそかに目配せを交わした。

百万《ホラふき》のマルコ。

彼が語る奇想天外なホラ話は、退屈な牢の中で、なくてはならないものになっていた。

「ところで、百万長者殿《イル・ミリオーネ》よ」コジモが薄い朱色の唇の端を歪《ゆが》めるようにして尋ねた。「前から訊《き》こうと思っていたんだが、あんたはなぜそんな結構な国――つまり、紙が黄金に変わる素敵な国を離れて、よりにもよってこんなむさくるしい場所に閉じ込められることになったんだい？」

「私が？　閉じ込められている？」

マルコはきょとんとしたように黒い眼を丸くした。

「私がここにいるのは、一つにはここが気に入ったからだし、もう一つの理由は私が経験した不思議な物語をお前さんたちに聞かせてやろうと思ったからだ。私は別に閉じ込められているわけじゃない。いつだって出ていくことができる。私がそう望みさえすれば」

「なるほど」コジモは肩をすくめて言った。「実は俺もそうなんだ。けっこう気に入っているんだよ。特にこの狭くて、じめじめした具合がね」

「オレなら、メシがまずくって、少ないところだな」レオナルドが小声でぼやいた。

「ぼくは、毎日何もすることがない退屈なところ」ジーノが言った。

「わたしは、このよどんだ空気ですかね」ヴォロッキオが言った。

「私は大ハーンから高い信頼を受け、非常に重く用いられていた」

マルコは言った。

「その私がなぜ大ハーンのもとを離れ、故郷ヴェネチアに帰ってくることになったのか？　それは、私自身思いもかけなかった、ある事情によってなのだ」

マルコはそうして、不思議に満ちたあの物語を次のように語りはじめたのである……。

＊

私――すなわちマルコ・ポーロは、かつて十七年にわたってタタール人の偉大な王、大ハーン・フビライに仕えていた。
貿易商人の父と叔父に従って故郷ヴェネチアを後にしたのは、私がまだ十七歳の頃であった。私たちは商売を続けながら陸路東へ東へと進み、三年半の旅の後に、ついにかの大ハーンの統《す》べる国に到着した。大ハーンは、私たちがはるばるヨーロッパからやってきたことを知ると、たいへんお喜びになり、父と叔父は大ハーンの庇護のもとで商売をすることを許される一方、私は大ハーンの直参として仕えることになった。

以後十七年の長きにわたり、私は大ハーンの使者として、ほとんど絶え間なく広大な王国の数多《あまた》ある辺境の地に派遣された。私は課せられた使命をつねに立派に果たしてのけただけではなく、できる限りその国の新奇な話題を大ハーンのもとへと持ち帰った。大ハーンは私の仕事ぶりをたいへんお喜びになり、使命が重大でしかも遠方にまで赴かねばならないような場合は、必ずこれを私に委任するようになった。私が不思議な国の不思議な話を数多く知っている理由は、私が誰よりもしばしば未知の地方を踏査し、同時に誰にもまして深い注意力を払って知識を獲得しようと努めたからにほかならない。

十七年という歳月は、人によって短くもあり、また長くもある。

私は大ハーンのもとで人生の最も活動的な時期を迎え、非常な満足を覚えていたのだが、父や叔父にとっては必ずしもそうではなかったようだ。二人は、老いるにつれて、頻繁に望郷の念を口にするようになった。そして一再ならず大ハーンに帰国の許可を願い出ていたが、大ハーンはなかなか首を縦に振ろうとはしなかった。おそらく大ハーンは、私を格別に重く用いていたので、もし父や叔父に帰国を許せば、私までが一緒に帰ってしまうのではないかと恐れていたのであろう。

近東タタールの領主アルゴンの三人の重臣が、使者として大ハーンのもとを訪れたのは、ちょうどそんな頃であった。

大ハーンにお目通りを許されたアルゴンの重臣たちは、まず、

「我らが主《あるじ》アルゴン殿から大ハーン・フビライ殿に、恙無《つつがな》きことをお慶《よろこ》び申し上げます」

と型通りの口上を述べた後、早速次のような用件を切り出した。

「我らが主アルゴン王にお妃《きさき》をお選びいただきたい」と。

これを聞いた大ハーンは、首をかしげて尋ねた。

「これは妙なことを言う。アルゴン王——すなわち我が弟フラーグの孫アバガの長子には、すでにボルガナ姫というれっきとした妃がいるではないか？　かのボルガナ姫こそ、予《よ》がアルゴンのために選び、与えた正妃であるぞ」

三人の重臣は床の上に顔を伏せて畏《かしこ》まり、次のような事情を告げた。

「ボルガナ姫は先日、急な病《やまい》を得てお亡くなりになられてございます」

「姫は、亡くなる直前、自らの後を継いで王妃の座を占める者は、是非とも自分の一族の中から選んでほしいとの旨、アルゴン王に言い遺《のこ》されました」

「アルゴン王はたいへんなお嘆きようで、いまはただ亡き姫の遺言を守ることだけをお望みのご様子で御座います」

「なるほど。病ならば仕方がない」大ハーンは嘆息して言った。「ボルガナ姫の遺言、たしかに承知した」

その日は使者たちを歓待する盛大な宴が催され、さて翌日、ハーンは再び三人の重臣を引見して言った。

「亡きボルガナ姫の一族より、予が特に選んだ姫をアルゴン王に妻《めあ》わせよう」

大ハーンの合図で、一人の美しい娘が広間に歩み出た。次の瞬間、広間に居合わせた者たちは誰もが息を呑み、我を忘れて彼女に見惚《みと》れた。

輝くばかりの絶世の美女。

彼女こそは芳紀《ほうき》十七歳になるコカチン姫であった。

「よもや不足はあるまいな」

大ハーンの声で三人の重臣たちはようやく我に返り、慌てて申し分のない旨を回答した。

かくてアルゴン王の新しい妃は選ばれたわけであるが、花嫁を送り届ける段になって予想外の困難が生じた。この時タタールの諸王の間に戦争が勃発し、近東タタールにつながる陸路はすべて通行不可能なことが判明したのである。

一刻も早い帰国を願っていたアルゴン王の三重臣は、すっかり困惑してしまった。

あたかもこのような時、私マルコ・ポーロが、それまで知られていなかった未知のインドの海を探検し終えて帰還したのである。

何も知らない私は、いつものように大ハーンのもとに赴き、新たに見聞した各地の新奇な事柄について報告を行った。その時たまたま広間に居合わせたアルゴンの三重臣は、私の話を聞き、一案を思いついたのであった。

彼らは相談のうえ、大ハーンに次のようなことを申し出た。

「我ら一行は、コカチン姫を伴い、海路より帰国することを決めました」と。

これを聞いた大ハーンはひどく驚いた。というのも、タタール人はもっぱら騎馬を得意とし、陸路であれば世界中いかなる場所もまず心配することはない。だが、古来海に出たタタール人はほとんどいないのだ。しかも近東へ向かう途上にはまだまだ未知の海域が広がっており、危険に満ちた航海になることは間違いなかった。

「戦乱が鎮まり、陸路が開かれるのを、いましばらく待つが良かろう」

という、せっかくの大ハーンの言葉にも三重臣は頑《かたく》なに首を振った。

「我が主アルゴン王は、我らが帰りを首を長くして待っておられます」

「妃を亡くしたアルゴン王は、ひどく落ち込んでおられました。我らの帰りがこれ以上遅れれば、アルゴン王は気落ちして亡くなるやもしれず」

「そうなれば近東タタールはたちまち異民族に征服されてしまうでしょう」

そこまで言われれば、大ハーンとしても許さざるを得なかった。

ところが、三重臣の申し出にはまだ続きがあった。つまり、彼らは、

「現在大ハーン殿に仕えている三名のラテン人――マルコ、ニコロ、マテオ――を一行に加えていただきたい」

というのである。

最初、大ハーンはこの申し出を拒絶した。が、三重臣は懸命に食い下がった。

「我ら海に慣れぬタタール人だけでは、とうてい生きて帰り着くことはできませぬ」

「我らの命だけならばともかく、今度の航海にはアルゴン王、それに花嫁コカチン姫の生命もかかっているのです」

「何卒《なにとぞ》、三名のラテン人を一行に加えてくだされ。彼らならば海にも慣れておりましょう」

大ハーンは、苦い顔で黙り込むしかなかった。

傍《かたわ》らで聞いていた私は、一方ではアルゴンの三重臣を気の毒に思い、また大ハーンがかねてよりローマ教皇をはじめフランスやスペインといったキリスト教国の諸王に親書を送りたいと言っていたことを思い出し、この機会に私たちを一度ヨーロッパに使者として送っては
どうか、と提案してみた。

「使命を終えた後は、必ず帰ってまいります」

私がそう言うと、大ハーンはようやく愁眉を開いた。私がけっして約束を破ったり、嘘をついたりしないことを、彼は知っていたのである。


いよいよ出発するにあたって、大ハーンはキリスト教国の諸王に宛てた親書や贈り物とは別に、私たち三人に莫大な報酬を授与してくれた。

この航海のために、ハーンが用意してくれた船舶は都合十四隻、いずれも四本マストに十二枚の帆を張ることのできるものであった。

艤装《ぎそう》が整うのを待って、アルゴンの三重臣、コカチン姫、それに私たちは、それぞれに大ハーンに別辞を述べ、多数の従者を率いて船に乗り込んだ。

私たちは大洋中を航行すること約三カ月にして、南海中のジャヴァ島に到着。ついでインド洋に乗り出し、途中さまざまな苦難と不思議なことを体験しつつ、実に十八カ月に及ぶ

航海の末に、ついに目的の近東タタールの地に到着したのである。

海に慣れぬタタール人たちを率いて未知の海域を進むこの航海は、控えめに言っても、容易なものではなかった。そのことは、十四隻の船のうち到着したのはわずかに三隻、当初六百人は下らなかった人員が途中で次々と死亡し、到着時にはわずか八十人を余すのみとなっていたことからも知れるであろう。アルゴン王の三重臣も途中で二人が命を失い、生きて帰り着いたのはわずかに一人だけであった。

そんな中、私たちはコカチン姫を、あたかも母鳥がヒナを守るがごとく、母親がその娘を世話するがごとく、その安全に気を配り、彼女を守り通した。一方、うら若くして美貌の持ち主であるコカチン姫も、航海中私たち三人を実の父親のように慕い、ことに我が老父ニコロを愛慕すること切であって、いよいよ別れなくてはならない際には、肉親の別れもかくあるまいと思えるほどの、悲嘆の涙にくれたものである。

二人の重臣を失ったアルゴン王の嘆きは、しかし私たちの冒険譚と新しい花嫁コカチン姫の美貌によってすっかり癒された様子であった。

アルゴン王は、私たちに莫大な財宝をお与えくださった。

結局私たちはこの航海において、大ハーンから与えられた分と合わせて、二倍の莫大な富を得たことになる。

かくてタタール領主のもとを辞去した私たち三人は、もう一つの使命を果たすべく、ヨーロッパの入り口で三手に分かれた。

私は大ハーンから言付かった親書や珍しい贈り物を、ローマ教皇他いくつかのキリスト教国の王に届けた。

そして、すべての使命を無事果たし終えた後で、私の乗った船がジェノヴァの船と争い、私は捕えられて、牢に連れてこられた。おかげで私は、何一つ失うことなく済んだのである。

神に感謝。アーメン、アーメン。

＊

「何も失わなかった、だって！」若者たちはいっせいに吹き出して言った。

「やれやれ、マルコさんよ」と〈貴族〉コジモが小さく首を振って言った。「なるほどあんたは、これまで俺たちに色んな不思議な話を聞かせてくれた。そしてあんたはそのたびに、俺たちが思いもかけなかった謎解きをしてくれたわけだが、いまの話に限っちゃあ、いくらなんでも辻褄《つじつま》が合わないようだぜ。何しろ、あんたがいま持っているものと言えば、俺たちに話してくれたホラ話だけじゃないか。大ハーンとアルゴン王にもらったという〝二倍の富〟とやらは、いったいどこにあるんだい？」

「そうだ、そうだ」〈船乗り〉レオナルドが我が意を得たりとばかりに頷いて言った。「そんなものがあるなら、オレたちをさっさとここから連れ出してくれよ」

「そりゃ、マルコさんの話はたしかに面白いし、話を聞いている間は退屈を忘れることができるさ」〈仕立て屋〉ジーノが首をすくめて言った。「でも、気がついたら、やっぱり牢の中だ」

「あなたもまた、我々同様、やはり捕えられ、牢につながれているのですよ」〈僧侶〉ヴォロッキオが、罪人をたしなめるような口調で言った。「それでもあなたは本当に神に感謝しているのですか?」

マルコは若者たちの顔を見回して、静かに言った。

「神は、長く困難な使命を果たし終えた私に、こうしてしばしの休養を許されたのだ。同時にお前さんたちには、私が経験した不思議な話を聞く機会をお与えになった。これほど有り難いことがあるかね?」

「ちくしょう! あんたのホラ話は、もうたくさんだ!」レオナルドが突然、吐き捨てるように言った。「オレはあんたのホラ話を聞くために牢にいるんじゃねえ。ここを出ていけるんだったら、オレはなんだってする。オレは故郷に帰りたいんだ!」

狭い牢の中にこだましたレオナルドの悲痛な叫びは、わたしたちを打ちのめした。

不可能への憧れは、絶望の異名にほかならない。わたしたちは絶望を恐れた。だからこそ、わたしたちはその思いを——自由への憧れを——冗談のようにしか口にしてこなかったのだ。一度《ひとたび》表明された希望は、わたしたちの胸に消えかけた憧れの炎を燃えあがらせる。そしてそれは、すぐにでも絶望によって取って代わられるはずであった……。

「ふむ、そいつは知らなかった」

マルコはわたしたちの眼を覗き込み、驚いた様子で呟《つぶや》いた。

「私はてっきり、お前さんたちが好きこのんで、ここにいるとばかり思っていたのだが……」

「好きこのんでここにいる？」ジーノが呆れたように言った。

「この狭くて」とコジモ。

「じめじめしていて」とヴォロッキオ。

「ろくなメシも出ない、この場所にかい？」とレオナルド。

「どうやら私は勘違いをしていたようだな」マルコは肩をすくめて言った。「それじゃ話は簡単だ。早速ここを出ていくと……」

マルコが何か言いかけたその時、牢の扉が開いて、看守がわたしの名前を呼んだ。

「すまない。ちょっと待っていてくれ」

わたしはマルコと若者たちにそう断って席を立った。

重い鉄製の扉の陰で、看守とは別に、一人の見知らぬ男がわたしを待っていた。

「あなたがルスティケロさん？　ピサの物語作者？」

男は上目づかいにわたしに尋ねた。

わたしが無言で頷くと、男は急に愛想が良くなり、右手を差し出して早口に言った。

「あなたが書かれた物語、たいへん評判が良いですよ。珍しいし、そのうえ面白い。市内では大評判。みんな争うように買っていきます。いいえ、市民だけではありません、貴族の方々や、今日はなんとジェノヴァ総督からも注文が来ました。いやもう、この商売はじまって以来、前代未聞の、たいそうな売れ行きです。おかげで大儲《おおもう》けをさせてもらいました……」

わたしはぽかんとして男の言葉を聞いていた。わたしには、彼が何を言っているのかさっぱり分からなかったのだ。男はなおも一方的に早口にまくし立て、最後に、

「面白い話を、また頼みますよ」

そう言うなり、くるりと身を翻し、せかせかとした足取りで立ち去ってしまった。

「良かったですね」

と耳元に小声で囁かれて、わたしははっと我に返った。振り返ると、看守の若者がにこにこと笑いかけていた。彼は、わたしがまだ呆然としているのに気づき、眉をひそめて尋ねた。

「何か問題でも？　この街《ジエノヴア》で一番信頼できる写本業者を手配したつもりなのですが……」

この言葉で、わたしは突然あることに思い当たった。そして、急に目の前から霧が晴れていくように、すべての疑問が氷解した。

わたしは、マルコが語るホラ話をひそかに書き留めてきた。はじめはなんのつもりもない、たんなる暇つぶし。あるいは物語作者の習慣にすぎなかった。が、話の数が一ダースを超えた頃、書き留めたものを何げなく読み返したわたしは、これがけっこう面白い読み物であることに気がついた。そこでわたしは、やはりマルコのホラ話がきっかけで仲良くなった看守の若者に、市内の写本業者と話をつけてもらうよう頼んでいたのだ。

それきり忘れていたのだが、先ほどの写本業者の男の様子では、マルコのホラ話を集めた本は、どうやらわたしが思っていた以上の評判らしい……。

「割り前は、たしか一割で良かったのですよね？」

看守の若者が、わたしの胸の辺りを指さして、心配顔で尋ねた。

「割り前？」

そう呟いて、わたしは自分がずしりと重い革袋を抱えていることに、ようやく気がついた。

そう言えば、さっきの写本業者の男が、

「これがあなたの取り分です！」

と早口に言って、わたしにこの革袋を押しつけたのであった。

「取り分？」

もう一度呟いたわたしは、それが何を意味するのかを知って、あっと声をあげた。

わたしは慌てて革袋の口紐を解き、中を覗き込んだ。

目眩《めまい》がした。

ずっしりと重い袋の中身はすべて金貨であった。わたしは震える手で、金貨の数をかぞえはじめた……。


その日の午後、わたしたちはジェノヴァの広場に立っていた。

コジモ、ジーノ、レオナルド、ヴォロッキオの四人の若者たち、わたし、それにマルコ。

見あげた空はどこまでも青く、そしてどこまでも広く続いている。四角く区切られていない空を見るのは、なんだか不思議な気分だった。

わたしが写本業者から受け取った金貨は、牢にいるわたしたち全員の身の代金を払ってなお余りある額であった。

わたしは若者たちのもとに戻り、もつれる舌でそのことを告げた。彼らは、もちろんはじめは信じようとはしなかった。だが、現実に金貨の詰まった革袋を見せると、若者たちは一瞬絶句し、口々に叫びはじめた。

「出られる。ここから出ていけるんだ！」とコジモ。

「故郷に帰れるなんて、嘘みたいだ！」とジーノ。

「待っていろよ、おふくろ！　いま帰るからな」とレオナルド。

「ああ、神よ！　自由よ！」とヴォロッキオ。

そのうち彼らは、お互いに肩を抱き合って、おいおいと泣き出した。

そんな中、マルコは一人、少し離れた場所から若者たちの様子を呆れたように眺めていた。

彼は小さく首を振り、醒《さ》めた口調でこう呟いた。

「やれやれ。私はまだ見たことの半分も語ってはいないのだがね……」

その瞬間、わたしはとんでもないことに気がついた。

マルコの騙《かた》りは、わたしたちを本当に牢から連れ出してしまったのだ。

わたしたちは広場で別れた。

若者たちはそれぞれ、うきうきとした足取りで、久しぶりの故郷へと向かう。フィレンツエ、ミラノ、ナポリ、ローマ、ピサ……。わたしたちの行く手を遮《さえぎ》っていた高い塀は、もう存在しないのだ。

マルコは、さっきわたしが手渡した数枚の金貨を不思議そうに手の中で転がしていた。

「これは、なんだ？」マルコがわたしに尋ねた。

「あんたの取り分だよ。それだけしか残っていないが、取っておいてくれ」

「ふむ」マルコはまだ不思議そうな顔をしている。

「ところで、あんたはこれからどうするんだい？」わたしが尋ねた。

「大ハーンのもとに帰るさ。戻ると約束したからな」

「ふむ」今度はわたしが唸る番であった。

マルコはこの期に及んでまだホラ話を続けるつもりらしい。わたしは思いついて尋ねた。

「もしヴェネチアに帰るのに、もっと金が必要なら……」

「いや、こんなものは邪魔になるだけだ」

マルコは首をすくめた。と、彼はふいにわたしを見あげ、にやりと笑って言った。

「忘れていた。あんたの取り分だ」

マルコは私の手の中に何かを押し込み、後は一度も振り返らず、すたすたと足早に離れていく。

私は手の中に残されたものを見て……思わず苦笑した。

マルコは自分が着ていたぼろ服の一部をちぎり取って、わたしにくれたのだ。

それが、わたしの〝取り分〟らしい。

考えてみれば、マルコの持ち物といえばこれしかない。記念にありがたくもらっておくとしよう。そう思ったわたしは、ふと手の中に固い芯のようなものを感じた。もう一度よく観察すると、ぼろ布は二重になっていて、中にまだ何か入っている。わたしは小刀《ナイフ》を使って、中のものを傷つけぬよう、慎重にぼろ布を裂いた。

小さな硬い塊が一つ、石畳の上に転がり落ちた。

わたしは、まだホラ話の続きを聞いているような気がして、わけもなく胸が高鳴った。紅玉《ルビー》か、青玉《サファイア》か、金剛石《ダイヤモンド》か、あるいはジパングで手に入れた黄金のかけらではあるまいか？

拾いあげた塊は紙で固く包まれていた。わたしは手の中でその塊を苦労して揉《も》みほぐし、ほぐした紙をゆっくりとはがしていった。一枚、二枚、三枚……。よほど大事なものらしく、幾重にも紙で包まれている。

ところがどうしたことか、塊はどんどん小さくなり、ついにはなくなってしまったではないか。

塊の中には何も入っていなかったのだ。

わたしは首をかしげた。そして、手の中に残った一枚の紙に初めて目を向けた。

くしゃくしゃのその紙には、何か奇妙な記号のようなものが記されていた。これが東方の文字なのだろうか？　紙の周りにはぐるりと細かく黒字の書き込みがあり、中央には赤い印章らしきものが見える。

中断されたマルコの話を思い出したのは、その時であった。彼はこう言った。

「私たちはこの航海で……二倍の莫大な富を得た……おかげで私は、何一つ失うことなく済んだのである」

マルコは言った。

「大ハーンの朱印を押したものは…………紙一枚が金貨一枚、あるいは金貨十枚と交換できる」

わたしはマルコの言葉の意味に思い当たり、呆然となった。

マルコはあの牢の中で本当に莫大な財産を身につけていたのではないか？　少なくとも、彼が牢の中に持ち込んだのはホラ話だけではなかった。いや、ホラ話どころか、マルコは本当に一言も嘘を言っていなかったのだとしたら……？

わたしは手にした紙から目をあげた。周囲にはたくさんのくしゃくしゃになった紙が散らばり、風に舞っている。わたしは目でマルコの姿を探した。

ぼろをまとい遠ざかるマルコ。ちょうど広場の反対側の角を曲がろうとしている。一瞬、ぼろ服をまとったマルコの姿が黄金色の光に包まれたように見える。

わたしは彼の後を追おうとして……やめた。

マルコは言った。

「私はまだ見たことの半分も語ってはいない」と。

わたしは青く晴れ渡った空を見あげて想像する。

──マルコは語る。あの不思議に満ちた物語を。

──マルコは騙る。あの途方もないホラ話を。

その時広場の片隅は、あるいは場末の酒場は、はたまた薄暗い牢の中は、たちまち驚きと神秘に満ちた素晴らしい世界に変わるだろう。

それで良いではないか?

主要参考文献（出版社五十音順）

『週刊朝日百科世界の歴史53　13世紀の世界』　朝日新聞社
『物語世界の歴史4　マルコ＝ポーロの旅』　吉田悟郎ほか編　岩崎書店
『岩波講座世界歴史12　遭遇と発見』　樺山紘一ほか編　岩波書店
『マルコ・ポーロ――西洋と東洋を結んだ最初の人』　岩村忍　岩波新書
『東方見聞録』　マルコ・ポーロ／長澤和俊訳　ＫＡＤＯＫＡＷＡ
『マルコ・ポーロの見えない都市』　イタロ・カルヴィーノ／米川良夫訳　河出書房新社
『新装世界の伝記44　マルコ＝ポーロ』　須知徳平　ぎょうせい
『黄金の国ジパング――マルコ・ポーロ伝』〈世界を動かした人びと1〉　青木富太郎　国土社
『マルコ＝ポーロ――東西を結んだ歴史の証人』　佐口透　清水新書
『マルコ・ポーロ　東方見聞録』　青木富太郎訳　現代教養文庫　社会思想社
『チンギス・ハーンの一族　後』〈陳舜臣中国ライブラリー18〉　陳舜臣　集英社
『マルコ・ポーロと私』　楠見朋彦　集英社
『世界の伝記21　マルコ・ポーロ』　たかしよいち文／リビコ・マラーヤ絵　小学館
『ヴェネツィアの冒険家――マルコ・ポーロ伝』　ヘンリー・H・ハート／幸田礼雅訳　新評論
『マルコ・ポーロは本当に中国へ行ったのか』　フランシス・ウッド／粟野真紀子訳　草思社
『世界の歴史5　西域とイスラム』　岩村忍編　中公文庫
『東方綺譚』　マルグリット・ユルスナール／多田智満子訳　白水社
『完訳東方見聞録1・2』　マルコ・ポーロ／愛宕松男訳注　平凡社ライブラリー

解　説——柳広司の知恵／経験／想像力を凝縮したお得な作品集

村上貴史

■百万のマルコ

『東方見聞録』で知られるマルコ・ポーロが、東方からヴェネチアに戻ってからのことだ。ヴェネチアはジェノヴァとの戦争に入る。戦争の捕虜は牢《ろう》に繋《つな》がれるのだが、そんなジェノヴァの牢に新入りとして連れてこられたのが、マルコだった。キリストが生まれて一二九八年の後のことである——。

というのが、この『百万のマルコ』という短篇《たんぺん》集の大枠となる舞台設定だ。この大枠のもと、いずれの短篇でも、マルコが東方で大ハーン・フビライに直参として仕えていたころの経験を（一つだけは東方に旅立つ前の経験を）同じ牢で暮らす五人の捕虜に語って聞かせるスタイルとなっている。

そのマルコの昔語りには、一つの共通する特徴があった。マルコは様々な窮地に陥るのだが、いかにしてそこから脱したかの説明を、彼は端折《はしょ》るのだ。故にモヤモヤが残り、故に真相を牢のなかの面々が推理することになるのである。その推理が愉《たの》しい。最終的に誤答となる推理も豊かな発想に支えられており、意外性に富むし説得力のある正解とともに、安楽椅子探偵型のミステリの愉しさを堪能《たんのう》させてくれるのである。それも、牢の仲間と読者が同じ情報量で推理をできるという、とことん良質なかたちで。たとえるならば、アイザック・アシモフの『黒後家蜘蛛《くろごけぐも》の会』シリーズにおいて、会食の場にゲストが持ち込んだ謎を、会の面々が様々に推理するように、だ。

そうした謎解きを愉しめる短篇の積み重ねで構成されている本書だが、全体としての〝うねり〟も備えている。いくつかの短篇に転換点が仕込まれ、それ以降の展開に影響を及ぼすように作られているのだ。それらの転換点が最終的なゴールに向けて連鎖していく構成に柳広司の作劇の巧みさを感じるし、こうした仕掛けのおかげで心地よく読了することもできる。有難い。

ちなみに『百万のマルコ』には、二つのバージョンがある。一つ目は、二〇〇七年に東京創元社から発表されたバージョン（本稿では旧版と呼ぶ）だ。二つ目は、旧版に新たに一篇を加え、計十四篇で刊行された今回のバージョン（こちらは新版と呼ぶ）。ここからは、新版の収録順に、各篇を簡単に紹介していくとしよう。

巻頭に置かれた「百万のマルコ」でマルコは、黄金の国ジパングでの思い出を語る。彼は、黄金に満ちた国で、とりわけ純度の高い黄金の谷に転落した。垂直の崖は登れない。谷底に流れる川は、上流は滝で行き止まり。下流は洞窟へと流れ込んでいる。だが、マルコはここから脱出したのだ。それも単に脱出しただけでなく、〝他国の者にこの国の黄金を与えてはならない〟〝この国の黄金を他国から持ち込まれたいかなる品と交換してもならない〟という黄金の国のルールに縛られたなかで、莫大《ばくだい》な量の黄金を大ハーンの元に持ち帰ったというのだ。牢の面々はそれぞれに推理を繰り広げるが……。なんとも素敵なミステリ短篇である。謎の設定も、伏線を含めて無駄のない語り口も、シンプルながら切れ味抜群の真相も、だ。さらに、『百万のマルコ』とはこんなミステリですよ、という自己紹介としても、実に明快に作られている。第一話の役割を十二分に果たした一篇だ。

続く「賭博に負けなし」では、大ハーンとマルコの出会い、そして大ハーンの人となりが語られる。大ハーンは、マルコが十七年にわたって仕えた主《あるじ》であり、彼の命に基づいてマルコが東方の各地に赴き様々な体験をした（本書で描かれるエピソードの大半がこのパターンだ）という点で、極めて重要な人物である。第二話に相応《ふさわ》しい題材だ。ちなみにこの短篇においてマルコは、ふとしたはずみで大ハーンと賭けを行うことになってしまう。それも八つ裂きの刑に処されるリスクのある賭けだった……。真相解明を通じて、マルコの機知と、さらには大ハーンの（圧倒的な支配力と併存する）誠実さを知ることができる好短篇である。

屈強な将軍ですら支配できなかった〝遊女たちの町〟キンサイを、マルコが如何《いか》に手懐《てなず》けたかを語るのが「半分の半分」。大ハーン配下の同行者たちとキンサイの王との間で、板ばさみの状況に追い込まれたマルコの知恵が光る一篇である。同時に、牢の中での問題解決に、マルコの知恵と語りが結びつき始める一篇でもある。二重に美味だ。

「色は匂へど」では、地の果つる場所と呼ばれ、大ハーンとの国交が開かれていない〈常闇の国〉での謎解きが語られる。かつてこの地を訪れた異国の男は、禁を破り、処罰されたという。だが、その男が禁を破るのは、どう考えても不自然なのだ。一体なにがそうさせたのか……。シンプルで意外な真相が隠された一篇だ。そのシンプルな真相を、シンプルに読者に伝えるための工夫――牢の面々の中庭への外出許可――が施されている点も嬉《うれ》しい。シンプルな真相を導くための伏線も実に見事。その伏線を短篇タイトルと重ねている点も愉快で、ミステリとしての仕掛けの周到さに凄味《すごみ》を覚える。

世界最大の島、セイラン島で猿と会話することを求められたという「能弁な猿」。大ハーンの言いつけにより、二十センチを超える〈大ルビー〉を入手すべく島を訪れたマルコ。ルビーを得るには、王位継承を巡る争いを決着させねばならない。そのカギを握るのが猿だったのだ……。謎解きを味わったうえで、〝知恵とは何か〟をも考えさせられる短篇。奥行きのある作品だ。

若者たちを暗殺者《アサシン》に仕立てるという〈山の老人〉を平定せよ。「山の老人」において、大ハーンはマルコにそう命じた。その任務の過程で〈山の老人〉に囚《とら》われてしまったマルコは、〝ひとおもいに斬り殺される〟か〝手足の先から一寸ずつ、何日もかけて刻み殺されるか〟の二者択一を迫られる状況に追い込まれた……。遊女たちの町における窮地よりもさらに救いのない選択肢だが、それでもマルコは知恵を働かせ、危機を脱した。その知恵の妙味と、いうならばその〝汎用性〟を愉しめる一篇である。

七番目の短篇となる「真《まこと》を告げるものは」では、まず、マルコに絵の才能がないことが示される。そのうえで、政を怠り、民を虐げ、国土を荒廃させるようになってしまった皇后の国において、世界一の絵描きとの腕比べに臨まなければならなくなった様子が語られる。技量的には敗北必至だが、マルコには知恵がある。真相を知り、彼の思慮の深さを痛感させられる作品だ。こんなところまで考えて、彼は勝負に臨んだのか、と。

躊躇《ちゅうちょ》なく敵の喉をかき切る〈砂漠の民〉に、マルコが無理難題をふっかけられる「掟《おきて》」。マルコが危機を脱出するために用いた手段は、他の短篇同様、意外でありシンプルだ。だが、この「掟」の真相設定は、なかなかに深い。深読みすれば、「玉砕」や「転進」にも通ずる。そんなことを想像させる捕虜のセリフで、この短篇は幕を閉じる。

「千里の道も」は、今回の新版に追加された新作。呪いで人が死ぬという謎を、大ハーンの支配を脅かしかねない占い師との対決と重ねて語った一篇である。序盤の牢の描写から謎へと続く展開は、従来パターンと全く同一というわけではなく、少々手が加えられている。いってみれば進化形だ。それに呼応するかのように、結末もまたひと味豊かだ。謎解きの手つきから感じる懐かしさ（というか、初読の方々にとっては安心できる他の短篇との共通性）を維持しつつ、しっかりと新鮮味も加えられていて嬉しい。

十話目となる「雲の南」は、まずもって設問が魅力的だ。マルコによれば「私が答えられなかった謎は……そう、一つだけある」というのだ。何人もの賢い使者たちが行方不明になったという〈雲の南〉という地域で、マルコはどんな謎と出会い、どう対処したのか。刺激的なことこのうえない一篇だ。

容貌《かおかたち》が月のごとく美しいという大トゥルキー国の王女の夫選びが題材の第十一話「輝く月の王女」。百人以上の男たちが、結婚の条件を満たそうと――武勇に優れた王女を腕比べで負かす必要がある――勝負に挑んだものの、誰一人として勝てなかった。そんな状況で、大ハーンの孫が婿候補に名乗りをあげ、マルコがお供を命じられた。そして勝負が行われ、マルコは想定外の窮地に……。知恵の冴《さ》えに加えて、温《ぬく》もりを感じられる短篇である。本篇に至るまでに、十もの短篇を通じて読者が登場人物たちに親しみを覚えてきているだけに、この温もりは胸に響く。

「ナヤンの乱」では、大ハーン・フビライが敵の精鋭部隊を殲滅《せんめつ》させたという秘密兵器の謎が扱われる。しなやかな棒状の板、半円の椀《わん》状の器、丈夫そうな糸が一束、糸巻きが数個……。若き日の大ハーンの知恵が、マルコの語りを通じて牢の面々に伝えられるという、少々毛色の変わった作品だ。この秘密兵器は、本質的には、おそらく今日でも通用するだろう。その観点では、「掟」との共通性も感じられる。

まさに表題通りの題材が謎となった「一番遠くの景色」では、十五歳のマルコがヴェネチアで過ごした日々が語られる。父と叔父とともに東方に旅立つ前の少年時代の物語だ。彼が父と叔父に告げた〝一番遠くの景色〟とは……。物事を知ること、理解すること。謎解きの果てに、読者はマルコの心を知ることになる。

最終話「騙《かた》りは牢を破る」は本書全体を締めくくる内容の一篇。マルコはここでも大ハーン絡みの難題に直面する。その詳細は割愛するが、いやはや喝采するしかない締めくくりだ。という具合にあらためて全体を振り返ってみると、バリエーションに富んだ謎を、同じくバリエーションに富んだ舞台で読ませてくれる本書は、読者になんと豊かな旅をさせてくれることかと驚嘆する。謎解きにしても、深く人の心を照射するものもあれば現代社会をも刺すものもある一方で、頭の体操の類いもあれば、しれっと空とぼけるタイプさえある。また、謎解きの舞台にしても、黄金の国もあれば世界最大の島もあり、砂漠も〈常闇の国〉もある。ジェノヴァの牢も舞台だし、ヴェネチアの運河や港もそうだ。しかもそんな色とりどりの各篇を、間延びも駆け足もない実に適正なページ数で読ませてくれる。旅の行程として完璧なのである。

各篇の構成としては、謎に一直線に突き進むのではなく、まず牢の模様をルスティケロが語り、その後、マルコに語り手を引き継ぎ、彼が大ハーンに仕えていたことを前置きとして述べたうえで、謎を読者に（そして牢の仲間に）提示する造りとなっている。この枠組みが共通のものとして「一番遠くの景色」を除いて毎回繰り返されるのだが、その〝額縁〟が果たす役割は、実は一定ではない。ここにもまた変化が織り込まれているのだ。さらにいえば、この〝額縁〟があるからこそ魅力が増す短篇すらある。柳広司は、デビュー作の『黄金の灰』（二〇〇一年）や『饗宴』（同年）といった初期作品でも〝額縁〟を駆使していただけに、本書での使い方に冴えがあるのも納得である。

また、個々の作品の紹介でも触れたように、十三世紀のジェノヴァの牢において東方を舞台にした謎解きを語るという、二重に現代日本からは縁遠い小説ではあるが、ときおり、そこから刃《やいば》が二十一世紀に生きる読み手の喉元に伸びてくる。柳広司の刃が――歴史に親しみ、それを題材とする小説を書き続けるなかで鋭く研いできた刃が――この小説のなかにもひそんでいる。娯楽小説として謎解きを堪能するという読み方ができるうえに、さらに一歩踏み込むと、この世の危うさに気付かされるという、なんとも油断のならない短篇集なのである。

■柳広司

さて、冒頭に記したとおり、二〇〇七年に文庫オリジナル連作集として刊行された本書旧版だが、雑誌に作品を発表し始めたのは二〇〇二年のことである。柳広司が〝デビューの年にハードカバー作品を三冊刊行、その二冊目は新人賞受賞作〟という破格の文壇登場を果たした翌年だ（新人賞とは、第十二回朝日新人文学賞のことで、『贋作《がんさく》『坊っちゃん』殺人事件』で受賞した）。詳しくは初出一覧をご参照戴《いただ》きたいが、年に二～四本のペースで〈小説すばる〉に掲載し、その後〈ミステリーズ！〉Vol.20（二〇〇六年十二月号）に「半分の半分」を発表、さらに書き下ろしの短篇を加えて、二〇〇七年三月の旧版刊行に至ったのである。

その旧版刊行前後の状況も紹介しておこう。柳広司にとって、なかなか重要なタイミングで『百万のマルコ』は刊行されたのだ。

旧版の刊行に先立ち、二〇〇六年の後半から〇七年にかけて柳広司の小説の文庫化が続いていた。『はじまりの島』が二〇〇六年九月、『新世界』十月、『黄金の灰』十一月、『饗宴《シュンポシオン》ソクラテス最後の事件』〇七年一月、そして本書旧版が三月という流れだ。七ヶ月で五冊。ちょっとした柳広司ブームが来ていたのである。そしてこの勢いが、本格的に読者に浸透するのは翌年のことだ。〇八年刊行の『ジョーカー・ゲーム』が各種のミステリ・ランキングで上位に入り、吉川英治文学新人賞と日本推理作家協会賞長編及び連作短編集部門を受賞したのだ。この『ジョーカー・ゲーム』に収録された五篇のなかで最初に発表されたのは、〈野性時代〉二〇〇七年十一月号掲載の表題作だった（他は〈野性時代〉〇八年五月号発表の「ロビンソン」と書き下ろしの三篇）。つまり、『百万のマルコ』の連載も書籍化もすっかり完了してから、『ジョーカー・ゲーム』が動き出したことになる。現時点で著者最大のヒットシリーズの前夜に、本書は刊行されたのだ（直前、ではない。本書と『ジョーカー・ゲーム』の間には、〇七年四月刊の『漱石先生の事件簿　猫の巻』がある）。

そうした時系列を意識して本書を眺めると、ちらほらと『ジョーカー・ゲーム』に繋がる芽が感じられて興味深い。例えば、「雲の南」で示される悪魔的なロジックがそうだし、「山の老人」や「ナヤンの乱」における人の心の操り方もそう。第二次世界大戦前夜の日本におけるスパイ養成を題材とした冷徹な『ジョーカー・ゲーム』とはだいぶ異なる作風の本書だが、それでもやはり共通のテイストは備えているのである。

本書との共通性という観点で見逃せないのが、『最初の哲学者』だ。二〇一〇年に刊行され、一四年に『ソクラテスの妻』と改題して文庫化された掌篇集だが、雑誌掲載まで遡ると、

〈月刊ジェイ・ノベル〉の二〇〇三年四月号から二〇〇五年二月号までの十二回にわたって隔号連載された原稿を主体とした作品であり、『百万のマルコ』と執筆時期が重なっていることに気付く。『最初の哲学者』の題材は古代ギリシャであり、ジェノヴァもしくは東方とは異なるが、執筆時期だけでなく、内容面においても、哲学者タレスがピラミッドの高さを求めよという難題に挑むというような類似点もあれば、アリアドネの論理の意外性といった共通項もある。もちろん相違点もふんだんにあり、あわせ読むことで、双方をさらに深く味わうことができよう。

さらに『最初の哲学者』の単行本化の際に追加された書き下ろし「ヒストリエ」にも着目したい。こちらは歴史家ヘロドトスの視点や功績を描いた一篇である。単行本刊行時期からして二〇一〇年頃に書かれたと推測するが、この時点の日本では、まだ、公文書改竄《かいざん》や統計の不正などがニュースを賑《にぎ》わすような状況にはなっていなかった。そんな時期に書かれた「ヒストリエ」なのだが、二〇二二年の視点で読むと、その内容と短篇タイトルの重みがより一層伝わってくる一篇である。そして『百万のマルコ』にもこのテーマと相通ずる一篇がある。旧版刊行から十五年が経過したが、陳腐化するのではなく、むしろ現代に響く小説として、より輝きを増しているのだ。

柳広司は、『百万のマルコ』『最初の哲学者』あるいは『ジョーカー・ゲーム』シリーズなどを発表した後にも、『風神雷神　風の章』『風神雷神　雷の章』（一七年、後に文庫化に際して上下巻の『風神雷神』に改題）、『太平洋食堂』（二〇年）など、時間的にも空間的にも文化的にも広い視野で、そしてエコーチェンバー現象とも対極的な視点で、歴史や文化を豊かな物語として表現し続けている。二一年には、治安維持法を題材とした『アンブレイカブル』を発表した。『ジョーカー・ゲーム』シリーズの四作や、『新世界』（〇三年）、『トーキョー・プリズン』（〇六年）などで第二次世界大戦前後の日本及び世界をミステリ仕立てで描いてきた柳広司ならではの深みを備えた一冊であり、こちらも是非お読み戴きたい。そのうえで、治安維持法を（弾力的あるいは恣意的に）運用した人々を、『百万のマルコ』新版に追加された新作「千里の道も」と対比してみて欲しいと思う。愚かさ、滑稽さ、そして恐ろしさを、より痛感できるはずだ。

柳広司は、旅人である。

幼いころから旅行記が好きで読みあさっていた彼は、二十代で会社を辞めて欧州の各国を渡り歩き、ギリシャでは一年近くを過ごした。小説を書く愉しみに目覚めたのは、日本から欧州へと向かう船のなかでのことであった。そんな彼が描く小説は、歴史を遡って旅をする。異国へと旅をする。小説のなかへも旅をする。それが柳広司にとっての自然体であり、つまりは多面的な思考をこの小説家が血肉として備えていることを意味する。だからこそ、『百万のマルコ』のような多彩な世界を描けるし、そんな視点を通して初めて案出できる謎解きを描けるのだ。『百万のマルコ』は、柳広司の知恵と経験、そして想像力がぎゅっと凝縮されているという点で、実にお得な作品集なのである。

お得をもう少々。冒頭で記したように、『百万のマルコ』の旧版と新版には差異がある。「千里の道も」が追加されただけでなく、六番目に置かれていた「半分の半分」が三番目に繰り上がり、「色は匂へど」から「山の老人」までが一つずつ繰り下がった。さらに「真を告げるものは」と「掟」の順番が入れ換えられている。そして八番目に繰り下がった「掟」のあとに、「千里の道も」が挿入され、続く「輝く月の王女」と「雲の南」も入れ換えられているのだ。つまり新版は、旧版を素材として活《い》かしつつ、新作を加え、現在の視点で再構築した一冊なのだ。前述のように『百万のマルコ』は現代日本に響く作品であるが故に、こうした著者の取り組みは非常に意義深い。また、「半分の半分」を繰り上げることで、本書全体の流れを司るエピソードが先頭の三篇で出揃《でそろ》うなど、読みやすさも増した。とはいえ、柳広司本人は個々の変更の理由について今のところ何も説明を行っていない。となれば、だ。牢の中の面々のように、語り手の意図を推理してみたくなる。新版で加えられたもう一つの愉しみであり、もう一つの〝お得〟だ。

（むらかみ・たかし　ミステリ書評家）

本書は、二〇〇七年三月、創元推理文庫として刊行されました。
集英社文庫に収めるにあたり、新たに「千里の道も」を加えました。

初出

「百万のマルコ」　〈小説すばる〉二〇〇二年五月号
「賭博に負けなし」　〈小説すばる〉二〇〇二年九月号
「半分の半分」　〈ミステリーズ！〉vol. 20
「色は匂へど」　〈小説すばる〉二〇〇二年九月号
「能弁な猿」　〈小説すばる〉二〇〇三年二月号
「山の老人」　〈小説すばる〉二〇〇三年四月号
「真を告げるものは」　『百万のマルコ』創元推理文庫、二〇〇七年三月
「掟」　〈小説すばる〉二〇〇三年九月号
「千里の道も」　「ｗｅｂ集英社文庫」二〇二二年二月掲載
「雲の南」　〈小説すばる〉二〇〇四年五月号
「輝く月の王女」　〈小説すばる〉二〇〇三年十月号
「ナヤンの乱」　〈小説すばる〉二〇〇四年九月号
「一番遠くの景色」　〈小説すばる〉二〇〇五年三月号
「騙りは牢を破る」　〈小説すばる〉二〇〇五年六月号

名作短編アンソロジー

短編少年

少年の繊細さ、いじらしさがぎゅっと詰まった一冊。朝井リョウ、あさのあつこ、伊坂幸太郎、石田衣良、小川糸、奥田英朗、佐川光晴、山崎ナオコーラ各氏と、柳広司氏の短編を収録。

集英社文庫

集英社文庫

百万《ひゃくまん》のマルコ

2022年3月25日　第1刷　　定価はカバーに表示してあります。

著　者　柳《やなぎ》　広司《こうじ》

発行者　徳永　真

発行所　株式会社　集英社
東京都千代田区一ツ橋2-5-10　〒101-8050
電話　【編集部】03-3230-6095
【読者係】03-3230-6080
【販売部】03-3230-6393（書店専用）

印　刷　大日本印刷株式会社

製　本　ナショナル製本協同組合

フォーマットデザイン　アリヤマデザインストア　　マークデザイン　居山浩二

ISBN978-4-08-744365-3 C0193